BASTEI
LÜBBE

Robert A. HEINLEIN

ZWEIMAL PLUTO UND ZURÜCK

Roman

Ins Deutsche übertragen
von Edda Petri

BASTEI LÜBBE

BASTEI LÜBBE TASCHENBUCH
Band 24311

1. Auflage: Februar 2003

Vollständige Taschenbuchausgabe

Bastei Lübbe Taschenbücher
ist ein Imprint der
Verlagsgruppe Lübbe

Titel der amerikanischen Originalausgabe:
The Rolling Stones
© 1952 by Robert A. Heinlein
© für die deutschsprachige Ausgabe 2003 by
Verlagsgruppe Lübbe GmbH & Co. KG,
Bergisch Gladbach
Lektorat: Dr. Lutz Steinhoff/Stefan Bauer
Titelillustration: Arena: Slant/Agentur Schlück, Garbsen
Umschlaggestaltung: QuadroGrafik, Bensberg
Satz: Heinrich Fanslau, Communication/EDV, Düsseldorf
Druck und Verarbeitung:
Brodard & Taupin, La Flèche, Frankreich
Printed in France
ISBN 3–404–24311–0

Sie finden uns im Internet unter
http://www.luebbe.de

Der Preis dieses Bandes versteht sich einschließlich
der gesetzlichen Mehrwertsteuer.

Inhaltsverzeichnis

SCHNURRENDE
SCHWIERIGKEITEN

Nach siebenunddreißig Tagen hatte Zottelchen acht entzückende Kinderchen, die genau wie sie aussahen, aber nur so groß wie eine Murmel waren, wenn sie sich zusammenrollten. Alle, Captain Stone eingeschlossen, fanden sie niedlich. Alle streichelten sie und hörten sich das leise Schnurren an. Alle fütterten sie begeistert. Die Kätzchen schienen ständig Hunger zu haben.

Nach vierundsechzig Tagen bekamen die Kätzchen Junge, jedes acht an der Zahl – die Populationsbombe war gezündet.

In einem Raumschiff mit begrenzter Kapazität, ohne einen Hafen in Sicht, stand den Stones eine Katastrophe bevor...

I. DIE UNHIMMLISCHEN ZWILLINGE

Die beiden Brüder nahmen das Wrack genau in Augenschein. »Schrott«, entschied Castor.

»Kein Schrott«, widersprach Pollux. »Zugegeben – es ist eine alte Kiste. Möglicherweise eine Rostlaube, aber kein Schrott.«

»Du bist ein Optimist, Junior.« Beide Jungs waren fünfzehn, aber Castor war zwanzig Minuten älter als sein Bruder.

»Ich bin eben ein Rechtgläubiger, Opa – und das solltest du auch sein. Darf ich darauf hinweisen, dass wir für etwas Besseres nicht genug Geld haben. Hast du Schiss, es hochzujagen?«

Castor blickte an der Seite des Schiffs nach oben. »Überhaupt nicht – weil dieses Ding nie so hoch steigen kann, dass es abstürzt. Wir wollen ein Schiff, das uns zu den Asteroiden hinausbringt, richtig? Diese überalterte Gurke schafft es nicht mal bis zur Erde.«

»Sie wird, wenn ich sie erst mal richtig aufgemotzt habe – mit Hilfe deiner zwei linken Hände. Gehen wir mal alles genau durch und schauen, was wir brauchen.«

Castor sah zum Himmel. »Es ist schon spät.« Sein Blick ging nicht zur Sonne, die auf die Mondebene lange Schatten warf, sondern zur Erde. Er las die Zeit von der Sonnenaufgangslinie ab, die gerade über den Pazifik glitt.

»Schau, Opa, kaufen wir ein Schiff oder kommen wir rechtzeitig zum Abendessen?«

Castor zuckte mit den Schultern. »Wie du meinst, Junior.« Er zog seine Antenne ein. Dann kletterten die beiden die Strickleiter hinauf, die dort hing, damit etwaige Kunden bequem auf das Schiff gelangen konnten. Castor benutzte nur die Hände. Trotz des klobigen Raumanzugs bewegte er sich locker und anmutig. Pollux folgte ihm.

Castors Stimmung verbesserte sich etwas, als sie den Kontrollraum erreichten. Das Schiff war nicht so vollständig ausgeschlachtet worden wie viele andere auf dem Platz. Gewiss, der Ballistikcomputer fehlte, aber der Rest der Astrogations-Instrumente war vorhanden, auch die Kontrollen im Maschinenraum schienen komplett zu sein. Das ziemlich mitgenommene Raumschiff war kein Wrack, sondern lediglich veraltet. Ein schneller Blick in den Maschinenraum schien das zu bestätigen.

Castor dachte immer noch ans Abendessen, deshalb scheuchte er zehn Minuten später Pollux die Leiter hinab. Als Castor unten war, meinte Pollux: »Nun?«

»Überlass mir das Reden.«

Das Verkaufsbüro war eine Kuppel, fast eine Meile entfernt. Sie bewegten sich mit den leichten, sprungähnlichen Schritten alter Mondkenner dorthin. Bei der Luftschleuse des Büros hing ein großes Schild:

HÄNDLER DAN
DER RAUMSCHIFFMANN
Schiffe aller Typen * * * Schrottmetall * * * Ersatzteile
Treibstoff & Service
(AEC Lizenz Nr. 739024)

Sie glitten durch die Schleuse und nahmen sich gegenseitig die Helme ab. Das äußere Büro wurde durch ein Geländer abgetrennt. Dahinter saß eine junge Frau,

10

die Empfangsdame. Sie schaute sich eine Nachrichtensendung an und polierte ihre Nägel. Ohne den Blick vom Fernseher zu nehmen, sagte sie: »Wir kaufen nichts, Jungs – und stellen auch keinen ein.«

»Verkaufen Sie nicht Raumschiffe?«, fragte Castor.

»Nicht oft genug.« Sie schaute auf.

»Dann sagen Sie Ihrem Boss, dass wir ihn sprechen möchten.«

Sie zog die Brauen hoch. »Wem willst du was vormachen, Sonnenschein? Mr. Ekizian ist ein sehr beschäftigter Mann.«

»Geh'n wir zum Ungarn rüber, Cas. Hier wollen die Leute anscheinend nichts verkaufen«, sagte Pollux zu Castor.

»Ja, vielleicht hast du Recht.«

Die junge Frau blickte die zwei an, zuckte mit den Schultern und legte einen Hebel um. »Mr. Ekizian, hier sind zwei Pfadfinder, die behaupten, sie wollen ein Raumschiff kaufen. Wollen Sie sich die Mühe mit ihnen machen?«

»Warum nicht?«, antwortete eine tiefe Stimme. »Wir verkaufen schließlich Raumschiffe.«

Gleich darauf kam aus dem inneren Büro ein kahlköpfiger, beleibter, Zigarre rauchender Mann in einem zerknitterten Raumanzug. Er stützte die Hände auf das Geländer und musterte die beiden genau. Aber seine Stimme war freundlich. »Ihr wolltet mich sprechen?«

»Sind Sie der Besitzer?«, fragte Castor.

»Der Händler Dan Ekizian höchstpersönlich. Was schwebt euch vor, Jungs. Zeit ist Geld.«

»Das hat Ihnen Ihre Sekretärin doch schon gesagt«, erklärte Castor unwirsch. »Raumschiffe.«

Händler Dan nahm die Zigarre aus dem Mund und

betrachtete sie. »Wirklich? Was wollt ihr Jungs denn mit einem Raumschiff?«

Pollux murmelte etwas. »Schließen Sie Ihre Geschäfte immer hier draußen ab?«, fragte Castor und blickte auf die junge Frau.

Ekizian folgte seinem Blick. »Mein Fehler. Kommt rein.« Er machte ihnen das Tor auf, führte sie in sein Büro und bat sie Platz zu nehmen. Feierlich bot er ihnen Zigarren an, doch die Zwillinge lehnten höflich ab. »So, jetzt raus mit der Sprache, Kinder. Ohne Scherze.«

»Raumschiffe«, wiederholte Castor.

Händler Dan schürzte die Lippen. »Vielleicht ein Luxusliner? Den habe ich momentan nicht vorrätig, aber ich kann immer einen Kauf makeln.«

Pollux stand auf. »Er macht sich über uns lustig, Cas. Komm, geh'n wir zum Ungarn.«

»Warte einen Moment, Pol. Mr. Ekizian, Sie haben da so ein Ungetüm auf der Südseite des Felds stehen, ein Klasse VII, Modell '93er Detroiter. Wie hoch ist Ihr Schrottpreis, und wie viel Masse hat sie?«

Der Händler war verblüfft. »Das süße kleine Ding? Ich kann mir unmöglich leisten, das zum Schrottpreis zu verkaufen. Und selbst als Schrott würde es eine schöne Stange kosten. Wenn ihr Metall wollt, Jungs, dann sagt mir einfach wie viel und welche Sorte.«

»Wir haben aber von dem Detroiter geredet.«

»Ich glaube nicht, dass ich euch schon mal getroffen habe, Jungs.«

»Entschuldigung, Sir. Ich bin Castor Stone. Das ist mein Bruder Pollux.«

»Freut mich, Sie kennen zu lernen, Mr. Stone. Stone … Stone? Irgendwie verwandt mit den ›Unhimmlischen Zwillingen‹? Ja, das ist's.«

12

»Warum lächeln Sie, wenn Sie das sagen?«, sagte Pollux.

»Sei still, Pol. Wir sind die Stone-Zwillinge.«

»Ihr habt doch das frostsichere Re-Atmungsventil erfunden, nicht wahr?«

»Das stimmt.«

»Ich habe eins in meinem Anzug. Ein Superding – ihr seid richtig gute Mechaniker.« Er musterte die beiden nochmals. »Vielleicht habt ihr das mit dem Schiff ja doch ernst gemeint.«

»Selbstverständlich.«

»Hmmm ... ihr sucht nicht nach Schrott. Ihr wollt was zum Rumgurken. Ich habe genau das Richtige für euch: einen General Motor Springkäfer, praktisch neu. Zwei Thorium-Schürfer haben ihn draußen in einer Mine gehabt, aber ich musste mein Eigentum zurückfordern. Der Laderaum ist nicht mal radioaktiv.«

»Nicht interessiert.«

»Seht ihn mal an. Automatische Landung, und mit drei Sprüngen seid ihr um den Äquator. Genau das Richtige für zwei lebendige, aktive Jungs.«

»Was ist der Schrottpreis für den Detroiter?«

Ekizian sah beleidigt aus. »Das ist ein Tiefraum-Fahrzeug, Sohn – und als Schiff für euch nicht geeignet. Ich kann es auch nicht als Schrott verkaufen. Unmöglich. Es war eine Familienyacht – nie über sechs g gefahren, keine Notlandung. Die hat noch locker Hunderte von Meilen vor sich. Ich könnte sie euch nicht als Schrott verkaufen, selbst wenn ihr mir den Herstellungspreis zahlen würdet. Das wäre eine Schande. Ich liebe Schiffe. Aber dieser Springkäfer ...«

»Sie können den Detroiter nur als Schrott verkaufen«, unterbrach ihn Castor. »Meines Wissens sitzt er schon zwei Jahre draußen. Wenn Sie gehofft hätten, das Schiff zu verkaufen, hätten Sie den Computer nicht ausgebaut. Sie hat Dellen, die Röhren sind nicht gut, und eine Überholung würde mehr kosten, als sie wert ist. So, und was ist der Schrottpreis?«

Händler Dan schaukelte in seinem Sessel hin und her. Er schien zu leiden. »Das Schiff verschrotten? Man muss es nur auftanken, dann kann sie los – Venus, Mars, sogar zu den Jupiter-Satelliten.«

»Was ist Ihr Barpreis?«

»Bar?«

»Bar.«

Ekizian zögerte, dann nannte er einen Preis. Castor stand auf und sagte: »Du hattest Recht, Pollux. Geh'n wir zum Ungarn.«

Der Händler lächelte gequält. »Selbst wenn ich wollte, könnte ich mit dem Preis nicht runtergehen, das wäre nicht fair meinen Partnern gegenüber.«

»Komm, Pol.«

»Seht mal, Jungs, ich kann euch nicht zum Ungarn gehen lassen. Er bescheißt euch.«

Pollux verzog das Gesicht. »Vielleicht tut er das ja auf höfliche Art und Weise.«

»Halt den Mund, Pol!«, sagte Castor. »Tut mir leid, Mr. Ekizian, mein Bruder ist noch nicht stubenrein. Aber wir kommen nicht ins Geschäft.« Er stand auf.

»Wartet 'ne Minute. Das ist ein wirklich gutes Ventil, das ihr Jungs erfunden habt. Ich benutze es. Ich habe das Gefühl, als schulde ich euch etwas.« Er nannte eine niedrige Summe.

»Tut uns leid, aber das können wir uns nicht leisten.« Castor wollte Pollux folgen.

»Wartet!« Ekizian nannte einen dritten Preis. »Bar«, fügte er hinzu.

»Selbstverständlich. Und Sie zahlen die Umsatzsteuer?«

»Naja . . . bei einem Bargeschäft, ja.«

»Gut.«

»Setzen Sie sich, Gentlemen. Ich rufe meine Sekretärin, und wir erledigen die Papiere.«

»Keine Eile«, sagte Castor. »Wir müssen uns trotzdem noch ansehen, was der Ungar hat – und was auf dem Regierungsschrottplatz steht.«

»Was? Dieser Preis gilt nur, wenn ihr sofort abschließt. Man nennt mich Händler Dan. Ich habe keine Zeit zu verschwenden und mit euch zweimal zu feilschen.«

»Wir auch nicht. Bis morgen. Wenn das Schiff dann nicht verkauft ist, können wir ja weiterreden.«

»Wenn ihr denkt, dass ich diesen Preis halte, muss ich eine Anzahlung haben.«

»Oh, nein, Sie würden keinen Verkauf wegen uns sausen lassen. Wenn Sie es bis morgen verkaufen können, wollen wir Sie nicht daran hindern. Komm, Pol.«

Ekizian zuckte mit den Schultern. »Nett, euch kennen gelernt zu haben, Jungs.«

»Danke, Sir.«

Als sie die Schleuse hinter sich schlossen und auf den Druckausgleich warteten, sagte Pollux: »Du hättest ihm eine Anzahlung geben sollen.«

Sein Bruder schaute ihn an. »Du bist geistig zurückgeblieben, Junior.«

Nachdem die Zwillinge Händler Dans Büro verlassen hatten, gingen sie zum Raumhafen, um die U-Bahn zurück zur Stadt zu nehmen, die fünfzig Meilen westlich vom Hafen lag. Ihnen blieben weniger als dreißig

Minuten, wenn sie pünktlich zum Abendessen da sein wollten – eigentlich war das unwichtig, aber Castor wollte keine Familiendiskussion wegen einer solchen Kleinigkeit auslösen. Deshalb trieb er Pollux zur Eile an.

Der Heimweg führte sie über das Gelände der General Synthetics Corporation, Quadratmeilen von riesigen knisternden Fabrikanlagen, Sonnenschilden, Kondensatoren, fraktionierenden Säulen, großen Maschinen, um die brennende Hitze, die bittere Kälte und das endlose Vakuum für die chemietechnischen Ziele auszunützen – ein höllenartiger Dschungel unheimlicher Formen. Die Jungs schenkten dem allen keine Aufmerksamkeit. Sie waren daran gewöhnt. Sie eilten die Industriestraße mit den Riesensprüngen hinunter, welche die geringe Schwerkraft auf dem Mond ermöglichte, mit zwanzig Meilen pro Stunde. Auf dem halben Weg zum Hafen überholte sie eine Firmenzugmaschine. Pollux gab ihr ein Zeichen.

Der Fahrer hielt an und fragte über Funk: »Was wollt ihr?«

»Fahren Sie zum Terra-Shuttle?«

»Wie das Schicksal so spielt, ja.«

»Das ist Jefferson«, sagte Pollux. »He, Jeff, wir sind's, Cas und Pol. Würdest du uns bei der nächsten U-Bahn-Station absetzen?«

»Klettert rauf! ›Vorsicht vor dem Vulkan – nehmt den normalen Weg.‹« Als sie hinaufstiegen, fuhr er fort: »Was führt euch karottenköpfige Unfallfahrer an diesen Grenzpunkt der Kultur?«

Castor zögerte und blickte Pollux an. Sie kannten Jefferson James schon einige Zeit und hatten gegen ihn in der Stadtliga im Bowling gekämpft. Er war ein alter, erfahrener Mondarbeiter, allerdings kein gebürtiger. Er war vor ihrer Geburt nach Luna gekommen, um Stoff für einen Roman zu sammeln. Der Roman war immer noch unfertig.

Pollux nickte. »Jeff, kannst du ein Geheimnis für dich behalten?«, fragte Castor.

»Gewiss – aber darf ich darauf hinweisen, dass das keine Richtfunkgeräte sind. Sprecht mit eurem Anwalt, ehe ihr ein Verbrechen oder einen kriminellen Plan gesteht.«

Castor blickte umher. Abgesehen von zwei schweren Zugmaschinen in der Ferne war niemand zu sehen. »Wir steigen ins Geschäftsleben ein.«

»Wann wart ihr je draußen?«

»Das ist die neue Idee: Interplanetarer Handel. Wir kaufen uns ein eigenes Schiff und fahren es selbst.«

Jeff stieß einen Pfiff aus. »Erinnert mich daran, dass ich den Vier-Planeten-Export sofort verkaufe. Wann findet dieser Blitzangriff statt?«

»Wir sehen uns gerade nach einem Schiff um. Weißt du eine günstige Gelegenheit?«

»Ich werde meine Spione alarmieren.« Er schwieg, weil der Verkehr in der Nähe des Raumhafens dichter wurde. »Hier ist eure Haltestelle«, sagte er. Als die Jungs von der Zugmaschine kletterten, fügte er hinzu: »Wenn ihr noch einen für die Besatzung braucht, denkt an mich.«

»Okay, Jeff, und vielen Dank fürs Mitnehmen.«

Trotz Jeffs Hilfe kamen sie zu spät. Eine Abteilung Militärpolizisten der Marineinfanterie waren auf dem Weg in die Stadt und besetzte den ersten Waggon der U-Bahn. Als der zweite eintraf, war inzwischen ein

Schiff von Erde gelandet, und dessen Passagiere hatten den Vortritt. Danach gerieten sie in den Schichtwechsel der Synthetik-Fabrik. Das Abendessen war lange vorbei, als die beiden in der Wohnung der Familie eine halbe Meile innerhalb von Luna City eintrafen.

Mr. Stone schaute auf, als sie hereinkamen. »Wie schön! Die Sternenkostgänger!«, meinte er. Er saß mit einem kleinen Recorder auf dem Schoß da, am Hals ein Kehlkopfmikrofon.

»Dad, das war unvermeidlich«, begann Castor. »Wir –«

»Wie immer!«, unterbrach ihn der Vater. »Lass die Details weg. Euer Abendessen ist unter der Wärmehaube. Ich wollte es zurückschicken, aber eure Mutter hatte ein weiches Herz und hat mich nicht gelassen.«

Dr. Stone blickte vom anderen Ende des Wohnzimmers auf, wo sie den Kopf von Meade, der älteren Schwester der Zwillinge, modellierte. »Das stimmt nicht«, sagte sie. »Euer Vater war weichherzig. Ich hätte euch verhungern lassen. Meade, dreh nicht dauernd den Kopf.«

»Schach«, verkündete ihr vier Jahre alter Bruder und stand vom Fußboden auf, wo er mit Großmutter Schach gespielt hatte. Er lief zu ihnen. »He, Cas, Pol – wo wart ihr denn? Seid ihr im Hafen gewesen? Warum habt ich mich nicht mitgenommen? Habt ihr mir was mitgebracht?«

Castor packte ihn an den Fersen und hielt ihn mit dem Kopf nach unten hoch. »Ja. Nein. Vielleicht. Und warum sollten wir? Hier, Pol – fang!« Er ließ das Kind durch die Luft segeln. Sein Zwilling erwischte es ebenfalls an den Fersen.

»Selbst Schach«, erklärte die Großmutter. »Und matt in drei Zügen. Du solltest dich durch deine gesellschaftlichen Aktivitäten nicht vom Spiel ablenken lassen, Lowell.«

Der Kleine schaute von seiner Überkopfstellung aus aufs Brett. »Irrtum, Hazel. Ich lass dich meine Dame nehmen – *Peng*!«

Seine Großmutter schaute aufs Brett. »Was? Moment mal – angenommen, ich nehme deine Dame nicht, dann – nein, dieser kleine Strolch, er hat mich wieder in die Falle gelockt!«

»Du solltest ihn nicht so oft gewinnen lassen, Hazel«, sagte Meade. »Das tut ihm nicht gut.«

»Meade, zum neunten Mal, halt den Kopf still.«

»Tut mir leid, Mutter. Lass uns eine Pause machen.«

Die Großmutter schnaubte empört. »Du glaubst doch nicht, dass ich ihn absichtlich gewinnen lasse. Spiel du doch gegen ihn. Ich gebe das Schachspiel für immer auf.«

Pollux warf das Kind zurück zu Castor.

»Nimm du ihn. Ich will jetzt essen.« Der Kleine kreischte. Mr. Stone brüllte: »RUHE!«

»Seid still«, fuhr er fort und löste das Kehlkopfmikrofon vom Hals. »Wie soll ein Mann in diesem Krach leben? Diese Episode muss völlig neu aufgenommen werden, und morgen muss ich sie nach New York schicken, und bis zum Ende der Woche muss sie aufgezeichnet und auf die Kanäle verteilt sein. Das ist unmöglich.«

»Dann eben nicht«, meinte Dr. Stone fröhlich. »Oder arbeite in deinem Zimmer – das ist schalldicht.«

Mr. Stone schaute seine Frau an. »Meine Liebe, ich habe schon tausendmal erklärt, dass ich dort nicht ganz allein arbeiten kann. Ich brauche Stimulierung, sonst schlafe ich ein.«

»Wie läuft's denn, Dad? Probleme?«, fragte Castor.

»Wenn du mich schon fragst: Die Schurken haben einen Riesenvorsprung, und ich sehe für unsere Helden keine Chance.«

»Mir ist ein toller Knüller als Aufhänger eingefallen, als ich mit Pol draußen war. Du lässt diesen Jungen, den du in die Story gebracht hast, heimlich in den Kontrollraum schleichen, während alle schlafen. Ihm misstrauen sie nicht, ja? Er ist zu jung, deshalb haben sie ihn nicht in Eisen gelegt. Sobald er im Kontrollraum ist –« Castor brach ab und schaute betreten drein. »Nein, das geht nicht. Er ist zu jung, um das Schiff zu lenken. Davon hat er ja keine Ahnung.«

»Warum sagst du das?«, widersprach sein Vater. »Ich muss doch nur einfügen, dass er eine Gelegenheit hatte ... mal sehen –« Er machte eine Pause, sein Gesicht wurde ausdruckslos. »Nein«, meinte er gleich darauf.

»Nicht gut, was?«

»Was? Es stinkt, aber ich glaube, ich kann es verwerten. Stevenson hat so was in der *Schatzinsel* gemacht – und er hat es, glaube ich, von Homer. Mal sehen, wenn wir –« Wieder fiel er in Trance.

Pollux hatte das Wärmfach aufgemacht. Castor setzte den kleinen Bruder auf den Boden und nahm von seinem Zwillingsbruder ein Abendessenpaket in Empfang. Er machte es auf. »Wieder Fleischpastete«, sagte er lakonisch und schnupperte daran. »Und synthetisch.«

»Sag das noch mal und viel lauter«, feuerte seine Schwester ihn an. »Seit Wochen liege ich Mutter in den

Ohren, dass sie das Essen bei einem anderen Restaurant abonniert.«

»Sei still, Meade«, sagte Dr. Stone. »Ich modelliere gerade deinen Mund.«

Großmutter Stone schnaubte empört. »Ihr Jungen habt es zu leicht. Als ich auf den Mond kam, hatten wir nur Sojabohnen und Kaffeepulver – drei Monate lang.«

»Hazel«, sagte Meade. »Beim letzten Mal hast du uns erzählt, dass es zwei Monate waren und Tee statt Kaffee.«

»Junge Dame, wer erzählt diese Lüge? Du oder ich?« Hazel stand auf und ging zu ihren Zwillingsenkeln. »Was habt ihr beiden auf Dan Ekizians Parkplatz gemacht?«

Castor schaut Pollux an. »Wer hat dir gesagt, dass wir angeblich dort waren?«, fragt er vorsichtig.

»Versucht nicht eure Großmutter für dumm zu verkaufen. Wenn ihr mal –«

»– solange auf dem Mond seid wie ich«, fiel die gesamte Familie im Chor ein.

»Manchmal frage ich mich, weshalb ich geheiratet habe«, meinte Hazel verschnupft.

»Versuch nicht, diese Frage zu beantworten«, sagte ihr Sohn. Dann wandte er sich an seine Söhne. »Und, was habt ihr dort gemacht?«

Castor warf Pollux einen Blick zu. »Naja, Dad, das ist so –«

Sein Vater nickte. »Deine besten Fantasien fangen immer so an. Achtung, alle aufpassen!«

»Dad, du verwaltest doch unser Geld, ja?«

»Was ist damit?«

»Drei Prozent ist nicht viel.«

Mr. Stone schüttelte heftig den Kopf. »Ich werde

eure Tantiemen nicht in irgendwelche wilden Spekulationsgeschäfte investieren. Vielleicht gab es in meiner Generation kein Finanzgenie, aber wenn ich euch das Geld übergebe, wird es unangetastet sein.«

»Genau darum geht's! Du machst dir wegen des Gelds Sorgen. Du könntest es uns jetzt geben, dann bist du deine Sorgen los.«

»Nein, ihr seid zu jung.«

»Wir waren nicht zu jung, um es zu verdienen.«

Die Großmutter lachte. »Jetzt haben sie dich, Roger. Komm her, ich will mal sehen, ob ich das Blut stillen kann.«

»Mutter, quäl Roger nicht, wenn er mit den Zwillingen diskutiert«, sagte Dr. Stone. »Meade, dreh den Kopf ein bisschen nach links.«

»Eins zu null für dich, Cas«, sagte Mr. Stone. »Aber ihr seid vielleicht noch zu jung, das Geld beisammen zu halten. Worauf läuft das eigentlich alles hinaus?«

Castor gab Pollux das Signal zu übernehmen. »Dad, wir haben eine Riesenchance, das Geld für uns arbeiten zu lassen. Keine wilde Spekulation, überhaupt keine Aktien. Wir haben jeden Penny dort, wo wir ihn sehen können. Wir können das Geld jederzeit einlösen. Und in der Zwischenzeit scheffeln wir massenhaft Mäuse.«

»Hmmmm ... wie?«

»Wir kaufen ein Schiff und lassen es für uns arbeiten.«

Sein Vater öffnete den Mund, doch Castor fuhr schnell fort: »Wir können billig einen Detroiter VII kaufen. Dann überholen wir das Schiff selbst, das kostet keinen Cent.«

Pollux übernahm nahtlos. »Du hast selbst gesagt, dass wir beide die geborenen Mechaniker sind, Dad. Wir haben goldene Hände dafür.«

»Wir behandeln es wie unser Baby, weil es uns gehören würde«, fügte Castor hinzu.

Pollux: »Wir haben beide Zertifikate, Kontrolle und Antrieb. Wir würden keine Besatzung brauchen.«

Castor: »Keine Verwaltungskosten – das ist das Schöne dabei.«

Pollux: »Wir fahren Handelswaren zu den Asteroiden und bringen erstklassige Waren zurück. Wir können nicht verlieren.«

Castor: »Vierhundert Prozent, vielleicht fünfhundert.«

Pollux: »Eher sechshundert.«

Castor: »Und du hast keine Sorgen mehr.«

Pollux: »Und wir würden dich nicht mehr stören.«

Castor: »Und kein Zuspätkommen zum Essen.«

Pollux hatte den Mund bereits wieder offen, als sein Vater brüllte: »RUHE! Edith, bring das Fass. Diesmal benutzen wir es.« Mr. Stone vertrat die Theorie, dass Jungs in einem Fass groß gezogen werden und nur durchs Spundloch Nahrung aufnehmen sollten. Das Fass existierte jedoch nicht wirklich.

»Ja, Liebling«, sagte Dr. Stone und modellierte seelenruhig weiter.

»Verschwendet euer Geld nicht an einen Detroiter«, sagte Großmutter Stone. »Die sind instabil, das Gyrosystem taugt nichts. Nicht mal geschenkt möchte ich so was haben. Nehmt ein Douglas-Schiff.«

Mr. Stone schaute seine Mutter missbilligend an. »Hazel, wenn du die Jungs in diesem Blödsinn bestärkst –«

»Überhaupt nicht! Keineswegs! Lediglich eine intellektuelle Diskussion. Also mit einer Douglas könnte man Geld machen. Eine Douglas hat sehr günstige –«

»Hazel!«

Seine Mutter brach kurz ab, meinte dann aber nachdenklich, als spräche sie zu sich selbst: »Ich weiß, dass es auf dem Mond Redefreiheit gibt. Ich habe sie selbst in die Charta geschrieben.«

Roger Stone wandte sich wieder an seine Söhne. »Seht mal her, Jungs: Als die Handelskammer beschloss, Pilotentraining in ihr Jugendwohlfahrtsprogramm aufzunehmen, war ich ganz dafür. Ich war sogar noch dafür, als man beschloss, jedem mit Highschool-Abschluss eine Junior-Lizenz zu geben. Als ihr beide eure Jets bekommen habt, war ich ungeheuer stolz auf euch. Es ist ein Spiel für junge Leute. Mit achtzehn kann man die Lizenz als Verkehrspilot machen und –«

»Und mit dreißig schicken sie die Piloten in den Ruhestand«, fügte Castor hinzu. »Wir haben keine Zeit zu verschwenden. Ehe man sichs versieht, sind wir zu alt für das Spiel.«

»Jetzt haltet mal die Luft an. Zur Abwechslung rede ich jetzt. Wenn ihr glaubt, ich hole das Geld von der Bank und lasse euch Grünschnäbel in einem Schrotthaufen, der wahrscheinlich beim ersten Mal, wenn ihr über 2 g fliegt, in die Luft geht, im System herumgondeln, dann habt ihr Pech gehabt. Denkt euch was andres aus. Außerdem geht ihr im nächsten September auf Erde zur Schule.«

»Wir waren auf Erde«, erklärte Castor.

»Und es hat uns nicht gefallen«, fügte Pollux hinzu.

»Zu schmutzig.«

»Und zuviel Krach.«

»Überall Erdhörnchen«, meinte Castor.

Mr. Stone tat die Einwände mit einer Handbewe-

24

gung ab. »Ihr wart zwei Wochen dort – nicht genügend Zeit, um herauszufinden, wie es dort wirklich ist. Sobald ihr euch eingewöhnt habt, werdet ihr Erde lieben. Ihr lernt reiten, Baseball spielen, seht den Ozean.«

»Eine Menge verschmutztes Wasser«, sagte Castor.

»Pferde sind dazu da, um gegessen zu werden.«

»Nimm Baseball«, fuhr Castor fort. »Es ist unpraktisch. Wie kann man eine Ein-g-Kurve berechnen und gleichzeitig während des freien Flugs zwischen den Malen die Hand an den Kontaktpunkt bringen? Wir sind keine Wunderknaben.«

»Ich habe es gespielt.«

»Aber du bist in einem Ein-g-Feld aufgewachsen. Du hast eine verdrehte Physik gelernt. Und warum sollten wir überhaupt Baseball lernen? Wenn wir zurückkommen, können wir es hier nicht spielen. Da könntest du dir ja den Helm zertrümmern.«

Mr. Stone schüttelte den Kopf. »Um Spiele geht's gar nicht. Egal, ob ihr Baseball spielt oder nicht. Aber ihr solltet eine gute Ausbildung bekommen.«

»Was gibt's bei Luna City Technical nicht, das wir brauchen? Und wenn, warum? Schließlich warst du doch bei der Schulbehörde, Dad.«

»War ich nicht. Ich war Bürgermeister.«

»Damit warst du von Amts wegen ein Mitglied – das hat Hazel uns gesagt.«

Mr. Stone schaute zu seiner Mutter. Sie blickte in eine andere Richtung. Er fuhr fort: »Tech ist in ihrer Art eine gute Schule, aber dort wird nicht alles angeboten. Schließlich ist der Mond immer noch ein Außenposten, ein Grenz–«

»Aber bei deiner Abschiedsrede als Bürgermeister hast du gesagt, das Luna City das Athen der Zukunft und die Hoffnung des neuen Zeitalters ist«, unterbrach ihn Pollux.

»Dichterische Freiheit. Tech ist nicht Harvard. Wollt ihr nicht die großen Kunstwerke der Welt sehen? Wollt ihr nicht die großartige Weltliteratur studieren?«

»Wir haben *Ivanhoe* gelesen«, sagte Castor.

»Und wir wollen *Die Göttliche Komödie* nicht lesen«, fügte Pollux hinzu.

»Uns ist dein Zeug lieber.«

»Mein Zeug? Mein Zeug ist keine Literatur. Es ist eher ein Comicstrip.«

»Uns gefällt's«, erklärte Castor entschieden.

Sein Vater holte tief Luft. »Danke. Das erinnert mich daran, dass ich heute noch eine ganze Episode ausschwitzen muss. Daher werde ich diese Diskussion abkürzen. Erstens könnt ihr das Geld ohne meinen Daumenabdruck nicht anrühren – von jetzt an werde ich Handschuhe tragen. Zweitens seid ihr beide für eine unbegrenzte Lizenz zu jung.«

»Du könntest uns eine Ausnahme besorgen. Wenn wir zurückkommen, sind wir wahrscheinlich alt genug.«

»Ihr seid zu jung!«

»Aber Dad«, widersprach Castor. »Vor einer halben Stunde hast du von mir einen Aufhänger akzeptiert, in dem du einen Jungen ein Schiff steuern lässt.«

»Ich mache ihn älter.«

»Das ruiniert den Knüller.«

»Verdammt! Das ist nur Fikton – und zwar armselige Fiktion. Alles Quatsch, ausgedacht, um das Produkt zu verkaufen.« Plötzlich musterte er seinen Sohn misstrauisch. »Cas, du hast mir diesen Aufhänger eingepflanzt. Wolltest du mich damit für diesen haarsträubenden Plan gewinnen?«

Castor blickte ihn wie ein Unschuldslamm an. »Aber, Vater, wie kannst du so was denken!«

»Nichts: Aber, Vater! Ich kann einen Hawk von einer Hanshaw unterscheiden.«

»Das kann jeder«, bemerkte Großmutter Hazel. »Die Hawk ist ein rein kommerzieller Typ, während die Hanshaw eine Sportkiste ist. Wenn ich es mir recht überlege, Jungs, wäre eine Hanshaw vielleicht besser als eine Douglas. Mir gefallen die fraktionierten Kontrollen und –«

»Hazel!«, fuhr ihr Sohn dazwischen. »Hör auf, die Jungs zu ermutigen. Und gib nicht so an. Du bist nicht der einzige Ingenieur in der Familie.«

»Ich bin der einzig gute«, sagte sie selbstgefällig.

»Ach ja? Über meine Arbeit hat sich nie jemand beschwert.«

»Und weshalb hast du dann aufgehört?«

»Du kennst den Grund. Monatelang pedantisch mit Zahlen herumjonglieren – und was hast du dann? Ein Reparaturdock. Oder eine Stampfmühle. Wen interessiert das schon?«

»Gut, du bist kein Ingenieur. Du bist lediglich ein Mann, der sich im Ingenieurswesen auskennt.«

»Was ist mit dir? Du bist auch nicht dabei geblieben.«

»Nein«, gab sie zu. »Aber ich hatte andere Gründe. Ich habe erlebt, wie drei große haarige Männer über meinen Kopf hinweg befördert wurden, und keiner konnte eine Integralrechnung ohne Bleistift ausführen. Gleichzeitig stellte ich fest, dass die Atom-Energie-Kommission etwas gegen Frauen hatte, ganz gleich, was in den Bürgerrechtsvorschriften stand. Deshalb habe ich den Job als Croupier für Black Jack angenommen. Damals gab es in Luna City nicht viele Chancen – und ich musste dich ernähren.«

Langsam schien die Diskussion sich dem Ende zu nähern. Castor schien es an der Zeit, sie wieder aufzufrischen. »Hazel, glaubst du wirklich, wir sollten eine Hanshaw kaufen? Ich bin nicht sicher, ob wir uns eine leisten können.«

»Naja, ihr braucht einen dritten Mann an Bord für –«

»Willst du dich einkaufen?«

»Hazel, ich werde nicht zuschauen, wie du dieses Unterfangen unterstützt«, unterbrach Mr. Stone. »Dagegen muss ich ein Machtwort sprechen!«

»Ach, spiel dich nicht so auf, Roger. Und verbiete mir ja nicht den Mund. Mit fünfundneunzig sind meine Gewohnheiten ziemlich gefestigt.«

»Fünfundneunzig, ha! Vorige Woche warst du noch fünfundachtzig!«

»Es war eine harte Woche. Zurück zu unseren Schäflein – warum kaufst du dich nicht bei ihnen ein? Du könntest mitfliegen und dafür sorgen, dass sie keinen Ärger bekommen.«

»Was? Ich?« Mr. Stone rang nach Luft. »(A) Selbst ein Wachposten der Marineinfanterie könnte diese beiden Bonsai-Napoleons davor bewahren, in Schwierigkeiten zu geraten. Ich weiß das. Ich habe es versucht. (B) Ich mag keine Handshaws, das sind üble Spritfresser. (C) Ich muss pro Woche drei Episoden *Die Geißel im All* abliefern – darunter eine, die ich heute noch aufnehme, falls diese Familie je Ruhe gibt.«

»Roger«, sagte seine Mutter. »Diese Familie braucht Ärger wie Fische das Wasser. Und niemand hat dich gebeten, eine Hanshaw zu kaufen. Was deinen dritten Punkt betrifft: Gib mir eine leere Rolle, dann diktiere ich die nächsten drei Episoden noch heute Abend, während ich mein Haar bürste.« Hazels Haar war immer noch voll und recht rot. Bis jetzt hatte niemand sie beim Färben erwischt. »Und überhaupt ist es an der Zeit, dass du diesen Vertrag brichst. Deine Wette hast du gewonnen.«

Ihr Sohn zuckte zusammen. Vor zwei Jahren hatte er sich zu einer Wette verleiten lassen, dass er bessere Sachen schreiben könne als das, was von Erde heraufgesendet wurde – und war in einen Treibsand aus dicken Schecks und Optionen geraten. »Ich kann es mir nicht leisten zu kündigen«, sagte er tonlos.

»Was nützt dir Geld, wenn du keine Zeit hast, es auszugeben? Gib mir die Rolle und die Kiste.«

»Du kannst das nicht schreiben.«

»Willst du wetten?«

Ihr Sohn wich zurück. Bis jetzt hatte noch nie jemand eine Wette gegen Hazel gewonnen. »Darum geht es nicht. Ich bin ein Familienmensch. Außerdem muss ich auch an Edith, Buster und Meade denken.«

Meade drehte wieder den Kopf. »Wenn du an mich denkst, Daddy, ich würde gerne mal weg. Ich war noch nie irgendwo – abgesehen von dem einen Ausflug zur Venus und zweimal nach New York.«

»Halt still, Meade«, sagte Dr. Stone ruhig. Dann wandte sie sich an ihren Mann. »Weißt du, Roger, erst neulich habe ich gedacht, wie beengt diese Wohnung ist. Und wir waren wirklich nirgends seit dem Ausflug zur Venus.«

Mr. Stone blickte sie verblüfft an. »Du auch, Edith? Diese Wohnung ist größer als jede Schiffskabine. Das weißt du doch.«

»Ja, aber ein Schiff ist größer. Im freien Fall kann man den Raum viel mehr ausnutzen.«

»Meine Liebe, gehe ich Recht in der Meinung, dass du diese so genannte Geschäftsreise unterstützt?«

»Nein, keineswegs! Ich habe ganz allgemein gesprochen. Aber an Bord eines Schiffs schläft man besser. Im freien Fall schnarchst du nie.«

»Ich schnarche nie!«

Dr. Stone antwortete nicht. Hazel kicherte. Pollux nahm mit Castor Blickkontakt auf. Castor nickte. Die beiden verzogen sich still in ihr Zimmer. Es war ungemein schwierig, Mutter in eine Familiendiskussion hineinzuziehen. Aber es war der Mühe wert. Nie fiel eine wichtige Entscheidung ohne sie.

Etwas später klopfte Meade an die Tür. Castor ließ sie herein und musterte sie. Sie war nach dem letzten Schrei der Mode des Amerikanischen Wilden Westens gekleidet. »Wieder Square-Dance, ja?«

»Ausscheidung heute Abend. Hört mal, selbst wenn Daddy sich von dem Geld trennt, seid ihr doch dadurch aufgeschmissen, dass ihr für eine unbegrenzte Lizenz nicht alt genug seid, richtig?«

»Wir rechnen mit einer Ausnahmeerlaubnis.« Sie hatten darüber gesprochen, ohne Ausnahmeerlaubnis abzuzischen, aber jetzt war wohl nicht der richtige Zeitpunkt, das zu erwähnen.

»Aber vielleicht bekommt ihr keine. Vergesst nicht, dass ich nächste Woche achtzehn werde. Wiederseh'n.«

»Gute Nacht.«

Nachdem sie gegangen war, sagte Pollux: »Das ist albern. Sie hat noch nicht mal ihre limitierte Lizenz.«

»Nein, aber in der Schule hat sie Astrogation gehabt, und wir könnten ihr Nachhilfe geben.«

»Cas, du bist verrückt. Wir können sie nicht im ganzen System herumschleppen. Mädels stören immer.«

»Da irrst du dich, Junior. Du meinst ›Schwestern‹ – Mädels sind in Ordnung.«

Pollux dachte kurz nach. »Ja, ich schätze, du hast Recht.«

»Ich habe immer Recht.«

»Ach ja? Wie war das damals, als du versucht hast, mit flüssiger Luft –«

»Sei nicht so kleinlich!«

Als Nächste steckte Großmutter Hazel den Kopf herein. »Nur ein kurzer Kriegsbericht, Jungs. Euer Vater ist angeschlagen, kämpft aber noch wie ein echter Sportler weiter.«

»Lässt er uns das Geld ausgeben?«

»Im Moment sieht's nicht so aus. Sagt mal, wie viel wollte Ekizian für diesen Detroiter haben?«

Castor sagte es ihr. Sie stieß einen Pfiff aus. »Dieser Ganove«, sagte sie. »Dieses unverschämte Erdhörnchen – ich werde ihm die Lizenz entziehen lassen.«

»Wir haben nicht gesagt, dass wir das bezahlen.«

»Unterschreibt nichts bei ihm, wenn ich nicht neben euch stehe. Ich weiß, wo die Leiche begraben liegt.«

»Okay. Hazel, meinst du wirklich, ein Detroiter VII ist instabil?«

Sie runzelte die Stirn. »Die Gyros sind für das Trägheitsmoment des Schiffs zu leicht. Ich hasse ein Schiff, das wackelt. Wenn wir billig ein Trippel-Duo-Gyrosystem aus Armeebeständen erstehen könnten, hättet ihr etwas Gutes. Ich werde mich umhören.«

Viel später kam Mr. Stone. »Noch wach, Jungs?«

»Klar, komm rein.«

»Diese Angelegenheit, über die wir heute diskutiert haben –«

»Bekommen wir das Geld?«, unterbrach ihn Pollux.

Castor stieß ihn in die Rippen, aber es war zu spät. »Ich habe euch erklärt, dass das nicht in Frage kommt«, sagte ihr Vater. »Aber ich wollte euch etwas fragen. Habt ihr, als ihr euch umgesehen habt, – äh – zufällig auch größere Schiffe gesehen?«

Castor blickte ihn verständnislos an. »Nein, Sir. Etwas Größeres könnten wir uns ja auch nicht leisten, nicht wahr, Pol?«

»Nein, echt! Warum fragst du, Dad?«

»Ach nichts. Gar nichts. Naja, gute Nacht.«

Er ging. Die Zwillinge blickten sich an und schüttelten feierlich die Hände.

II. TRIFTIGE GRÜNDE FÜR
EINE DRAMA-LIZENZ

Beim Frühstück am nächsten Morgen – »Morgen« selbstverständlich nach Greenwich-Zeit. Laut örtlicher Sonnenzeit war es noch später Nachmittag und würde es noch ein paar Tage bleiben – spielte die Familie Stone die Episode von Mr. Stones Marathon-Abenteuer-Serie nach, die Hazel in der vergangenen Nacht diktiert hatte. Großmutter Hazel hatte die Rolle sofort nach dem Aufstehen in den Schreibautomaten gesteckt. Jetzt hatte jeder ein getipptes Exemplar in der Hand. Selbst Buster hatte ein paar Zeilen. Hazel spielte mehrere Rollen. Sie hüpfte und sprang umher und sprach mit rostiger Bassstimme und dann im höchsten Sopran.

Alle machten mit – alle, außer Mr. Stone. Er hörte mit saurer Versucht-mal-mich-zum-Lachen-zu-bringen-Miene zu.

Hazel beendete ihr großartiges Cliffhanger-Finale, indem sie ihren Kaffee umstieß. Sie pflückte die Tasse aus der Luft und hielt die Serviette darunter, ehe die braune Flut unter dem Druck des Schwerefelds des Monds den Boden erreichte. »Na und?«, fragte sie ihren Sohn. Sie war noch außer Atem von den hektischen Versuchen des Galaktischen Überlords, einem gerechten Schicksal zu entfliehen. »Wie ist es? Ist es nicht ein Knüller? Haben wir sie zu Tode geängstigt oder nicht?«

Roger Stone antwortete nicht, er hielt sich nur die Nase zu. Erstaunt schaute Hazel ihn an. »Es hat dir *nicht* gefallen? He, ich glaube, du bist neidisch, Roger. Man stelle sich vor. Ich habe einen Sohn mit so üblem Charakter groß gezogen, dass er auf seine eigene Mutter neidisch ist!«

»*Mir* hat's gefallen«, meldete sich Buster. »Spielen wir doch nochmal, wie ich diesen kleinen Raumpiraten erschieße.« Er krümmte einen Finger und zischte. »Peng! Überall Blut auf den Schotten.«

»Da ist deine Antwort, Roger. Dein Publikum. Wenn es Buster gefällt, liegst du richtig.«

»Ich fand es aufregend«, meinte Meade. »Was stört dich, Daddy?«

»Ja«, sagte Hazel kampfbereit. »Los, sag's uns!«

»Na schön. Erstens machen Raumschiffe keine Drehung um hundertachtzig Grad.«

»Dieses schon.«

»Zweitens, was soll dieser Blödsinn mit diesem Galaktischen Überlord? Wann hat er sich eingeschlichen?«

»Ach das! Sohn, deine Show lag doch schon im Sterben, da habe ich ihr eine Transfusion verpasst.«

»Aber ›Galaktischer Überlord‹ – also, wirklich! Das ist nicht nur absurd, sondern schon mal da gewesen.«

»Und, ist das schlecht? Nächste Woche statte ich *Hamlet* mit Atomantrieb aus und versetze ihn in *Die Komödie der Irrungen*. Ich nehme an, deiner Meinung nach wird Shakespeare mich verklagen.«

»Er wird, wenn er aufhört, sich im Grab umzudrehen.« Roger Stone zuckte mit den Schultern. »Ich schicke es ein. Es ist nicht genug Zeit, eine andere Episode zu schreiben, und im Vertrag steht nicht, dass sie gut sein muss. Ich muss nur termingerecht abliefern. In New York überarbeiten sie ohnehin alles.«

»Ich wette, dass nach dieser Episode deine Fanpost sich um fünfundzwanzig Prozent steigern wird«, sagte seine Mutter.

»Nein, danke! Ich will nicht, dass du dir die Finger mit Fanpost wundschreibst – nicht in deinem Alter.«

»Was ist mit meinem Alter los? Ich habe dir früher zweimal pro Woche den Hintern versohlt, und dazu bin ich immer noch im Stande. Los, deinen Einsatz!«

»Nicht so kurz nach dem Frühstück!«

»Feigling! Wie wollt Ihr sterben, Marquis of Queensbury, in den Docks oder blitzschnell?«

»Schick mir deine Sekundanten. Lass es uns ordnungsgemäß tun. Inzwischen –« Er wandte sich an seine Söhne. »Jungs, habt ihr für heute irgendwelche Pläne?«

Castor blickte seinen Bruder an und meinte vorsichtig: »Naja, eigentlich wollten wir uns noch etwas wegen Schiffen umschauen.«

»Ich komme mit.«

Verblüfft schaute Pollux ihn an. »Heißt das, dass wir das Geld bekommen?« Sein Bruder warf ihm einen wütenden Blick zu.

»Nein, das Geld bleibt an der Bank – wo es hingehört«, erklärte ihr Vater.

»Warum sollen wir uns dann Schiffe ansehen?« Diesmal ein Rippenstoß mit dem Ellbogen.

»Ich will mal sehen, was der Markt so zu bieten hat«, meinte Mr. Stone. »Kommst du, Edith?«

»Ich vertraue deinem Urteil, Liebling«, sagte Dr. Stone.

Hazel kippte einen großen Schluck Kaffee hinunter und stand auf. »Ich komme auch mit.«

Buster hüpfte aus seinem Stuhl. »Ich auch!«

Dr. Stone wehrte ab. »Nein, Schätzchen. Iss deine Haferflocken auf.«

»Nein! Ich komme auch mit! Darf ich, Großmama Hazel?«

Hazel dachte nach. Ein Kind außerhalb des Überdrucks der Stadt zu beaufsichtigen war keine leichte Aufgabe. Buster war noch nicht alt genug, dass man ihm trauen konnte, die Kontrollen seines Raumanzugs richtig zu bedienen. Bei dieser Gelegenheit wollte sie frei sein, um anderen Dingen ihre volle Aufmerksamkeit zu widmen. »Ich fürchte, nein, Lowell. Ich sage dir was, Süßer. Ich lasse mein Telefon eingeschaltet, dann können wir Schach spielen, solange ich unterwegs bin.«

Buster verzog das Gesicht. »Schach übers Telefon macht keinen Spaß, weil ich nicht weiß, was du denkst.«

Hazel schaute ihn erstaunt an. »Also, das ist es! Ich habe es schon seit geraumer Zeit vermutet. Vielleicht kann ich zur Abwechslung mal ein Spiel gewinnen. Nein, fang nicht an zu heulen – sonst nehme ich dir für eine Woche deinen Rechenschieber weg.« Das Kind dachte nach, zuckte mit den Schultern und beruhigte sich.

»Glaubst du, dass er tatsächlich Gedanken hören kann?«, fragte Hazel ihren Sohn.

Dieser musterte seinen Jüngsten. »Ich fürchte mich davor, das herauszufinden.« Er seufzte und fügte hinzu: »Warum konnte ich nicht in eine nette, normale, blöde Familie geboren werden? Deine Schuld, Hazel.«

Seine Mutter tätschelte seinen Arm. »Keine Angst, Roger, du drückst den Durchschnitt gewaltig.«

»Hmmmm! Gib mir die Rolle. Ich schicke sie lieber nach New York, bevor ich die Nerven verliere.«

Hazel holte die Rolle. Mr. Stone ging zum Telefon, gab den Code für RCA in New York ein, dazu die Kombination für Höchstgeschwindigkeitsübermittlung. Als er die Rolle unten hineinschob, meinte er: »Ich sollte das nicht machen. Hazel, zusätzlich zu deinem ›Galaktischen Überlord‹ hast du die Kontinuität vernichtet, weil du vier meiner Standardcharaktere umgebracht hast.«

Hazels Blick haftete an der Rolle, die sich jetzt drehte. »Mach dir keine Sorgen, ich habe alles genau durchdacht. Du wirst schon sehen.«

»Was meinst du? Willst du etwa noch mehr Episoden schreiben? Ich bin geneigt, alle Viere von mit zu strecken und dir den Kampf zu überlassen – ich habe die Nase voll, und dir würde es recht geschehen. Galaktischer Überlord, nein, wirklich!«

Seine Mutter beobachtete weiterhin, wie sich die Rolle im Telefon drehte. Bei Höchstgeschwindigkeit dauerte die Übertragung von dreißig Minuten Band nur dreißig Sekunden. *Knack*! Die Rolle sprang aus dem Schlitz. Hazel atmete erleichtert auf. Die Episode war jetzt entweder in New York, oder sie wurde automatisch in der Telefonbörse in Luna City gespeichert, bis es im Verkehr Luna-Erde eine Lücke gab. In beiden Fällen war sie außer Reichweite. Man konnte sie ebenso wenig zurücknehmen wie ein im Zorn gesagtes Wort.

»Selbstverständlich plane ich weitere Episoden«, teilte sie ihm mit. »Genau sieben, präzise gesagt.«

»Warum sieben?«

»Hast du noch nicht rausgekriegt, weshalb ich Charaktere sterben lasse? Sieben Episoden, und das Ende des Quartals ist erreicht, das Datum für eine neue Option. Diesmal werden Sie deine Vorschläge nicht nehmen, weil deine Charaktere bis zum letzten Mann mausetot sein wird, und die Geschichte auch. Ich nehme dich vom Haken, Sohn.«

»*Was*? Hazel, das kannst du nicht machen! Abenteuerserien enden nie.«

»Steht das in deinem Vertrag?«

»Nein, aber –«

»Ständig meckerst du, dass du aus dieser goldenen Tretmühle raus willst. Selbst hättest du nie den Mut aufgebracht, deshalb musste dir deine liebende Mutter zu Hilfe eilen. Du bist wieder ein freier Mann, Roger.«

»Aber –« Sein Gesicht entspannte sich. »Ich nehme an, du hast Recht. Allerdings würde ich lieber auf meine Art und zu meinem Zeitpunkt Selbstmord begehen, literarischen Selbstmord. Hmmmm ... sieh mal, Hazel, wann willst du John Sterling sterben lassen?«

»Ihn? Na, unser Held darf noch bis zur letzten Episode leben. Ist doch logisch. Er und der Galaktische Überlord erledigen sich ganz am Schluss gegenseitig. Getragene Musik.«

»Ja. Ja, gewiss ... so müsste es laufen. Aber das kannst du nicht machen.«

»Warum nicht?«

»Weil ich darauf bestehe, diese Szene selbst zu schreiben. Ich habe diesen Süßholzraspler Galahad gehasst, seit ich ihn erfunden habe. Ich überlasse niemand anderem das Vergnügen, ihn umzubringen. Er gehört mir!«

Seine Mutter verneigte sich. »Die Ehre gebührt Euch, Sir.«

Mr. Stones Gesicht hellte sich auf. Er nahm seinen Beutel und schlang ihn über die Schulter. »So, und jetzt wollen wir uns ein paar Raumschiffe anschauen!«

»Geronimo!«

Die vier verließen die Wohnung und traten auf das Laufband, das sie zum Druckluftaufzug an die Oberfläche brachte. Dort sagte Pollux zu seiner Großmutter: »Hazel, was bedeutet ›Geronimo‹?«

»Uralter Druidenspruch. Er bedeutet: ›Los, hauen wir ab, selbst wenn wir zu Fuß gehen müssen.‹ Also, kommt in die Hufe.«

III. DER SECOND-HAND-MARKT

Sie hielten bei den Umkleidekabinen in der Ost-
schleuse und zogen die Anzüge an. Wie immer löste
Hazel ihre Waffe vom Gürtel und schnallte sie über
den Raumanzug. Die anderen waren nicht bewaffnet.
Abgesehen von der Bürgerwehr und der Militärpolizei
trug in Luna City niemand, außer einigen Oldtimern
wie Hazel, Waffen. »Hazel, warum mühst du dich mit
dem Ding ab?«, fragte Castor.

»Um meine Rechte zu wahren. Außerdem könnten
wir auf eine Klapperschlange treffen.«

»Klapperschlangen? Auf dem Mond? Also wirklich,
Hazel!«

»Ach ja? Hier laufen mehr Klapperschlangen auf
den Hinterbeinen umher als je im Staub gekrochen
sind. Erinnerst du dich, was der Weiße Ritter der kleine
Alice sagte, weshalb er eine Mausefalle an seinem
Pferd hatte?«

»Nein, nicht genau.«

»Lies es nach, wenn wir nach Hause kommen. Ihr
Kinder seid wirklich ungebildet. Hilf mir mal beim
Helm.«

Das Gespräch wurde unterbrochen, als Buster die
Großmutter anrief und darauf bestand, mit dem Spiel
anzufangen. Castor konnte ihre Lippen durch den
Helm lesen. Als er seinen Helm aufgesetzt hatte, schaltete er den Funk im Anzug ein. Er hörte die beiden
streiten, wer beim letzten Spiel die weißen Figuren
gehabt hatte. Hazel war mit Buster beschäftigt, der vor

dem Schachbrett saß und sich mit den Zügen beeilte. Sie musste sich das Brett vorstellen.

An der Schleuse mussten sie warten, bis eine Gruppe Touristen, die mit dem Morgen-Shuttle von Erde gekommen waren, ausstieg. Eine von zwei weiblichen Passagieren blieb stehen und starrte sie an. »Thelma«, sagte sie zu ihrer Begleiterin. »Dieser kleine Mann hier, der trägt eine Waffe.«

Die andere Frau zog sie weiter. »Schau nicht hin«, sagte sie. »Das ist unhöflich.« Dann gingen sie weiter und wechselten das Thema. »Ich frage mich, wo wir hier in der Nähe Schildkröten als Souvenir kaufen können. Ich habe Herbert eine versprochen.«

Hazel drehte sich um und warf den beiden Frauen einen wütenden Blick hinterher. Mr. Stone nahm sie am Arm und zog sie in die jetzt leere Schleuse. Sie schäumte immer noch vor Wut. »Erdhörnchen! Schildkröten als Souvenir, also wirklich!«

»Denk an deinen Blutdruck, Hazel!«, mahnte ihr Sohn.

»Denk du an deinen!« Sie schaute zu ihm auf und lächelte plötzlich. »Ich hätte ziehen sollen. Peng! So etwa!« Dramatisch riss sie die Waffe aus dem Holster, holte das Magazin heraus und entnahm ihm ein Hustenbonbon. Das schob sie durch das Ventil in ihren Helm und fing es mit der Zunge auf. Lutschend redete sie weiter. »Weißt du, Sohn, das hat mich geschafft. Du hast dich vielleicht noch nicht entschlossen, ich schon. Luna wird auch so ein Ameisenhaufen werden. Ich will raus. Ich brauche Ellbogenfreiheit, ungefähr eine Viertelmilliarde davon.«

»Und was ist mit deiner Pension?«

»Die Pension kann mit gestohlen bleiben! Ich bin zurecht gekommen, bevor ich sie bekam.« Hazel war ebenso wie den übrigen Gründervätern – und -müttern – der Mondkolonie von der dankbaren Stadt eine lebenslange Rente zugesprochen worden. Trotz ihres Alters konnte das noch eine Weile so weitergehen, da die »normale« menschliche Lebensspanne unter den biologisch erleichterten Bedingungen der niedrigen Schwerkraft auf dem Mond noch nicht bestimmt worden war. Die Geriatrische Klinik in Luna City korrigierte regelmäßig die Schätzungen nach oben.

»Was ist mit dir?«, fuhr sie fort. »Willst du hier bleiben, wie ein Sardine in der Büchse? Ergreif deine Chance, Sohn, ehe sie dich wieder in ein öffentliches Amt wählen. Dame auf Königsläufer drei, Lowell.«

»Schau'n wir mal. Der Druck ist unten. Kommt.«

Castor und Pollux hielten sich wohlweislich aus der Diskussion heraus. Langsam nahmen die Dinge Gestalt an.

Sowohl Händler Dans Platz wie auch der Schrottplatz der Regierung und der des bankrotten Ungarn waren in der Nähe des Raumhafens. Beim Ungarn verkündete ein uraltes, von der Sonne verbranntes Schild: GELEGENHEIT! GELEGENHEIT! GELEGENHEIT! SCHLUSSVERKAUF!!! – aber es gab keine günstigen Gelegenheiten, wie Mr. Stone nach zehn Minuten feststellte – Hazel nach fünf. Auf dem Platz der Regierung standen hauptsächlich Robot-Frachter, ohne Unterkünfte – Schiffe für nur eine Fahrt, das interplanetare Gegenstück zu alten Umzugskartons – und veraltete Kriegsschiffe, die für den Privatgebrauch untauglich waren. Sie endeten bei Ekizian.

Pollux steuerte sofort das Schiff an, das er mit seinem Bruder ausgesucht hatte. Sein Vater rief ihn sofort zurück. »He, Pol! Was soll die Eile?«

»Willst du unser Schiff nicht sehen?«

»Euer Schiff? Leidet ihr immer noch unter der Wahnvorstellung, dass ich euch entflohenen Sträflingen aus dem Jugendknast diesen *Detroiter* kaufe?«

»Warum sind wir dann hergekommen?«

»Ich will mir ein paar Schiffe ansehen. Aber ich bin nicht an einem Detroiter VII interessiert.«

»Dad, sieh mal, wir wollen keinen Springhüpfer«, sagte Pollux. »Wir brauchen ein –« Der Rest seines Protests ging unter, als Castor sein Sprechgerät abschaltete. Castor übernahm.

»Was für ein Schiff, Dad? Pol und ich haben uns die meisten Schrottkisten hier genau angesehen.«

»Also, nichts Ausgefallenes. Ein konservatives Familienschiff. Schauen wir uns mal diesen Hanshaw da vorne an.«

»Hast du nicht gesagt, dass Hanshaws Spritfresser sind, Roger?«, meinte Hazel spitz.

»Stimmt, aber sie sind sehr komfortabel. Man kann eben nicht alles haben.«

»Warum nicht?«

Pollux hatte sein Funkgerät wieder eingeschaltet. Jetzt meldete er sich. »Dad, wir wollen keinen Flitzer. Kein Laderaum.« Wieder griff Castor nach dem Gürtelschalter und drehte dem Bruder den Saft ab.

»Vergiss den Laderaum«, antwortete Mr. Stone. »Ihr Jungs würdet euer letztes Hemd verlieren, wenn ihr versucht, mit den gerissenen Händlern zu konkurrieren, die sich im System herumtreiben. Ich suche ein Schiff, in dem eine Familie gelegentlich eine Vergnügungsreise unternehmen kann, kein Handelsschiff.«

Pollux schwieg. Sie gingen zu dem Hanshaw, auf das Mr. Stone gedeutet hatte, und stürmten den Kontrollraum. Hazel benutzte Hände und Füße, um hinaufzuklettern und blieb nur wenig hinter ihrer Nachkommenschaft zurück. Kaum waren sie im Schiff, ging sie sofort durch die Luke hinab in den Maschinenraum. Die anderen betrachteten den Kontrollraum und die Unterkünfte, die in einem Raum zusammengelegt waren. Im Bug oben befand sich die Kontrollstation mit Couchen für Pilot und Co-Pilot. Im Heck waren zwei weitere Beschleunigungscouchen für Passagiere. Alle vier Couchen konnten umgedreht werden, da das Schiff sich im Sturzflug drehte, um durch die Zentrifugalkraft eine künstliche »Schwerkraft« zu erzeugen.

Pollux betrachtete die Einrichtung mit offensichtlichem Abscheu. Die Idee, ein Schiff mit Schnickschnack auszustaffieren, um die empfindlichen Mägen der Erdhörnchen zu schonen, widerte ihn an. Kein Wunder, dass die Hanshaws Spritfresser waren!

Aber sein Vater dachte anders. Er streckte sich glücklich auf der Pilotencouch aus und befingerte die Kontrollen. »Dieses Baby könnte mir gefallen«, erklärte er. »Wenn der Preis stimmt.«

»Ich dachte, du wolltest das Schiff für die Familie, Dad«, warf Castor ein.

»Tu ich.«

»Wenn du zusätzliche Couchen einbaust, wird es ziemlich eng. Das wird Edith nicht gefallen.«

»Überlasst eure Mutter mir. Außerdem sind doch jetzt genügend Couchen da.«

»Nur vier? Wie zählst du?«

»Ich, eure Mutter, eure Großmutter und Buster. Falls Meade mitkommt, bauen wir irgendwas für das

Baby. Was schließt ihr daraus: Es ist mir ernst, dass ihr jugendlichen Strolche eure Schulausbildung abschließt. Jetzt keine Sicherungen durchbrennen lassen! Mir schwebt vor, dass ihr mit diesem Pott herumschwirren könnt – nach dem Schulabschluss! Oder vielleicht schon während der Ferien, sobald ihr eure unbegrenzten Lizenzen habt. Klingt das fair?«

Die Zwillinge gaben ihm die negativste Antwort, zu der sie fähig waren: Sie sagten gar nichts. Ihre Mienen verrieten alles.

»Seht mal«, fuhr ihr Vater fort. »Ich bemühe mich, fair und großzügig zu sein. Aber wie viele Jungs in eurem Alter kennt ihr – oder habt von ihnen gehört –, die ihr eigenes Schiff besitzen? Keinen, richtig? Ihr müsst in eure Schädel reinkriegen, dass ihr keine Supermänner seid.«

Castor nahm die letzte Bemerkung auf. »Woher weißt du, dass wir nicht beide Superman sind?«

Pollux folgte ihm. »Das ist reine Vermutung, reine Mutmaßung.«

Ehe Mr. Stone eine passende Antwort einfiel, steckte seine Mutter den Kopf durch die Luke des Maschinenraums. Ihren Gesichtsausdruck nach war ihr ein übler Gestank in die Nase gestiegen.

»Was ist los, Hazel? Ist der Maschinenraum schrottreif?«, fragte er.

»›Schrottreif‹ sagt er! Ich würde diese Mühle nicht bei zwei g hochnehmen.«

»Was stimmt denn nicht?«

»Ich habe noch nie einen schlimmer misshandelten – nein, ich werde es nicht sagen. Seht es euch selbst an. Ihr traut ja meinen Fähigkeiten als Ingenieur nicht.«

»Also, Hazel, ich habe nie behauptet, ich würde deinen Fähigkeiten als Ingenieur nicht trauen.«

»Nein, aber du traust mir nicht. Und schmier mir keinen Honig ums Maul. Ich weiß es. Überprüft den Maschinenraum. Tut so, als hätte ich ihn noch nicht gesehen.«

Ihr Sohn ging zur Außenluke und meinte: »Ich habe nie gesagt, dass du nichts von Energieversorgung verstehst. Falls du von dem Gantry-Entwurf sprichst – das war vor zehn Jahren. Inzwischen solltest du mir verziehen haben, dass ich Recht hatte.«

Zur Überraschung der Zwillinge setzte Hazel die Diskussion nicht fort, sondern folgte ihrem Sohn gehorsam in die Luftschleuse. Mr. Stone kletterte die Strickleiter hinab. Castor nahm die Großmutter beiseite, schaltete ihre beiden Funkgeräte aus und drückte seinen Helm direkt an ihren, damit sie ungestört sprechen konnten. »Hazel, was war bei der Energieanlage falsch? Pol und ich haben uns das Schiff vorige Woche angesehen – mir ist nichts aufgefallen.«

Hazel schaute ihn mitleidig an. »Hast du in letzter Zeit zu wenig geschlafen? Das liegt doch auf der Hand – nur vier Couchen.«

»Oh.« Castor schaltete sein Sprechgerät wieder ein und folgte schweigend seinem Bruder und Vater nach unten.

Auf dem Heck des nächsten Schiffs, das sie besichtigten, stand *Cherubin, Roma, Terra*. Sie gehörte zur Engelserie von Carlotti Motors, obwohl sie den riesigen Erzengeln nicht sehr ähnlich war. Sie war kurz – kaum hundert Fuß hoch – und schlank, und sie war mindestens zwanzig Jahre alt. Mr. Stone hatte gezögert, sie sich anzuschauen. »Sie ist zu groß für uns«, protestierte er. »Außerdem suche ich kein Frachtschiff.«

»Wieso zu groß«, fragte Hazel. »Zu groß ist ein Ausdruck aus dem Finanzwesen, nicht in Bezug auf Volumen. Und überleg mal, wie spritzig sie ist, wenn ihr Frachtraum leer ist. Ich mag ein Schiff, das einen Satz macht, wenn ich ihren Schwanz drehe – und du auch.«

»Hmmm, ja«, gab er zu. »Schön, es kostet ja nichts, sie mal in Augenschein zu nehmen.«

»Du redest mit jedem Tag intelligenter, Sohn.« Hazel griff nach der Strickleiter.

Das Schiff war alt und altmodisch, und es hatte mehrere Millionen im All hinter sich, aber, dank der konservierenden Bedingungen auf Mond war sie hervorragend erhalten und nicht gealtert seit dem letzten Mal, als ihre Düsen in Betrieb waren. Sie hatte zeitlos geschlummert und darauf gewartet, dass jemand kommen würde, der ihre Dornröschenschönheit zu schätzen wusste. Innen war kein Staubkörnchen. Man hatte viele ihrer Hilfsgeräte ausgebaut und verkauft, aber sie war immer noch hell und sauber und tauglich für eine Raumfahrt.

Als Hazel das Licht in den Augen ihres Sohnes sah, wusste sie, dass es bei ihm Liebe auf den ersten Blick war. Sie blieb etwas zurück und gab den Zwillingen ein Zeichen zu schweigen. Durch die Luftschleuse gelangten sie in die Unterkünfte. Ein Wohnbereich mit Küche, zwei große Schlafzimmer und ein Raum mit Etagenbetten. Der Kontrollraum war separat oben. Roger Stone kletterte sofort hinauf.

Unterhalb der Wohnräume befand sich der Laderaum und darunter das Energiezentrum. Das Schiff war ein Frachter, der auch Passagiere mitnehmen konnte, oder ein Passagierschiff mit Frachtraum. Diese doppelte Funktion hatte sie, wie ein ungewolltes Waisenkind, auf Händler Dans Second-Hand-Gelände gebracht. Mit Fracht war sie zu langsam, um mit den Express-Linien konkurrieren zu können. Und sie konnte nicht genug Passagiere befördern, um ohne Frachtladung Profit zu machen. Trotz ihrer gediegenen Bauart passte sie nicht in den gnadenlosen Konkurrenzkampf der Geschäftswelt.

Die Zwillinge stiegen hinunter in den Maschinenraum. Hazel schaute sich in den Aufenthaltsräumen um, nickte beifällig in der Küche und kletterte schließlich in den Kontrollraum hinauf. Da lag ihr Sohn ausgestreckt auf der Pilotencouch und befingerte die Knöpfe und Hebel. Hazel schwang sich sofort auf die Couch des Co-Piloten und machte es sich dort gemütlich, obwohl die mit Luft gefüllte Auflage fehlte. Sie schaute Roger Stone an und rief: »Alle Mann auf Station und bereit, Captain!«

Er blickte sie an und grinste. »Zum Start bereit halten!«

»Bord grün. Ok vom Tower. Bereit zum Start.«

»Minus dreißig! Neunundzwanzig – achtundzwanzig –« Er brach ab und fügte verlegen hinzu: »Es ist ein großartiges Gefühl.«

»Das kannst du laut sagen! Komm, auf zu neuen Ufern, ehe wir zu alt sind! Das Leben in der Stadt lässt ja schon Moos auf uns wachsen.«

Roger Stone schwang seine langen Beine von der Couch. »Hm, vielleicht sollten wir wirklich. Ja, wir sollten!«

Hazels Stiefel knallten auf die Bodenplatten. »Das ist mein Junge! Ich habe dich doch zu einem richtigen

Mann erzogen. Lass uns nachsehen, was die Zwillinge inzwischen auseinander genommen haben.«

Die Zwillinge waren immer noch im Maschinenraum. Roger trat als Erster ein. »Nun, Sohn, wie sieht's aus?«, fragte er Castor. »Steigt sie hoch genug, um abzustürzen?«

Castor runzelte die Stirn. »Eigentlich haben wir nichts gefunden, was kaputt ist, aber sie haben die Zusatzaggregate ausgebaut. Die Kiste ist nur eine Hülse.«

»Was erwartet ihr?«, fragte Hazel. »Dass sie die ›heißen‹ Sachen in einem stillgelegten Schiff zurücklassen? Im Laufe der Zeit wäre das gesamte Heck radioaktiv, abgesehen davon, dass jemand es klauen könnte.«

»Gib nicht so an, Hazel«, sagte ihr Sohn. »Cas weiß das. Später überprüfen wir die Log-Daten und holen uns ein metallurgisches Gutachten – falls wir ins Geschäft kommen.«

»Königsspringer auf Dameläufer fünf«, sagte Hazel. »Was ist los, Roger? Kalte Füße?«

»Nein, mir gefällt das Schiff ... aber ich bin nicht sicher, ob ich es bezahlen kann. Und selbst wenn sie ein Geschenk wäre, würde es ein Vermögen kosten, sie zu überholen und fürs All startbereit zu machen.«

»Ach was! Ich mache die Überholung selbst, Cas und Pol können die Drecksarbeit erledigen. Kostet nur das Docken. Und was den Preis betrifft – darüber reden wir später.«

»*Ich* überwache die Überholung!«

»Willst du Streit? Gehen wir mal runter und hören uns an, welche überzogenen Vorstellungen Dan Ekizian diesmal hat. Und denk dran: Überlass mir das Reden!«

»Moment mal! Ich habe nie gesagt, dass ich diesen Eimer kaufen will.«

»Wer hat das denn behauptet? Aber es schadet nichts, mit ihm zu feilschen. Ich kann Dan dazu bringen, vernünftig zu sein.«

Dan Ekizian freute sich, sie zu sehen, seine Freude verdoppelte sich, als er hörte, dass sie nicht nur am Detroiter VII, sondern an einem größeren, teureren Schiff interessiert waren. Hazel bestand darauf, dass sie mit Ekizian allein ins hintere Büro ging, um über den Preis zu sprechen. Mr. Stone ließ ihr den Willen, da er wusste, welch gnadenlosen Preiskampf seine Mutter führen würde. Er wartete mit den Zwillingen draußen. Nach geraumer Zeit rief Mr. Ekizian die Sekretärin zu sich.

Als sie wenige Minuten später herauskam, folgten ihr Ekizian und Hazel. »Alles geklärt«, verkündete sie selbstzufrieden.

Der Händler lächelte widerstrebend und zog an seiner Zigarre. »Ihre Mutter ist eine sehr gescheite Frau, Mr. Bürgermeister.«

»Nun mal langsam!«, protestierte Roger Stone. »Ihr habt beide eine gestörtes Zeitgefühl. Ich bin nicht mehr Bürgermeister – dem Himmel sei Dank –, und noch ist nichts geklärt. Wie lauten die Bedingungen?«

Ekizian schaute Hazel an. Sie schürzte die Lippen. »Nun, Sohn«, sagte sie langsam. »Folgendes: Ich bin zu alt, um ewig zu warten. Ich könnte im Bett sterben, während ich darauf warte, dass du sämtlich Für und Wider der anstehenden Frage bedenkst. Deshalb habe ich das Schiff gekauft.«

»Du?«

»Praktisch ja. Es ist wie in einem Syndikat. Dan

bringt das Schiff ein, ich kümmere mich um die Ladung – und die Jungs und ich bringen das Zeug zu den Asteroiden und machen fetten Profit. Ich wollte immer schon ein Skipper sein.«

Castor und Pollux hatten sich im Hintergrund gehalten, zugehört und die Gesichter beobachtet. Nach Hazels Erklärung wollte Pollux etwas sagen, aber Castor fing seinen Blick ab und schüttelte den Kopf.

»Das ist doch hirnverbrannt!«, sagte Mr. Stone aufgebracht. »Das werde ich nie zulassen.«

»Ich bin volljährig, Sohn.«

»Mr. Ekizian muss den Verstand verloren haben.«

Der Händler nahm die Zigarre aus dem Mund und betrachtete deren Ende. »Geschäft ist Geschäft.«

»Also ... aber meine Jungs ziehst du da nicht mit rein. Das kommt überhaupt nicht in Frage.«

»Hmmmm...«, meinte Hazel. »Vielleicht ja. Vielleicht nein. Wir wollen sie fragen.«

»Sie sind nicht volljährig.«

»Nein ... noch nicht. Aber angenommen, sie gehen vor Gericht und bitten darum, dass ich zu ihrem Vormund ernannt werde?«

Mr. Stone hörte still zu, dann wandte er sich an seine Söhne. »Cas ... Pol ... habt ihr das mit eurer Großmutter ausgeheckt?«

»Nein, Sir«, antwortete Pollux.

»Würdet ihr tun, was sie soeben gesagt hat?«

»Aber, Dad, du weißt doch, dass wir nie so etwas tun würden«, erklärte Castor.

»Aber vielleicht doch, oder?«

»Das habe ich nicht gesagt.«

»Hmmm – das ist glatte Erpressung, und ich lasse mir das nicht gefallen. Mr. Ekizian, Sie haben gewusst, dass ich hergekommen bin, weil ich mich für das Schiff interessiert habe. Sie wussten, dass meine Mutter – *als meine Agentin* – verhandeln sollte. Das habt ihr beide gewusst, aber ihr habt hinter meinem Rücken einen Handel abgeschlossen. Also: Entweder ihr lasst diesen so genannten Handel sausen, und wir fangen von vorn an – oder ich verklage euch beide vor der Handelskammer.«

Hazels Gesicht war ausdruckslos, Mr. Ekizian betrachtete seine Rauchringe. »An dem, was Sie sagen, ist was dran, Mr. Stone. Was halten Sie davon, wenn wir reingehen und alles besprechen?«

»Das halte ich für eine exzellente Idee.«

Hazel zupfte ihren Sohn am Ärmel, ehe er ging. »Roger, willst du das Schiff wirklich kaufen?«

»Ja.«

Sie deutete auf die Papiere auf Ekizians Schreibtisch. »Dann unterschreib hier und mach deinen Daumenabdruck.«

Er nahm die Papiere hoch. Darin stand überhaupt nichts über das Syndikat, von dem Hazel gesprochen hatte. Stattdessen war er als alleiniger Besitzer des Schiffs eingetragen, das er angesehen hatte. Der Preis war auch viel niedriger, als er zu zahlen bereit gewesen war. Er stellte schnell ein paar Berechnungen an und kam zu dem Schluss, dass Hazel das Schiff nicht nur für den Schrottpreis bekommen hatte, sondern offenbar Ekizian noch dazu gebracht hatte, den Betrag abzuziehen, den es ihn gekostet hätte, das Schiff abzuwracken.

Es war totenstill, als er den Stift auf Mr. Ekizians Schreibtisch nahm und mit seinem Namen unterschrieb. Daneben setzte er seinen Daumenabdruck. Als er aufschaute, fing er den Blick seiner Mutter auf.

»Hazel, du bist durch und durch unehrlich, und es wird ein böses Ende mit dir nehmen.«

Sie lächelte. »Roger, du bist doch ein Schmeichler!«

Mr. Ekizian seufzte. »Wie ich schon sagte, Mr. Stone, Ihre Mutter ist eine sehr gescheite Frau. Ich habe ihr eine Partnerschaft angeboten.«

»Dann gab es doch einen Handel?«

»Nein, nein, so einen Handel nicht. Ich habe ihr eine Partnerschaft für mein Geschäft angeboten.«

»Aber ich habe nicht zugestimmt«, sagte Hazel. »Ich will Ellbogenfreiheit.«

Roger Stone grinste und stand auf. »Wie auch immer – wer ist nun der Skipper?«

»Du natürlich, Captain.«

Als sie herauskamen, fragten die Zwillinge: »Hast du das Schiff gekauft, Dad?«

»Nennt ihn nicht ›Dad‹«, sagte Hazel. »Er zieht ›Captain‹ vor.«

»Oh.«

»Ebenfalls ›Oh‹«, wiederholte Pol.

Dr. Stones einzige Bemerkung war: »Ja, Liebling, ich habe unseren Mietvertrag gekündigt.« Meade war fast aus dem Häuschen, Lowell ganz. Nach dem Abendessen nahmen Hazel und die Zwillinge und das Baby mit hinaus, um ihnen ihr Schiff zu zeigen. Dr. Stone – die selbst bei dem Großen Meteor-Regen keinerlei Aufregung gezeigt hatte – blieb mit ihrem Mann zu Hause. Er verbrachte die Zeit damit, Listen von Dingen anzulegen, um die sie sich kümmern mussten, sowohl auf dem Schiff als auch in der Stadt, ehe sie ablegen konnten. Seine letzte Liste lautete folgendermaßen:

Ich   – Skipper
Castor   – 1. Offizier und Pilot
Meade   – 2. Offizier und Hilfsköchin
Hazel   – Chefingenieur
Pollux   – Hilfsingenieur und Reserve-Pilot
Edith   – Schiffsärztin und Köchin
Buster   – »Supercargo«

Er betrachtete die Liste eine Zeit lang, dann sagte er leise vor sich hin: »Irgendetwas sagt mir, dass es nicht funktionieren wird.«

IV. ASPEKTE DER HAUSHALTSTECHNIK

Mr. Stone zeigte seine Organisationsliste nicht dem Rest der Familie. In seinem Herzen wusste er, dass die Zwillinge mitkommen würden, aber er war noch nicht bereit, es öffentlich zuzugeben. Während sie das Schiff überholten und fürs All fertig machten, blieb das Thema unerwähnt.

Unter Hazels Aufsicht machten die Zwillinge die meiste Arbeit, ab und zu stritt ihr Vater mit ihr über Ingenieursfragen und ihre Entscheidungen. Bei diesen Anlässen arbeiteten die Zwillinge meist weiter und taten, was sie für richtig hielten. Beide hatten nicht allzu viel Vertrauen in das Wissen und die Fähigkeiten ihrer Altvorderen. Hinzu kam ihr angeborenes Talent für Mechanik. Sie waren ziemlich stolz und so selbstsicher, dass sie oft glaubten, viel mehr zu wissen, als es tatsächlich der Fall war.

Die unstabile und anarchistische Situation spitzte sich zu, als die Zwischeninjektorsequenz überholt werden sollte. Mr. Stone hatte angeordet – Hazel teilte seine Meinung –, dass sämtliche ausbaubaren Teile ausgebaut werden sollten. Dann sollten ihre Innenflächen untersucht, Toleranzen überprüft und alle Dichtungen durch neue ersetzt werden. Bei diesem Modell funktionierte die Zwischensequenz bei verhältnismäßig niedrigem Druck, deshalb waren die Dichtungen aus Silikon-Quarz-Laminat, nicht aus Gussmetall.

In Luna City gab es keine Ersatzdichtungen, sie

mussten auf Erde bestellt werden. Das hatte Mr. Stone getan. Aber die alten Dichtungen schienen vollkommen in Ordnung zu sein, wie Pollux erklärte, als sie die Sequenz öffneten. »Hazel, warum bauen wir sie nicht wieder ein? Sie sehen nagelneu aus.«

Seine Großmutter nahm eine Dichtung, betrachtete sie genau, drückte sie etwas zusammen und gab sie ihm zurück. »Die kann noch lange leben, das ist sicher. Heb sie als Ersatzteil auf.«

»Das hat Pollux aber nicht gemeint«, sagte Castor. »Die neuen Dichtungen müssen von Rom nach Pikes Peak geflogen und dann hergestrahlt werden. Das kann drei Tage aber auch eine Woche dauern. Und wir können nicht weitermachen, bis diese Sauerei gereinigt ist.«

»Ihr könnt im Kontrollraum arbeiten. Euer Vater will sämtliche Teile, die abgenutzt sind, durch neue ersetzen.«

»O Mann! Vater richtet sich zu genau nach den Vorschriften. Das hast du selbst gesagt.«

Hazel betrachtete ihren Enkel, der im Druckanzug hünenhaft wirkte. »Hör zu, Zwerg, euer Vater ist ein erstklassiger Ingenieur. Ich kann es mir leisten, ihn zu kritisieren, ihr aber nicht.«

»Hazel, nur eine Sekunde«, mischte sich Pollux schnell ein. »Lass uns nicht persönlich werden. Ich bitte dich um deine professionelle, unvoreingenommene Meinung: Sind diese Dichtungen gut genug, um sie zu verwenden, oder nicht? Hand aufs Herz und großes Ehrenwort.«

»Naja ... man kann sie durchaus verwenden. Ihr könnt eurem Vater sagen, dass das meine Meinung ist. Er sollte jede Minute hier sein. Ich nehme an, er pflichtet mir bei.« Sie richtete sich auf. »Ich muss jetzt gehen.«

Mr. Stone kam nicht zur erwarteten Zeit. Die Zwillinge bastelten ein bisschen am Vorheizer herum. Schließlich fragte Pollux: »Wie spät ist es?«

»Nach vier.«

»Heute Nachmittag kommt Dad bestimmt nicht mehr. Sieh mal, die Dichtungen sehen prima aus, und wenn sie mal drin sind, bemerkt er den Unterschied nicht.«

»Ja, ich glaube, er würde zustimmen, wenn er sie gesehen hätte.«

»Gib mir den Schraubschlüssel.«

Hazel kam noch mal vorbei, aber inzwischen hatten sie die Sequenz wieder zusammengebaut und den Vorheizer geöffnet. Sie fragte nicht nach der Injektorsequenz, sondern legte sich auf den Bauch und inspizierte mit Taschenlampe und Spiegel das Innere des Vorheizers. Trotz ihres Alters war sie aufgrund der schwachen Anziehungskraft des Mondes immer noch fit wie ein Heuhüpfer, aber nicht kräftig genug, um mit einem Schraubenschlüssel zu arbeiten. Aber ihre Augen waren nicht nur viel erfahrener, sondern auch viel schärfer als die der Zwillinge.

»Sieht gut aus«, meinte sie, als sie wieder herausgekrochen war. »Wir bauen morgen alles wieder zusammen. Kommt, sehen wir mal, was die Köchin heute wieder ruiniert hat.« Sie half den Zwillingen, die Sauerstoffleitungen vom Schiffstank abzunehmen und an die Flaschen auf ihrem Rücken anzuschließen. Dann verließen die drei das Schiff und gingen zurück nach Luna City.

Das Abendessen wurde von einer hitzigen Diskussion über die nächste Folge der *Geißel des Alls* beherrscht. Hazel schrieb das Drehbuch, aber die gesamte Familie, mit Ausnahme von Dr. Stone, fühlte sich berechtigt, eigene Ideen einzubringen, welche Formen der Gewalt und des Gemetzels die Charaktere ausüben sollten. Erst als Mr. Stone sich die erste Pfeife nach dem Abendessen angezündet hatte, kam er dazu, sich nach dem heutigen Fortschritt der Arbeiten zu erkundigen.

Castor erklärte, dass sie den Vorheizer schließen würden. Mr. Stone nickte. »Gut – läuft ja prima! Moment mal, ihr müsst ihn aber wieder auseinander nehmen, um die – oder haben sie die Dichtungen gleich ans Schiff geliefert? Ich hätte nicht geglaubt, dass sie so schnell hier sind.«

»Welche Dichtungen?«, fragte Pollux mit unschuldigem Blick. Hazel sah kurz zu ihm hinüber, sagte jedoch nichts.

»Die Dichtungen für die Zwischeninjektorsequenz natürlich.«

»Ach die!« Pollux zuckte mit den Schultern. »Die waren okay. Absolut perfekt auf neun Dezimalstellen – deshalb haben wir sie wieder eingebaut.«

»Ach ja? Interessant. Morgen könnt ihr sie wieder rausnehmen – und ich stehe neben euch, wenn ihr die neuen einbaut.«

Castor übernahm. »Aber Dad, Hazel hat gesagt, sie seien in Ordnung.«

Roger Stone schaute seine Mutter an. »Nun, Hazel?«

Sie zögerte. Sie wusste, dass sie nicht den Zwillingen nachdrücklich genug klar gemacht hatte, dass die Anordnungen ihres Vaters für sämtliche Arbeiten buchstabengetreu auszuführen waren. Anderseits hatte sie ihnen gesagt, sie sollten ihn fragen. Oder hatte sie das nicht? »Die Dichtungen waren in Ordnung, Roger. Es ist kein Schaden entstanden.«

Er schaute sie nachdenklich an. »Du hast es demnach für angebracht gehalten, meine Anweisungen zu ändern. Hazel, willst du, dass wir dich hier lassen?«

Obwohl er das ganz ruhig sagte, hörte sie den drohenden Unterton und verschluckte eine wütende Antwort. »Nein«, sagte sie nur.

»›Nein‹ was?«

»Nein, Captain.«

»Noch bin ich das nicht, aber das ist meine Vorstellung.« Er schaute seine Söhne an. »Ich frage mich, ob ihr zwei Clowns die Situation ernst genug einschätzt.«

Castor biss sich auf die Lippe. Pollux schaute seinen Zwillingsbruder an, dann wieder den Vater. »Dad, du siehst die Situation nicht richtig. Du machst wegen nichts einen Riesenwirbel. Wenn es dir eine Genugtuung bereitet, machen wir alles wieder auf – aber dann wirst du sehen, dass wir Recht gehabt haben. Wenn du die Dichtungen gesehen hättest, hättest du sie auch akzeptiert.«

»Möglich. Sicher sogar, aber ein Mechaniker im Dock darf unter keinen Umständen die Anordnungen des Skippers, wie er sein Schiff fürs All hergerichtet haben will, ändern. Und ihr seid im Moment nur Mechaniker, kapiert?«

»Okay, wir hätten warten sollen. Morgen machen wir sie auf, dann siehst du, dass wir Recht hatten, und dann machen wir sie wieder zu.«

»Irrtum. Morgen werdet ihr die alten Dichtungen ausbauen und sie zu mir bringen. Dann werdet ihr beide zu Hause bleiben, bis die neuen Dichtungen da sind. So lange könnt ihr darüber nachdenken, dass Befehle dazu dienen, dass man sie befolgt.«

»Aber, Dad, das wirft uns Tage zurück«, protestierte Castor.

»Ganz zu schweigen von den Stunden, die wir wegen dir verschwenden müssen«, fügte Pollux hinzu.

Castor: »Du kannst nicht erwarten, dass wir das Schiff fertig kriegen, wenn du uns keine Ellbogenfreiheit gibst.«

Pollux: »Und vergiss nicht, wie viel Geld wir dir erspart haben.«

Castor: »Stimmt! Die Dichtungen kosten dich keinen Cent.«

Pollux: »Und trotzdem ziehst du hier diese Skipper-Befehls-Show ab.«

Castor: »Das ist entmutigend! Einfach entmutigend!«

»*Ruhe!*« Er stand auf und packte jeden Zwilling am Kragen. Die Einsechstel-Schwerkraft auf Luna erlaubte ihm, sie am ausgestreckten Arm in der Luft über dem Boden zu halten. Hilfos wehrten sie sich.

»Jetzt hört mir mal zu«, sagte er. »Bis jetzt hatte ich noch nicht entschieden, ob ich euch zwei wilden Typen mitnehme oder nicht. Aber jetzt habe ich einen Entschluss gefasst.«

Beide Zwillinge schwiegen betreten. »Heißt das, dass wir nicht mitfliegen dürfen?«, fragte schließlich Pollux niedergeschlagen.

»Das heißt, dass ihr mitfliegt. Ihr braucht die strenge Disziplin an Bord mehr als einen Schulbesuch. Die modernen Schulen sind für Typen wie euch nicht hart genug. Ich werde ein strenges Kommando führen und verlange fröhlichen Gehorsam! Sonst verdonnere ich euch zur Höchststrafe. Kapiert? Castor?«

»Äh ... Jawohl, Sir.«

»Pollux?«

»Aye, aye, Sir.«

»Vergesst nicht! Wenn ihr das Maul so aufreißt, wenn wir im All sind, dann stopfe ich euch gegenseitig in die Kehlen.« Er knallte ihre Köpfe kräftig zusammen und ließ sie fallen.

Am nächsten Tag waren die Zwillinge mit den alten Dichtungen auf dem Heimweg vom Schiff. Sie gingen auf einen Sprung in die Stadtbibliothek. In den vier Tagen, die sie warten mussten, hatten sie Raumrecht gebüffelt. Die Lektüre hatte sie ziemlich ernüchtert, besonders die Abschnitte, in denen stand, dass der Kommandant eines Raumschiffs, der unabhängig handelte, gegen jeden, der seine Autorität in Frage stellte oder dagegen rebellierte, diese unter allen Umständen wahren musste. Einige der zitierten Fälle waren ziemlich grässlich. Sie lasen von dem Kapitän eines Frachters, der in seiner Eigenschaft als oberster Richter einen Meuterer durch eine Luftschleuse werfen ließ. Dem Verurteilten platzte die Lunge im Vakuum des Alls, so dass er am eigenen Blut erstickte.

Pollux verzog das Gesicht. »Opa, wie würde es dir gefallen, ins All geschmissen zu werden?«

»Keine Zukunft. Ziemlich dünn. Vakuum. Niedriger Vitamingehalt.«

»Vielleicht sollten wir Dad nicht verärgern. Diese ›Captain‹-Pose ist ihm zu Kopf gestiegen.«

»Das ist keine Pose. Sobald wir mit dem Schiff aufgestiegen sind, ist das so legal wie Kirchenbesuch am Sonntag. Aber Dad schmeißt uns nicht raus ins All, ganz gleich, was wir anstellen.«

»Rechne nicht damit. Dad kann ein ausgesprochen harter Bursche sein, wenn er vergisst, dass er ein liebender Vater ist.«

»Junior, du machst dir zu viele Sorgen.«

»Ach ja? Erinnere dich an meine Worte, wenn du spürst, wie der Druck abfällt.«

Ziemlich bald war man sich einig, dass das Schiff nicht weiterhin *Cherubin* heißen sollte. Aber auf den neuen Namen hatten sie sich noch nicht einigen können. Nach etlichen lautstarken Diskussionen schlug Dr. Stone, die selbst keine besondere Vorliebe hatte, vor, sie sollten eine Schachtel auf den Tisch im Esszimmer stellen und darin sämtliche vorgeschlagene Namen sammeln. Eine Woche lang fütterten sie die Schachtel, dann wurde sie geöffnet.

Dr. Stone schrieb auf:

Unerschrocken	*Ikarus*
Jabberwock	*Susan B. Anthony*
H. M. S. Pinafore	*Eiserner Herzog*
Sieger	*Morgenstern*
Sternwagen	*Präriehexe*
Teufelskerl	*Oom Paul*
Vorwärts	*Wikinger*

»Also, man sollte meinen, dass bei so vielen selbsternannten Genies am Tisch jemand Originalität gezeigt hätte«, sagte Roger mürrisch. »Fast jeder Name auf dieser Liste steht im Großen Register – die Hälfte dieser Schiffe hat noch Klasse. Ich schlage vor, diese matten, bereits benützten drittklassigen Namen zu streichen und neue zu erwägen.«

Hazel schaute ihn misstrauisch an. »Welche bleiben dann noch?«

»Naja –«

»Du hast sie gelesen, richtig? Ich habe beobachtet, wie du heute vor dem Frühstück die Zettel angesehen hast.«

»Mutter, deine Anschuldigung ist unerheblich, irrelevant und deiner nicht würdig.«

»Aber sie ist richtig. Okay, stimmen wir ab. Oder möchte jemand eine zündende Rede halten?«

Dr. Stone klopfte mit dem Fingerhut auf die Tischplatte. »Wir stimmen ab. Ich muss heute Abend noch zum Treffen der Medizinischen Gesellschaft.« Als Vorsitzende legte sie fest, dass jeder Name, der bei der ersten Runde weniger als zwei Stimmen bekam, gestrichen wurde. Die Wahl war geheim. Als Meade die Stimmen auszählte, hatten sieben Namen je eine Stimme erhalten, keiner zwei.

Roger Stone schob den Stuhl zurück. »Von dieser Familie kann man wirklich keine Einigung erwarten. Ich gehe ins Bett. Morgen früh werde ich das Schiff als *R. S. Patt* registrieren lassen.«

»Daddy, das kannst du nicht!«, protestierte Meade.

»Ihr werdet es schon sehen! Vielleicht wäre *R. S. Haarhemd* besser oder gleich *R. S. Irrenhaus.*«

»Nicht übel«, meinte Hazel. »Klingt nach uns. Bei uns wird's nie langweilig.«

»Also ich wäre für ein bisschen anständige Monotonie äußerst dankbar«, sagte ihr Sohn.

»Quatsch! Wir wachsen und gedeihen durch Ärger. Willst du Moos ansetzen?«

»Was ist ›Moos‹, Großmutter?«, fragte Lowell.

»Was? Ach … na ja, das ist das, was rollende Steine nicht ansetzen.«

Roger schnippte mit den Fingern. »Hazel, du hast gerade unserem Schiff den Namen gegeben.«

»Was? Nochmal von vorne.«

»Die *Rolling Stones.* Nein, die *Rolling Stone.*«

Dr. Stone schaute auf. »Das gefällt mir, Roger.«

»Meade?«

»Klingt gut, Daddy.«

»Hazel?«

»Heute scheint einer deiner helleren Tage zu sein, Sohn.«

»Wenn ich von der Beleidigung absehe, nehme ich das als ›ja‹.«

»Mir gefällt's nicht«, sagte Pollux. »Castor und ich wollen eine ganze Menge Moos einkassieren.«

»Es steht vier gegen drei, selbst wenn du Buster dazu bewegen kannst, sich auf deine Seite und die deines Komplizen zu schlagen. Überstimmt. Die *Rolling Stone,* das ist es.«

Trotz ihrer gigantischen Größe und sagenhaften Energie sind Raumschiffe überraschend einfache Maschinen. Jede Technologie durchläuft drei Stadien: am Anfang ein relativ einfaches, ziemlich ungenügendes technisches Gerät, dann eine Menge komplizierter Geräte, die dazu entworfen wurden, um die Mängel des Originals zu beheben und mittels eines extrem komplizierten Kompromisses eine halbwegs zufriedenstellende Leistung zu erzielen, und letztens, darauf aufbauend, das endgültige Design.

Im Transport stellen der Ochsenkarren und das Ruderboot das erste Stadium der Technologie dar.

Das zweite könnte durch die Automobile dargestellt werden, die um die Mitte des zwanzigsten Jahrhunderts, kurz vor dem Beginn interplanetarer Flüge, entwickelt wurden. Diese herrlichen Museumsstücke waren in ihrer Zeit schnell, schnittig und kraftvoll – aber unter ihrer Haut hatte man eine wahnwitzige Ansammlung mechanischen Schnickschnacks zusammengebaut. Die Hauptlenkung so eines Monstrums konnte auf einem Schoß Platz finden, aber der Rest dieses verrückten Geräts bestand aus Nachrüstungen, die dazu dienten, das Unkorrigierbare zu korrigieren, den ursprünglingen Entwurfsfehler zu reparieren – denn die Automobile, ja selbst die frühen Flugzeuge wurden »angetrieben« (wenn man es so nennen will) durch »sich hin und her bewegende Motoren«.

Ein sich hin und her bewegender Motor bestand aus einer Ansammlung winziger Heizgeräte, die (in einem ziemlich uneffizienten Kreislauf) einen kleinen Prozentsatz einer exothermischen chemischen Reaktion verwenden, einer Reaktion, welche in jedem Sekundenbruchteil gestartet und gestoppt wurde. Ein Großteil der Wärme wurde absichtlich in eine »Wasserjacke« oder ein »Kühlsystem« abgegeben und dann durch Wärmeaustausch in die Atmosphäre verschwendet.

Die geringe Restmenge ließ Metallblöcke stumpfsinnig hin und zurück schlagen (daher der Name »Hinundher- oder Kolben-Motor«) und versetzte dann mittels eines Verbindungsstücks eine Welle und ein Schwungrad in Bewegung. Das Schwungrad (kaum zu glauben) hatte keinerlei gyroskopische Funktion. Es wurde dazu benutzt, um kinetische Energie zu speichern, in dem vergeblichen Versuch, die Sünden des Hinundhermotors zu vertuschen. Letztendlich schaffte die Welle es, dass die Räder sich drehten und diese Schrottmühle über Land fuhr.

Der Hauptantrieb wurde nur zur Beschleunigung und zur Überwindung der »Reibung« verwendet – damals eine weit verbreitete Vorstellung der Ingenieure. Um langsamer zu werden, um anzuhalten oder um eine Kurve zu fahren, musste der heldenhafte menschliche Steuermann *seine eigenen Muskeln* benutzen, verstärkt durch eine Reihe von Hebeln.

Trotz des Namens »Automobil« hatten diese Fahrzeuge keine Autokontroll-Schaltsysteme. Die Kontrolle wurde in jeder Sekunde durch einen Menschen ausgeübt, der durch eine kleine Scheibe aus trübem Quarzglas spähte und ohne Hilfe – und oft mit katastrophalem Ausgang – seine Bewegung und die anderer Objekte einschätzen musste. In den meisten Fällen hatte der Steuermann keinerlei Ahnung von der kinetischen Energie, die in seinem Gefährt gespeichert war, und hätte auch nicht die Grundgleichung aufstellen können. Newtons Gesetze der Bewegung waren für ihn ebenso große Geheimnisse wie das Universum.

Nichtsdestoweniger schwärmten Millionen dieser mechanischen Scherze über unseren Heimatplaneten. Nur um Haaresbreite wichen sie sich gegenseitig aus – oder auch nicht. Keine dieser Kisten funktionierte je richtig, was ja aufgrund ihres Baus unmöglich war. Daher mussten sie ständig repariert werden. Die Fahrer waren für gewöhnlich überglücklich, wenn sie überhaupt fuhren. Wenn nicht, was alle paar hundert Meilen (ja, *hundert,* nicht hunderttausend) der Fall war, heuerten sie ein Mitglied einer geheimnisvollen Gesellschaftsgruppe von Spezialisten an, um unzureichende und stets sehr teure provisorische Reparaturen ausführen zu lassen.

Trotz dieser verrückten Nachteile waren diese »Automobile« in jenen Zeiten das charakteristischste Zeichen von Reichtum und kostbarster Besitz. Drei Generationen waren Sklaven dieser Fortbewegungsmittel.

Die *Rolling Stone* befand sich im dritten Stadium der Technologie. Ihre Triebwerkanlage lieferte nahezu hundert Prozent, und – abgesehen von den Gyroskopen – hatte sie fast keine beweglichen Teile – die Triebwerkanlage benutzte überhaupt keine beweglichen Teile. Ein Raketentriebwerk ist die einfachste aller möglichen Wärmemaschinen. Castor und Pollux hätten vor dem legendären Model-T Ford ziemlich verwirrt gestanden, aber die *Rolling Stone* war nicht annähernd so kompliziert, sie war lediglich viel größer. Viele Ausrüstungsgegenstände und Armaturen waren sehr massiv, aber die Sechstelschwerkraft des Monds war eine enorme Erleichterung. Nur gelegentlich mussten sie Hilfsgeräte in Anspruch nehmen.

Der Vakuumanzug war bei der Arbeit ziemlich hinderlich, aber sie waren sich dessen nicht bewusst. Seit sie zurückdenken konnten, hatten sie Raumanzüge getragen, wann immer sie die unterirdische Stadt mit Druckausgleich verlassen hatten. Sie arbeiteten darin und trugen sie so selbstverständlich, ohne darüber nachzudenken, wie ihre Großväter früher die Blaumänner. Sie führten die gesamte Überholung des Schiffs durch, ohne darin den Druck auszugleichen, weil es lästig war, jedes Mal, wenn sie außerhalb des Schiffs etwas zu tun hatten, durch eine Luftschleuse zu gehen, sich anzuziehen und wieder auszuziehen.

Ein Repräsentant der IBM-Niederlassung in der Stadt installierte einen neuen Ballistik-Computer und ließ ihn Probe laufen. Doch kaum war er weg, nahmen die Jungs ihn auseinander und sahen alles genau durch, da sie gegen jeden Angestellten einer Firma tiefstes Misstrauen hegten. Der ballistische Computer eines Raumschiffs muss perfekt funktionieren, denn sonst ist das Schiff ein außer Rand und Band geratener Roboter, der mit Sicherheit abstürzt und die Passagiere umbringt. Der neue Computer war der Typ »Ich-sag's-dir-drei-Mal«, ein Drillingsgehirn, von dem jedes Drittel fähig war, das gesamte Problem zu lösen. Fiel ein Drilling aus, würden die beiden anderen es überstimmen und abschalten, wodurch zumindest eine perfekte Landung und eine Chance, den Fehler zu korrigieren, gewährleistet waren.

Die Zwillinge überzeugten sich davon, dass das multiple Gehirn in allen drei Lappen gesund war. Danach überprüften ihr Vater und die Großmutter noch mal alles, was sie getan hatten, worüber sie sehr empört waren.

Der letzte Guss war geröntgt worden, das letzte metallurgische Gutachten von den Raumhafen-Labors eingetroffen, das letzte Rohrstück eingebaut und auf Druck geprüft. Jetzt war es Zeit, die *Rolling Stone* von Dan Ekizians Gelände zum Hafen zu überführen, wo ein Techniker der Atom-Energie-Kommission – ein hoher Affe mit Doktortitel – die radioaktiven Blöcke installieren und versiegeln würde, welche den »Boiler« heizten. Dort mussten sie auch Proviant und reaktive Masse, stabilisierten monatomischen Wasserstoff, an Bord nehmen. Im Notfall konnte die *Rolling Stone* alles fressen, aber am besten arbeitete sie mit »Einfach-H«.

Am Abend, ehe das Schiff zum Raumhafen geschleppt werden sollte, drängten die Zwillinge dem Vater ein Gespräch über ein Thema auf, das ihnen sehr am Herzen lag: Geld. Castor wählte den indirekten Weg. »Dad, wir würden uns gern ernsthaft mit dir unterhalten.«

»So? Wartet, ich rufe meinen Anwalt an.«

»Ach, Dad! Sieh mal, wir wollen doch nur wissen, ob du entschieden hast, wohin wir fliegen.«

»Was? Wieso zerbrecht ihr euch darüber den Kopf? Ich habe euch doch versprochen, dass es ein Ort sein wird, den ihr nicht kennt. Bei dieser Reise geht's nicht zur Erde, auch nicht zur Venus.«

»Ja, aber wohin?«

»Vielleicht schließe ich einfach die Augen, drücke blind auf einen Knopf des Computers und sehe, was passiert. Wenn das Kommando uns zu einem Felsen bringt, der größer ist als unser Schiff, machen wir einen Satz und sehen ihn uns genauer an. Nur so genießt man eine Reise.«

»Aber Dad«, widersprach Pollux. »Du kannst ein Schiff nicht sinnvoll beladen, wenn du nicht weißt, wohin die Fahrt geht.«

Castor warf ihm einen strafenden Blick zu. Auch Roger Stone blickte ihn an. »Aha, jetzt fange ich an zu verstehen«, sagte er langsam. »Aber keine Angst. Als Skipper liegt es in meiner Verantwortung, dafür zu sorgen, dass wir alles an Bord haben, was wir brauchen, ehe wir losfliegen.«

»Quäl die beiden doch nicht so, Roger«, sagte Dr. Stone ruhig.

»Ich quäle sie nicht.«

»Aber mich quälst du, Daddy«, warf Meade plötzlich ein. »Machen wir ein Ende. Ich stimme für Mars.«

»Es gibt keine Abstimmung.«

»Zum Teufel, wieso nicht?«, sagte Hazel.

»Sei still, Mutter. Es gab eine Zeit, als alle das taten, was das Familienhaupt –«

»Roger, wenn du glaubst, ich rolle mich auf den Rücken und stelle mich tot –«

»Ich habe gesagt: ›Sei still!‹. Aber in dieser Familie findet es jeder komisch, Papa herumzukriegen. Meade schmiert mir Honig ums Maul. Die Zwillinge beschwatzen mich. Buster brüllt, bis er kriegt, was er will. Hazel beschimpft mich und pocht auf ihr Mutterrecht.« Er schaute seine Frau an. »Du auch, Edith. Du gibst nach, bis alles nach deinem Willen läuft.«

»Ja, Liebling.«

»Seht ihr, was ich meine? Ihr alle haltet Papa für einen ausgesprochenen Trottel. Bin ich aber nicht. Ich habe ein weiches Herz, bin von Natur aus nachgiebig und habe wahrscheinlich den niedrigsten IQ der Familie, aber diese Chose wird so ablaufen, wie es mir gefällt.«

»Was ist eine Chose?«, wollte Lowell wissen.

»Sorge dafür, dass dein Kind still ist, Edith.«

»Ja, Liebling.«

»Ich fliege zu einem Picknick, mache ein Wanderjahr. Jeder, der mitkommen will, ist eingeladen. Aber ich weigere mich, auch nur eine Million Meilen von der Bahn abzuweichen, die mir gefällt. Ich habe dieses Schiff mit dem Geld gekauft, das ich gegen den vereinten Widerstand meiner gesamten Familie verdient habe. Ich habe das Geld, das ich für unsere beiden jungen Räuberbarone verwalte, nicht angerührt – und ich schlage vor, ihnen nicht das Kommando zu übertragen.«

»Sie haben lediglich gefragt, wohin wir fliegen. Das würde ich auch gern wissen«, sagte Dr. Stone ruhig.

»Ja, haben sie. Aber warum? Castor, du willst es wissen, damit du dir eine Fracht überlegen kannst, richtig?«

»Naja – ja. Ist das verkehrt? Wenn wir nicht wissen, zu welchem Markt wir fliegen, wissen wir auch nicht, welche Waren wir mitnehmen sollen.«

»Wohl wahr! Aber ich erinnere mich nicht, derartige geschäftliche Unterfangen genehmigt zu haben. Die *Rolling Stone* ist eine Familienjacht.«

»Also bei aller Liebe, Dad«, mischte sich Pollux ein.

»So viel Frachtraum einfach verschwenden, das ist doch–«

»Ein leerer Frachtraum gibt uns einen weiteren Flugradius.«

»Aber–«

»Beruhigt euch. Für den Augenblick ist das Thema durch. Welche Pläne habt ihr beiden in Bezug auf eure schulische Weiterbildung?«

»Ich dachte, das ist erledigt. Du hast gesagt, wir könnten mitkommen«, sagte Castor.

»Ja, dieser Teil ist erledigt. Aber in einem oder zwei Jahren kommen wir zurück. Seid ihr dann bereit, auf Erde zur Schule zu gehen – und dort zu bleiben –, bis ihr eure Abschlussdiplome habt?«

Die Zwillinge schauen sich an. Keiner sagte etwas.

»Hör auf, so schrecklich streng zu sein, Roger«, sagte Hazel. »Ich übernehme ihre Ausbildung. Ich werde ihnen schon das Richtige beibringen. Was man mir in der Schule beigebracht hat, hat mich nahezu ruiniert. Aber dann bin ich gescheit geworden und habe mich selbst unterrichtet.«

Roger Stone schaute seine Mutter finster an. »Du würdest ihnen schöne Sachen beibringen! Nein, danke. Ich ziehe einen etwas normaleren Weg vor.«

»Normal! Roger, das ist ein Wort ohne Bedeutung.«

»Vielleicht hier. Aber ich will, dass die Zwillinge so normal wie möglich aufwachsen.«

»Roger, hast du je einen normalen Menschen getroffen? Ich nicht. Der so genannte normale Mensch ist ein Hirngespinst. Jedes Mitglied der menschlichen Rasse, von Jojo, dem Höhlenmenschen, bis zu ihrem Höhepunkt, mir, war so exzentrisch wie ein zahmes Stinktier – sobald man es ohne Maske erwischt.«

»Den Teil über dich möchte ich nicht bestreiten.«

»Das trifft auf jeden zu. Wenn du versuchst, die Zwillinge ›normal‹ zu machen, unterdrückst du schlichtweg ihr Wachstum.«

Roger Stone stand auf. »Das reicht. Castor, Pollux – kommt mit. Bitte, entschuldigt uns.«

»Ja, Liebling.«

»Feigling«, sagte Hazel. »Ich hatte mich gerade für meine Strafpredigt warm geredet.«

Roger Stone führte die beiden in sein Arbeitszimmer und schloss die Tür. »Setzt euch.«

Die Zwillinge gehorchten.

»Also, wir wollen das in Ruhe besprechen, Jungs. Ich meine es durchaus ernst mit eurer Ausbildung. Ihr könnt mit eurem Leben machen, was ihr wollt. Pirat werden oder euch in den Großen Rat wählen lassen. Aber ich werde nicht zulassen, dass ihr als Ignoranten aufwachst.«

»Klar, Dad, aber wir lernen doch«, sagte Castor. »Wir lernen pausenlos. Du hast selbst gesagt, dass wir bessere Ingenieure sind als die jungen Schnösel, die von Erde heraufkommen.«

»Zugegeben. Aber das reicht nicht. Ihr könntet das meiste selbst lernen, aber ich möchte, dass ihr eine übersichtliche, disziplinierte, wirklich fundierte Ausbildung in Mathematik habt.«

»Was? Wir beißen uns die Zähne an Integralgleichungen aus.«

»Wir kennen Hudson's Manual auswendig«, fügte Pollux hinzu. »Wir können Dreifachintegralrechnungen im Kopf schneller als Hazel. Wenn es etwas gibt, was wir wissen, dann Mathematik.«

Roger Stone schüttelte mitleidig den Kopf. »Ihr könnt mit den Fingern zählen, aber ihr könnt nicht logisch denken. Wahrscheinlich glaubt ihr, dass das Intervall von null bis eins das gleiche ist wie das Intervall von neunundneunzig bis einhundert.«

»Ist es das nicht?«

»Ist es? Wenn ja, könnt ihr es beweisen?« Der Vater holte eine Buchrolle vom Haken und steckte sie in seinen Studienprojektor. Er drehte an der Rolle und projizierte eine Seite auf den Wandschirm. Es war eine konzentrierte Darstellung der Mathematik, die der menschliche Verstand bis jetzt erfunden hatte. »Zeigt mal, ob ihr euch auf dieser Karte auskennt.«

Die Zwillinge betrachteten die Karte. In der oberen linken Ecke entdeckten sie die Namen der Themen, die sie studiert hatten. Der Rest war für sie unbekanntes Terrain. Sie kannten nicht mal die Namen der meisten Themen. In den für das übliche Ingenieurswissen notwendigen Differential- und Integralrechenarten waren sie gut. Da hatten sie nicht geprahlt. Sie wussten genug von Vektoranalyse, um sich ohne Hilfe in der Elektronik und elektrischen Schaltkreisen zurecht zu finden. Sie kannten die klassische Geometrie und Trigonometrie gut genug für die Astrogation eines Raumschiffs, und sie hatten genügend nichteuklidische Geometrie, Tensorintegralrechnung, statistische Mechanik und Quantentheorie gelernt, um mit einer Atomanlage umgehen zu können.

Aber ihnen war nie der Gedanke gekommen, dass sie noch nicht wirklich in das riesige, großartige Feld der Mathematik vorgedrungen waren.

»Dad«, fragte Pollux kleinlaut. »Was ist ein ›Hyper-Ideal‹?«

»Wird Zeit, dass ihr das lernt.«

Castor schaute den Vater an. »Wie viele dieser Dinge hast du studiert, Dad?«

»Nicht genug. Nicht mal annähernd genug. Aber meine Söhne sollen mehr wissen als ich.«

Man einigte sich darauf, dass die Zwillinge die gesamte Zeit, in der die Familie sich im All aufhielt, intensiv Mathematik lernen würden, und nicht nur unter der Aufsicht ihres Vaters und der Großmutter, sondern systematisch durch I. C. S.-Korrespondenz-kurse, die von Erde bestellt wurden. Sie würden genügend Rollen mitnehmen, um mindestens ein Jahr beschäftigt zu sein. Die ausgefüllten Lektionen konnten sie von jedem Hafen, den sie anliefen, zurückschicken. Mr. Stone war zufrieden. Tief im Herzen war er sicher, dass jeder mit guten Mathematikkenntnissen alles lernen konnte, was er wissen musste – mit oder ohne einem Lehrer.

»So, Jungs, und nun zur Fracht–«

Die Zwillinge warteten.

»Ich werde das Zeug für euch besorgen«, fuhr er fort.

»Dad, das ist super!«

»– gegen Bezahlung.«

»Was meinst du mit Bezahlung?«, fragte Castor.

»Das könnt ihr ausrechnen. Ich überprüfe dann die Zahlen. Versucht nicht, mich zu betrügen, denn dann müsste ich euch bestrafen. Wenn ihr Geschäftsleute werden wollt, dürft ihr den Beruf nicht mit Diebstahl verwechseln.«

»Richtig, Sir. Äh … wir können aber nichts bestellen, wenn wir nicht wissen, wohin es geht.«

»Stimmt. Nun, wie würde euch Mars gefallen, als erster Halt?«

»Mars?« Beide Jungs hatten einen entrückten Ausdruck im Blick. Dann bewegten sich ihre Lippen lautlos.

»Nun? Hört auf, euren Profit zu berechnen. Noch seid ihr nicht dort.«

»Mars? Mars ist super, Dad.«

»Schön. Noch eins: Wenn ihr nicht fleißig lernt, lasse ich euch nicht mal eine Blechpfeife verkaufen.«

»Wir lernen!« Die Zwillinge gingen hinaus, solange sie Oberwasser hatten. Roger Stone betrachtete die geschlossene Tür mit einem liebevollen Lächeln, ein Ausdruck, den er ihnen selten zeigte. Gute Jungs! Dem Himmel sei Dank, dass er nicht gehorsame, sich immer gut benehmende kleine Idioten hatte!

Als die Zwillinge ihr eigenes Zimmer erreichten, holte Castor den Katalog von Vier Planeten Export. »Cas?«, fragte Pollux.

»Stör mich nicht.«

»Ist dir aufgefallen, dass Dad immer so lange rumgeschubst wird, bis er seinen Kopf durchgesetzt hat?«

»Klar, gib mir den Rechenschieber.«

V. FAHRRÄDER UND START

Die *Rolling Stone* wurde von der Mannschaft der Hafengesellschaft – unter Protest der Zwillinge – zum Raumhafen überführt. Sie wollten einen Sattelschlepper mieten und es selbst machen. Sie boten an, es zum halben Preis zu machen und die Differenz mit den Kosten für ihre Ladung zum Mars zu verrechnen.

»Versicherung?«, fragte ihr Vater.

»Naja, eigentlich nicht«, antwortete Pol.

»Wir machen das auf eigenes Risiko«, fügte Castor hinzu. »Schließlich haben wir Aktiva, die alles abdecken.«

Aber Roger Stone ließ sich nicht erweichen. Er war keineswegs unvernünftig, wenn er es vorzog, diese kitzlige Arbeit von Fachleuten durchführen zu lassen. Ein Raumschiff auf dem Boden war ungefähr so hilflos und sperrig wie ein gestrandeter Wal. Die *Rolling Stone* saß auf den Schwanzflossen und streckte den Bug in den Himmel. Da die Gyros ausgeschaltet waren, wurde das Gleichgewicht durch drei Seitenstützen gehalten, die in drei Richtungen schräg verliefen. Um sie in eine neue Position zu bringen, mussten diese Stützen hochgehoben werden, wodurch das Schiff bei jedem Stoß leicht umfallen konnte. So musste man die *Rolling Stone* über einen Pass in den Hügeln zum zehn Meilen entfernten Hafen schaffen. Als Erstes wurde sie so gehoben, dass ihre Flossen sechzig Zentimeter über dem Boden schwebten, dann wurde ein breiter Sattelschlepper darunter geschoben und das Schiff darauf festgemacht. Ein Mann fuhr die Zugmaschine, ein zweiter saß oben im Kontrollraum. Er war mittels eines Drahttelefons im Helm mit seinem Kameraden verbunden und bediente einen Steuerknüppel, um das Schiff senkrecht zu halten. Unter jeder Flosse des Schiffs befand sich eine Quecksilberkapsel. Wenn der Mann im Kontrollraum den Knüppel schwenkte, konnte er in jede Kapsel Druck pressen, um kleine Unebenheiten auf der Straße auszugleichen.

Die Zwillinge folgten dem Mann nach oben in den Kontrollraum. »Sieht leicht aus«, meinte Pol, als der Fahrer alle Funktionen überprüfte. Das Schiff lag noch fest auf den Stützen.

»Es ist auch leicht«, sagte der Fahrer. »Vorausgesetzt, man weiß vorher, was das alte Mädchen vorhat, und dann das Gegenteil tut – und zwar, ehe es handelt. Jetzt verzieht euch, wir wollen starten.«

»Hören Sie, Mister«, sagte Castor. »Wir wollen lernen, wie Sie das machen. Wir sind ganz still und rühren uns nicht vom Fleck.«

»Nicht mal festgebunden – ihr könntet mit einer Braue zucken und mich einen halben Grad vom Kurs abbringen.«

»Du meine Güte! Wissen Sie, wem dieses Schiff gehört?«, sagte Pollux.

»Im Moment mir«, erklärte der Mann ungerührt. »Und jetzt klettert ihr die Leiter runter, oder soll ich euch einfach mit einem Tritt nach unten befördern?«

Die Zwillinge kletterten zögernd und widerstrebend nach unten. Die *Rolling Stone,* für die Schnelligkeit von Meteoren im freien All entworfen, rollte mit matten zwei Meilen pro Stunde zum Raumhafen. Auf dem Pass war es ungemütlich, als ein leichtes Mondbeben sie erschütterte, aber der Mann oben hielt die Stützen so tief, wie es das Gelände gestattete. Sie hüpfte ein Mal auf der Stütze zwei, aber er fing sie ab. Danach setzte sie ihre majestätische Fahrt fort.

Als Castor und Pollux das sahen, gab Cas zu, froh zu sein, dass sie nicht den Vertrag zur Überführung bekommen hatten. Langsam wurde ihm klar, dass man dazu über esoterisches Können verfügen musste, wie beim Glasblasen oder beim Meißeln von Pfeilspitzen aus Feuerstein. Er erinnerte sich an die Berichte über das Große Beben im Jahr 31, als neun Schiffe umgestürzt waren.

Abgesehen von den mikroskopisch kleinen Beben, die wegen der massiven Gezeitenkraft ihrer achtzig Mal schwereren Kusine Terra ständig auf Luna stattfanden, gab es keine weiteren Erschütterungen. Endlich ruhte die *Rolling Stone* auf der Startebene auf der Ostseite Leyports. Ihre Düsen zeigten nach unten auf die staunenden Betrachter. Treibstoffblöcke, Wasser und Proviant, dann war sie bereit zu fliegen – überallhin.

Der mythische Durchschnittsmensch braucht täglich etwas mehr als drei Pfund Nahrung, vier Pfund Wasser (zum Trinken, nicht zum Waschen) und gut dreißig Pfund Luft. Mit dem sparsamsten Treibstoffverbrauch im Orbit brauchte man vom Erde-Mond-System siebenunddreißig Wochen zum Mars. Laut obiger Berechnung hätten die sieben Stones etwa fünfundsiebzigtausend Pfund verzehrbaren Proviant für die Reise mitnehmen müssen, was ungefähr einer Tonne pro Woche entspricht.

Zum Glück war die Wirklichkeit nicht so kompliziert, sonst hätten sie nie den Boden verlassen können. Luft und Wasser kann man bei richtiger Aufbereitung in einem Raumschiff wie auf einem Planeten immer wieder verwenden. Ungezählte Billionen von Tieren haben ungezählte Millionen Jahre die Luft auf Terra eingeatmet und aus ihren Flüssen getrunken, trotzdem ist die Luft der Erde immer noch frisch, und ihre Flüsse führen immer noch Wasser. Die Sonne saugt Wolken vom Meer auf und lässt diese als süßen Regen herabrieseln. Die Pflanzen bedecken die kühlen grünen Berge und wunderschönen Ebenen auf Erde und nehmen das von den Tieren ausgeatmete Kohlendioxyd aus den Winden und verwandeln es in Kohlehydrate und ersetzen es durch frischen Sauerstoff.

Mit geeigneter Ausrüstung kann man ein Raumschiff dazu bringen, es ebenso zu machen.

Wasser wird destilliert. Mit einem Universum des Vakuums um das Schiff ist die Destillation bei niedriger Temperatur und niedrigem Druck billig und leicht. Wasser ist kein Problem, beziehungsweise – Wassermangel ist kein Problem. Der Trick ist, den Überschuss los zu werden, weil der menschliche Körper Wasser ausscheidet als eines der Nebenprodukte des Metabolismus, durch das »Verbrennen« des Wasserstoffs im Essen. Kohlendioxyd kann durch Sauerstoff ersetzt werden, mittels Hydrokulturen in »Gärten ohne Erdkrume«. Kurzflieger, wie Erde-Mond-Shuttles, haben keine derartige Ausrüstung, ebenso wenig wie ein Fahrrad einen Salon oder eine Kombüse hat. Da die *Rolling Stone* aber ein Raumschiff fürs tiefe All war, verfügte sie über die Ausrüstung, diese Funktionen auszuführen.

Statt einundvierzig Pfund Versorgungsgüter pro Tag für eine Person kam die *Rolling* Stone mit zwei Pfund aus. Aus Gründen der Sicherheit und der Bequemlichkeit führte sie drei Pfund, was eine Gesamtsumme von ungefähr acht Tonnen ergab, persönliche Gegenstände eingeschlossen. Unterwegs konnten sie ihr eigenes Gemüse anbauen. Die meisten mitgeführten Lebensmittel waren dehydriert. Meade wollte Eier mit Schale mitnehmen, wurde jedoch von den Gesetzen der Physik und ihrer Mutter überstimmt – getrocknete Eier wiegen viel weniger.

Zum Gepäck gehörten ein gemischter Büchersalat sowie Hunderte der gebräuchlicheren Filmrollen. Mit Ausnahme der Zwillinge war die Familie bei Büchern ziemlich altmodisch. Sie liebte Bücher mit Einbänden, die man im Schoß halten konnte. Mit Filmrollen ging das nicht.

Roger Stone verlangte von seinen Söhnen eine Liste der Handelsartikel, die sie zum Mars transportieren wollten. Nach dem Lesen der ersten Liste rief er sie zu einer Konferenz. »Castor, hättest du die Güte, mir dieses Manifest zu erklären?«

»Wieso? Was gibt's da zu erklären? Pol hat es geschrieben. Ich dachte, es sei alles klar.«

»Ich fürchte, es ist nur allzu klar. Warum so viele Kupferrohrleitungen?«

»Naja, die haben wir als Schrott gekauft. Auf Mars ist immer ein guter Markt für Kupfer.«

»Du meinst, ihr habt das schon gekauft?«

»Neiiiin. Wir haben nur eine kleine Anzahlung geleistet.«

»Ich nehme an, ebenso für die Ventile und Armaturen?«

»Jawohl, Sir.«

»Das ist gut. Nun zu diesen anderen Artikeln: Rohrzucker, Weizen, dehydrierte Kartoffeln, polierter Reis. Was ist damit?«

»Cas dachte, wir sollten Eisenwaren kaufen, ich war mehr für Nahrungsmittel«, antwortete Pollux. »Wir haben uns auf einen Kompromiss geeinigt.«

»Warum habt ihr gerade diese Nahrungsmittel ausgesucht?«

»Weil das alles Sachen sind, die in der Stadt in den Tanks mit Klimaanlage wachsen. Deshalb sind sie billig. Ist dir aufgefallen, dass keine Importe von Erde auf der Liste stehen?«

»Es ist mir aufgefallen.«

»Aber das meiste Zeug, das wir hier ziehen, enthält zu viel Wasser. Du würdest doch keine Gurken zum Mars mitnehmen, oder?«

»Ich will überhaupt nichts mit zum Mars nehmen. Ich fliege zum Vergnügen.« Mr. Stone legte die Ladeliste hin und nahm eine andere hoch. »Seht euch das mal an.«

Pollux nahm sie begierig. »Was ist damit?«

»Früher war auch ich mal ein ziemlich fähiger Mechaniker. Ich habe mir Gedanken gemacht, was man wohl aus den ›Eisenwaren‹, die ihr verschiffen wollt, bauen könnte. Meiner Meinung nach könnte man einen gar nicht so kleinen Destillierapparat bauen. Mit euren ›Nahrungsmitteln‹ wäre man in der Lage, alles von Wodka bis Korn herzustellen. Aber ich nehme an, dass euch Unschuldslämmern das entgangen ist.«

Castor betrachtete die Liste. »Ist das so?«

»Hmmmm ... Sagt mir: Wolltet ihr diese Sachen der Importagentur der Regierung verkaufen oder auf dem offenen Markt verhökern?«

»Weißt du, Dad, du machst nicht viel Gewinn, wenn du nicht auf dem offenen Markt verkaufst.«

»Das habe ich mir gedacht. Ihr habt nicht damit gerechnet, dass mir auffällt, wozu das Zeug gut sein könnte – und ihr habt auch nicht damit gerechnet, dass die Zollagenten auf Mars darauf kommen.« Er musterte sie scharf. »Jungs, ich habe vor, euch bis zur Volljährigkeit vor dem Gefängnis zu bewahren. Danach werde ich versuchen, euch jeden Tag zu besuchen.« Er gab ihnen ihre Liste zurück. »Träumt weiter. Aber denkt dran: Am Donnerstag steigen wir mit dem Schiff auf – und mir ist egal, ob wir eine Ladung mitführen oder nicht.«

»Du liebe Güte, Dad!«, sagte Pollux. »Abraham Lincoln hat Whiskey verkauft. Das haben wir in Geschichte gelernt. Und Winston Churchill hat ihn getrunken.«

»Und George Washington hielt Sklaven«, stimmte ihm sein Vater zu. »Das alles hat überhaupt nichts mit euch zu tun! Schwirrt ab!«

Sie verließen sein Arbeitszimmer und gingen durchs Wohnzimmer. Hazel hob eine Braue. »Seid ihr damit durchgekommen?«

»Nein.«

Sie hielt die Hand mit der Handfläche nach oben hoch. »Geld her! Und beim nächsten Mal wettet nicht, dass ihr euren Paps übers Ohr hauen könnt. Er ist mein Sohn.«

Cas und Pol einigten sich auf Fahrräder als Hauptexportartikel. Sowohl auf Mars als auch auf Luna war das Schürfen mit dem Rad viel effizienter als zu Fuß. Auf dem Mond war der altmodische Gesteinsschnüffler fast verschwunden, der, nur mit Skiern und Shank-Ponys ausgestattet, das Gelände untersuchte, wo er mit seinem Springkäfer gelandet war. Alle Schürfer nahmen jetzt ebenso selbstverständlich Fahrräder mit wie Kletterseile und Reservesauerstoff. Bei der Sechstelschwerkraft des Mondes war es ein Kinderspiel, das Rad auf den Rücken zu nehmen und es über jedes Hindernis zu tragen, das sich in den Weg stellte.

Die Schwerkraft des Mars beträgt das Doppelte von

der Lunas, aber sie ist nur geringfügig stärker als ein Drittel der Erde-Schwerkraft. Und auf Mars gibt es hauptsächlich flache Ebenen und sanfte Hänge. Ein Radfahrer kann fünfzehn oder zwanzig Meilen pro Stunde zurücklegen. Der einsame Schürfer, seines traditionellen Esels beraubt, fand im Fahrrad einen verlässlichen, wenngleich etwas weniger angenehmen Ersatz. Auf den Straßen von Stockholm hätte das Rad eines Schürfers eigenartig ausgesehen. Übergroße Räder, Stollenreifen, ein Schleppjoch und einen Anhänger, ein Batterieladegerät, ein Funkgerät, Satteltaschen und einen Geigerzähler – nicht gerade das Idealfahrzeug für eine Spritztour im Park, aber auf Mars oder Mond ist es so zweckdienlich wie ein Kanu auf einem Fluss in Kanada.

Beide Planeten importierten die Fahrräder von Erde – bis vor kurzem. Jetzt hatte die Lunar Steel Products Corporation angefangen, Stahlrohre, Drähte und Strangpressen aus lokalem Erzgestein herzustellen. Sears & Montgomery hatte eine Fertigungsfabrik subventioniert, die Fahrräder für Schürfer unter der Marke »Lunocycle« und »Lunoräder« baute. Da sie Teile mit zwanzig Prozent weniger Gewicht als die von Erde verwendete, waren sie im Vergleich zu den importierten Rädern um die Hälfte billiger.

Castor und Pollux entschieden sich, gebrauchte Räder zu kaufen, die zur Zeit den Markt überschwemmten, und diese zum Mars zu verschiffen. Im interplanetaren Handel werden die Kosten durch das Gewicht verursacht, nicht durch die Entfernung im All. Erde ist ein wunderschöner Planet, aber ihre sämtlichen Produkte liegen auf dem Boden eines sehr tiefen »Schwerkrafttrichters«, tiefer als auf Venus und sehr viel tiefer als auf Luna. Obgleich Erde und Luna, in Meilen gerechnet, genau gleich weit von Mars entfernt sind, ist Luna ungefähr fünf Meilen pro Sekunde »näher« an Mars, wenn man nach Treibstoff und Verschiffungskosten rechnet.

Roger Stone machte gerade genug seines Vermögens flüssig, um die Kosten der Investition zu decken. Noch am späten Mittwochnachmittag luden sie ihre Fahrräder ein. Cas wog sie, Meade trug sie in eine Liste ein, und Pol schaffte sie hinauf. Alles andere war bereits verstaut. Der Waagemeister des Hafens würde das Schiff samt Besatzung wiegen, sobald die Räder eingeladen waren. Roger Stone überwachte das Verstauen selbst, da er für das Gleichgewicht im Schiff verantwortlich war.

Er ging mit Castor hinunter, um Pol beim letzten Drahtesel zu helfen. »Etliche scheinen es kaum wert zu sein, dass wir sie mitnehmen«, bemerkte Mr. Stone.

»Alles Schrott, wenn ihr mich fragt«, sagte Meade.

»Niemand hat dich gefragt«, erwiderte Pol.

»Halt den Mund und bleib zivilisiert, sonst kannst du dich nach einer anderen Sekretärin umsehen«, meinte Meade lächelnd.

»Verstau das Ding, Junior«, sagte Castor. »Denk dran, sie arbeitet umsonst. Dad, ich gebe zu, sie sehen nicht überaus gut aus, aber warte nur ein Weilchen. Pol und ich werden sie im Orbit überholen und lackieren. Jede Menge Zeit, gute Arbeit zu leisten – sie werden wie neu aussehen.«

»Aber versucht ja nicht, sie als neue Räder zu verkaufen. Ich habe allerdings den Eindruck, als hättet ihr euch übernommen. Wenn wir die Räder verstaut und verzurrt haben, wird in der Luke nicht mehr genügend Platz sein, um eine Katze herumzuschwenken, ganz zu schweigen von Reparaturarbeiten. Falls ihr damit gerechnet habt, den Wohnraum zu monopolisieren, könnt ihr euch auf mein Veto verlassen.«

»Warum würde jemand eine Katze herumschwenken wollen?«, fragte Meade. »Die Katze würde das ganz und gar nicht mögen. Aber da wir schon davon reden – warum nehmen wir nicht eine Katze mit?«

»Keine Katzen«, erklärte ihr Vater. »Ich bin einmal mit einer Katze gereist und trug die Verantwortung für das Katzenklo. Keine Katzen.«

»Bitte, Daddy Captain! Ich habe gestern die niedlichsten Kätzchen bei Hailey's gesehen und –«

»Keine Katzen. Und nenn mich nicht Daddy Captain! Entweder das eine oder das andere, die Kombination klingt idiotisch.«

»Ja, Captain Daddy.«

»Wir hatten geplant, die Wohnräume zu benutzen«, antwortete Castor. »Sobald wir im Orbit sind, werden wir die Räder draußen anbinden und in der Ladeluke eine Werkstatt einrichten. Jede Menge Platz.«

Ein Großteil der Bewohner von Luna City kam, um ihren Abflug zu beobachten. Der gegenwärtige Bürgermeister, der Ehrenwerte Thomas Beasley, war da, um sich von Roger Stone zu verabschieden. Die letzten überlebenden Mitglieder der Gründungsväter wollten Hazel ehren. Eine Delegation der Junior League und offenbar die Hälfte der männlichen Schüler der Abschlussklasse des Luna Tech waren gekommen, um Meades Fortgehen zu betrauern. Sie weinte und umarmte alle, küsste aber keinen. Küssen ist, wenn man einen Raumanzug trägt, ziemlich aussichtslos.

Auf die Zwillinge wartete nur ein Händler, der sein Geld wollte, und zwar sofort und in voller Höhe.

Erde hing in halber Phase über ihnen. Die Obelisk-Berge warfen ihre langen Schatten auf den Großteil des Felds. Die Basis der *Rolling Stone* lag im Schein des

Flutlichts. Sie reckte ihren schlanken Bug hoch über die Helligkeit. Hinter ihr, am anderen Ende des Felds, glänzten die Gipfel der Rodger Young Bergkette im Licht der untergehenden Sonne. Der prächtige Orion erstrahlte in der Nähe von Erde. Nördlich und östlich von ihm stand der Große Wagen, seine Deichsel berührte den Horizont. Die Himmelswölbung und die mächtigen zeitlosen Monumente des Monds ließen die Gestalten in den dicken Raumanzügen und Helmen an der Basis des Raumschiffs wie Zwerge aussehen.

Vom Kontrollturm erfasste sie ein Suchlicht. Es blinkte dreimal rot. Hazel wandte sich an ihren Sohn. »Dreißig Minuten, Captain.«

»Richtig!« Er pfiff in sein Mikrofon. »Ruhe, allerseits! Bitte wahren Sie absolute Stille, bis Sie unter der Oberfläche sind. Ich danke allen für ihr Kommen! Auf Wiedersehen.«

»Wiedersehen, Rog!« »Gute Reise, Leute!« »Aloha!« »Kommt bald wieder!«

Ihre Freunde marschierten im Gänsemarsch eine Rampe in einen Tunnel hinab. Mr. Stone schaute seine Familie an. »Dreißig Minuten. Alle Mann an Bord.«

»Aye, aye, Sir.«

Hazel kletterte die Leiter hinauf, gefolgt von Pollux. Plötzlich blieb sie stehen. Dann trat sie wieder nach unten – auf seine Finger. »Aus dem Weg, Kleiner!« Sie stürmte nach unten und rannte zur Gruppe auf der Rampe. »He, Tom! Beasley! Warte!«

Der Bürgermeister drehte sich um. Sie drückte ihm ein Päckchen in die Hand. »Kannst du das für mich abschicken?«

»Selbstverständlich, Hazel.«

»Guter Junge. Wiedersehen.«

Sie kam zurück zum Schiff. »Was war los, Hazel?«, fragte ihr Sohn.

»Sechs Episoden. Ich habe die ganze Nacht geschuftet, sie fertig zu machen ... dann ist mir nicht mal aufgefallen, dass ich das Päckchen in der Hand hielt, bis ich beim Klettern Probleme hatte.«

»Bist du sicher, dass dein Kopf fest sitzt?«

»Riskier keine so große Lippe, Junge.«

»Ab ins Schiff!«

»Aye, aye, Sir.«

Sobald sie alle im Schiff waren, führte der Waagemeister die letzte Kontrolle durch. Er las die Skalen auf den Startrampen unter jeder Flosse ab und addierte die Zahlen. »Zwei und sieben Zehntel Pfund drunter, Captain. Ziemlich knappe Kalkulation.« Er befestigte die entsprechenden Trimmgewichte vorne an der Leiter. »Hochziehen!«

»Danke, Sir.« Roger Stone zog die Leiter hoch, nahm die Trimmgewichte und schloss die Luftschleuse. Er ging ins Innere des Schiffs und verriegelte die innere Tür zur Schleuse hinter sich. Dann steckte er den Kopf in den Kontrollraum. Castor war bereits auf der Couch des Co-Piloten. »Zeit?«

»Minus siebzehn Minuten, Captain.«

»Ist sie auf Kurs?« Er setzte die Trimmgewichte auf eine Spindel auf der Zentralachse des Schiffs.

»Alles bestens.« Vor drei Wochen hatte er bereits das Hauptproblem und die genaue Sekunde des Starts ausgerechnet. Es gibt nur alle sechsundzwanzig Monate eine kurze Zeitspanne, in der ein Schiff das Luna-Terra-System in Richtung Mars auf dem sparsamsten Orbit verlassen kann. Nachdem am Vortag das Gewicht schon probeweise bestimmt worden war, hatte Captain Stone sich seinem zweiten Problem gewidmet: Wie viel Schubkraft und wie viel Zeit waren nötig, um ein Schiff in den richtigen Orbit zu befördern? Wegen der Lösung dieses Problems war Castor jetzt damit beschäftigt, im Autopiloten den Kurs festzulegen.

Der erste Abschnitt der Flugbahn hatte nicht Mars als Ziel, sondern Erde. Dann kam der zweite kritische Zeitpunkt, ebenso riskant wie der Start, bei der Umrundung der Erde. Captain Stone runzelte beim Gedanken daran die Stirn, zuckte aber dann mit den Achseln. Darüber würde er sich später Sorgen machen. »Mach weiter mit der Kursberechnung. Ich gehe nach unten.«

Er ging in den Maschinenraum. Auf dem Weg glitt sein Blick über seine Umgebung. Selbst für den Kapitän eines Handelsschiffs sind – trotz aller Routine – die letzten Minuten vor dem Start Anlass zur Sorge. Für ein Raumschiff ist der Start wie ein Sprung mit dem Fallschirm. Ist man abgesprungen, gibt es keine Möglichkeit mehr, etwaige Fehler zu korrigieren. Raumschiffkapitäne leiden wegen eines falschen Kommas bei Dezimalzahlen unter Albträumen.

Hazel und Pollux lagen auf den Couchen für Chefingenieur und Assistent. Stone wandte den Kopf, ohne selbst nach unten zu gehen. »Maschinenraum?«

»Sie wird bereit sein. Ich lasse sie langsam aufwärmen.«

Dr. Stone, Meade und Buster hielten sich in der Mannschaftskajüte auf. »Alles in Ordnung bei euch?«, fragte Stone.

Seine Frau schaute ihn an. »Aber gewiss doch, Liebling. Lowell hat seine Spritze bekommen.« Buster lag auf dem Rücken ausgestreckt und war festgeschnallt. Er schlief. Er hatte noch nie den Druck der Beschleunigung beim Start und Schwerelosigkeit erlebt. Deshalb hatte seine Mutter ihm etwas gegeben, damit er sich nicht ängstigte.

Roger Stone betrachtete seinen jüngsten Sohn. »Ich beneide ihn.«

Meade setzte sich auf. »Schlimme Kopfschmerzen, Daddy?«

»Ich werd's überleben. Aber ich finde diese Abschiedspartys schrecklich, besonders für den Ehrengast.«

Aus dem Lautsprecher über seinem Kopf ertönte Castors Stimme: »Soll ich sie hochjagen, Dad? Ich fühle mich super.«

»Kümmre du dich um deine Aufgaben, Co-Pilot. Immer noch auf Kurs?«

»Auf Kurs, Sir. Elf Minuten.«

»Der Sünde Sold ist der Tod«, sagte Hazel durch den Lautsprecher.

»Hört mal, wer da spricht! Keine weiteren unerlaubten Gespräche über die Sprechanlage! Das ist ein Befehl.«

»Aye, aye, Captain.«

Er wollte gehen, doch seine Frau hielt ihn zurück. »Hier, Liebling, nimm das.« Sie reichte ihm eine Kapsel.

»Das brauche ich nicht.«

»Nimm es.«

»Ja, liebe Doktorin.« Er schluckte die Kapsel, verzog das Gesicht und ging nach oben in den Kontrollraum. Als er sich auf seine Couch legte, sagte er: »Ruf den Turm für die Starterlaubnis.«

»Aye, aye, Captain. *Rolling Stone, Heimathafen Luna City, an Turm – erbitten Starterlaubnis für genehmigten Flug.*«

»*Turm an Rolling Stone – Starterlaubnis erteilt.*«

»*Rolling Stone an Turm – Roger!*«, antwortete Castor.

Captain Stone musterte das Armaturenbrett. Alles grün, bis auf das rote Licht vom Maschinenraum, das erst grün wurde, wenn er seiner Mutter den Befehl gab, die Sicherheitsvorrichtung an den Cadmiumdämpferplatten zu entfernen. Er justierte den Mikrovenierer auf dem Kursanzeiger. Zufrieden stellte er fest, dass der Autopilot perfekt arbeitete, wie Castor gemeldet hatte. »Alle Stationen einzeln nacheinander melden – Maschinenraum!«

»Sie zischt, Skipper!«, lautete Hazels Meldung.

»Passagiere!«

»Wir sind bereit, Roger.«

»Co-Pilot!«

»Alles klar und im grünen Bereich, Sir! Check vollständig durchgeführt. Fünf Minuten.«

»Festschnallen, dann noch mal melden!«

»Maschinenraumbande festgeschnallt.« – »Wir sind festgeschnallt, Liebling.« – »Angeschnallt, Sir – alle Stationen.«

»Maschinenraum, Sicherungen lösen für Start.«

Das rote Lämpchen vor ihm leuchtete jetzt grün, als Hazel meldete: »Maschinenraum alles gelöst, Skipper – startbereit.«

Nach ihr hörte er eine sanfte Stimme: »Wenn ich mich zur Ruh' begeb...«

»Halt die Klappe, Meade!«, rief Roger Stone. »Co-Pilot, fang an zu zählen!«

Castor stimmte seinen Singsang an. »Minus zwei Minuten zehn ... minus zwei Minuten ... minus eine Minute fünfzig ... minus eine Minute vierzig...«

Roger Stone spürte, wie sein Herz hämmerte.

»Minus eine Minute ... minus fünfundfünfzig ... minus fünfzig...«

90

Er legte den Zeigefinger der rechten Hand auf den manuellen Startring, falls der Autopilot versagte. Aber dann zog er die Hand schnell zurück. Das war kein Militärschiff. Wenn der Autopilot versagte, konnte er den Flug streichen – nicht das Leben seiner Frau und der Kinder durch fehlerhafte Geräte aufs Spiel setzen. Schließlich hatte er nur eine Privatlizenz –

»Minus fünfunddreißig ... eine halbe Minute!«

Die Kopfschmerzen waren schlimmer geworden. Warum verließ man eine warme Wohnung, um einem Planwagen aus Blech umherzugondeln?

»Achtundzwanzig, siebenundzwanzig, sechsundzwanzig...«

Wenn irgendetwas schief ging, würden wenigstens keine kleinen Waisenkinder übrig bleiben. Die gesamte Familie Stone war versammelt. Die rollenden Stones...

»Neunzehn ... achtzehn ... siebzehn ...«

Er hatte keine Lust, zurückzugehen zu der Menge, die herausgekommen war, um sich von ihnen zu verabschieden, und zu erklären: »Wir haben ausgeholt, aber nicht getroffen. So schaut's aus!«

»Zwölf! Elf! Zehn! Und neun!«

Wieder legte er den Zeigefinger auf den manuellen Startring.

»Und fünf!«

»Und vier!«

»Und drei!«

»Und zwei!«

»Und –« Castors Singsang wurde von dem »weißen Getöse« der Düsen übertönt. Die *Rolling Stone* schnellte ins All.

VI. BALLISTIK UND BUSTER

Ein Start von Luna ist nicht so angsteinflößend und bedrückend wie auf Erde. Das Kraftfeld des Mondes ist so schwach, seine Schwerkraft so niedrig, dass ein Schub von einem G genügt – gerade genug, um das Normalgewicht auf Erde zu erzeugen.

Captain Stone wählte zwei G, um Zeit und Treibstoff zu sparen, indem er von Luna »schnell« weg kam, weil jede reaktive Masse, die man verbraucht, um ein Raumschiff gegen die Anziehungskraft eines Planeten zu halten, Extrakosten bedeutet. Es bringt einen keinen Schritt schneller ans angepeilte Ziel. Wenn die *Rolling Stone* mit niedrigem Schub arbeitete, konnte sie das nur, wenn sie reaktive Masse verschwendete, das bedeutete, die atomare Stapelwärme musste den Wasserstoff genügend erhitzen, um eine wirklich effiziente Düsengeschwindigkeit zu produzieren.

Deshalb ließ Captain Stone das Schiff für etwas länger als zwei Minuten mit zwei Gravitationen fliegen. Zwei Gravitationen – praktisch nichts! Sie sind vergleichbar mit dem Druck, den ein Ringer spürt, wenn der Körper des Gegners ihn auf die Matte presst, oder mit der Beschleunigung, die ein Kind spürt, wenn es über den Schulhof rennt, kaum mehr als der Druck, wenn man unvermittelt aufsteht.

Aber die Familie Stone hatte auf Luna gelebt. Alle Kinder waren dort geboren – zwei Gravitationen waren das Zwölffache dessen, was sie gewohnt waren.

Rogers Kopfschmerzen, die durch das Medikament,

das ihm seine Frau gegeben hatte, schwächer geworden waren, kehrten mit neuer Stärke zurück. Er hatte das Gefühl, seine Brust wölbte sich nach innen. Er rang nach Atem und musste mehrmals auf den Beschleunigungsmesser schauen, um sich zu überzeugen, dass das Schiff nicht unkontrolliert durch den Raum schoss.

Nachdem er sämtliche Instrumente überprüft hatte und sicher war, dass alles plangemäß ablief, auch wenn es sich wie eine größere Katastrophe anfühlte, drehte er mühsam den Kopf zur Seite. »Cas? Bei dir alles in Ordnung?«

Castor rang nach Luft. »Klar, Skipper ... sie ist auf Kurs.«

»Sehr gut, Sir.« Er hielt den Mund an die Sprechanlage. »Edith–«

Keine Antwort. »*Edith*!«

Diesmal ertönte eine gequälte Stimme. »Ja, Liebling.«

»Bist du in Ordnung?«

»Ja, Liebling. Meade und mir ... geht's gut. Aber dem Baby nicht.«

Er wollte gerade den Maschinenraum rufen, als Castor ihn an die Zeit erinnerte. »Zwanzig Sekunden! Neunzehn! Achtzehn–«

Roger Stone blickte auf den Brennschlussmesser und legte die Hand auf den Schalter zum Abschalten, bereit, die Düsen zu stoppen, falls der Autopilot versagte. Castor war dazu da, für ihn einzuspringen, falls er ausfiel. Unten im Maschinenraum hatte Hazel ebenfalls die Hand auf dem Schalter.

Als die letzte halbe Sekunde aufleuchtete, rief Castor: »Brennschluss!« Drei Hände drückten auf den Schalter, aber der Autopilot war schneller gewesen.

Die Düse stockte kurz, als ihre flüssige Nahrung so plötzlich abgestellt wurde. Die Dämpferplatten pressten die Neutronen in den Atomstapel – und die *Rolling Stone* befand sich im freien Orbit. Die plötzliche schmerzhafte Stille wurde nur durch das Summen der Klimaanlage gestört.

Roger Stone schluckte. »Maschinenraum! Meldung!«

Er hörte, wie Hazel tief seufzte. »Okay, Sohn«, sagte sie mit schwacher Stimme. »Aber pass auf die oberste Stufe auf. Die ist eine Falle.«

»Cas, ruf den Hafen an. Hol dir einen Doppler-Check.«

»Aye, aye, Sir.« Castor rief die Radar- und Doppler-Station in Leyport. Die *Rolling Stone* hatte die üblichen Radar- und Steuerinstrumente, aber ein Raumschiff konnte unmöglich Apparate von der Größe und Genauigkeit an Bord mittragen, die als Hilfe für Piloten in sämtlichen Häfen und Satellitenstationen bereitstanden. »*Rolling Stone an Luna Pilot – bitte kommen! Luna Pilot.*« Während seiner Anfrage wärmte Castor ihr eigenes Radar und den Doppler-Radar an, um die Leistung der eigenen Instrumente mit denen von Luna zu vergleichen. Er tat das ohne Befehl, da es zur Routinepflicht eines Co-Piloten gehörte.

»*Luna Pilot an Rolling Stone.*«

»*Rolling Stone an Luna Pilot* – erbitten Reichweite, Peilung und Trennungsrate und Abweichungen vom Flugplan für heutigen Flug Vierzehn – Plan wie vorgelegt, keine Abweichungen.«

»Wir haben euch. Aufzeichnung vorbereiten.«

»Bereiten vor«, antwortete Castor und schaltete das Aufzeichnungsgerät ein. Sie waren immer noch so nahe am Mond, dass die Lichtgeschwindigkeitsverzögerung bei der Übermittlung nicht zu bemerken war.

Eine gelangweilte Stimme las die Referenzzeit zur nächsten halben Sekunde ab und die Doppelkoordinaten ihrer Peilung laut Systemstandard – zurückdatiert zu dem Punkt, wo der Mond sich bei ihrem Start *befunden hatte*. Dann folgten ihre Geschwindigkeit und Entfernung zu Luna, verglichen mit den Zahlen, wo der Mond gewesen war. Diese Korrekturen waren vergleichsweise winzig, da der Mond mit einer Geschwindigkeit von weniger als zwei Dritteln einer Meile pro Sekunde gemächlich dahinwanderte. Sie waren jedoch absolut notwendig. Wenn ein Pilot sie vernachlässigte, würde er sich Tausende, ja sogar Millionen Meilen von seinem Ziel wiederfinden.

Die Station fügte noch hinzu: »Abweichung vom Flugplan unwesentlich. Bilderbuchstart, *Rolling Stone*.«

Castor bedankte sich und schaltete aus. »Alles bestens, Dad!«

»Gut. Hast du deine eigenen Werte?«

»Jawohl, Sir. Ungefähr sieben Sekunden später als die Station.«

»Okay. Übertrage sie auf die Fluglinie und verwende die Vektoren. Ich möchte einen Check.« Er musterte seinen Sohn genauer. Castors Haut ähnelte einem grünen Chartreuse. »Sag mal, hast du deine Pillen nicht geschluckt?«

»Doch, Sir. Am Anfang geht's mir immer so mies. Aber das ist gleich vorbei.«

»Die siehst wie eine Leiche nach einer Woche aus.«

»Du siehst auch nicht gerade gesund aus, Dad.«

»Ehrlich gesagt – ich fühle mich nicht gerade berauschend. Kannst du den Check machen, oder willst du dich ein Weilchen aufs Ohr legen?«

»Ich kann.«

»Schön ... aber pass auf die Dezimalstellen auf.«

»Aye, aye, Captain. «

»Ich gehe nach hinten.« Er schnallte sich los. Dabei gab er den Befehl: »An alle. Wenn ihr wollt, könnt ihr euch losschnallen. Maschinenraum, Stapel und Instrumente sichern.«

»Ich habe den Flugbericht gehört, Skipper. Maschinenraum gesichert«, sagte Hazel.

»Nimm meine Befehle nicht vorweg, Hazel – oder willst du Fuß nach Hause gehen?«

»Ich habe mich schlecht ausgedrückt, Captain«, sagte sie. »Ich wollte sagen, wir sichern jetzt den Maschinenraum, wie befohlen, Sir. So – jetzt ist es erledigt. Maschinenraum gesichert.«

»Sehr gut, Chief.« Er lächelte gequält, weil seine Instrumente ihm angezeigt hatten, dass die erste Meldung die richtige gewesen war. Hazel hatte gesichert, sobald sie gehört hatte, dass alles plangemäß verlief. Wie er befürchtet hatte: Es würde kein Picknick werden, Skipper einer Besatzung verbissener Individualisten zu sein. Er packte den Zentrumspfosten, drehte sich nach hinten und schwebte durch die Luke in die Wohnunterkünfte.

Er schob sich in die Mannschaftskajüte und hielt sich an einem Handgriff fest. Seine Frau, seine Tochter und das jüngste Kind hatten sich losgeschnallt. Dr. Stone machte sich an Bauch und Brust des Kleinen zu schaffen. Er konnte nicht genau sehen, was sie tat. Aber offensichtlich war es Lowell furchtbar schlecht geworden. Er hatte sich übergeben. Meade, auch mit glasigem Blick, bemühte sich, die Schweinerei zu beseitigen. Dabei musste sie sich mit einer Hand festhalten. Der Junge war noch bewusstlos.

Plötzlich fühlte auch Roger Stone sich schlechter. »Du meine Güte!«

Seine Frau schaute ihn über die Schulter an. »Zieh eine Spritze auf«, befal sie. »Im Spind hinter dir ist mein Medizinkoffer. Ich muss ihm ein Gegenmittel geben, damit er aufwacht. Er versucht dauernd die Zunge zu verschlucken.«

Roger schluckte. »Ja, Liebling. Welches Gegenmittel?«

»Neocaffein, ein Milligramm. *Schnell!*«

Er fand den Koffer, zog die Spritze auf und reichte sie Dr. Stone. Sie gab sie dem Kind. »Was kann ich sonst noch tun?«, fragte er.

»Nichts.«

»Ist er in Gefahr?«

»Nicht, solange ich ein Auge auf ihn habe. Jetzt verschwinde und bitte Hazel herzukommen.«

»Jawohl, Liebling. Sofort.« Er schwebte nach hinten. Seine Mutter schwebte in der Luft und lächelte selbstzufrieden. Pollux war noch angeschnallt auf seiner Couch. »Alles in Ordnung da hinten?«, fragte er.

»Klar, Warum auch nicht? Naja, mein Assistent möchte vielleicht beim nächsten Halt aussteigen.«

»Ich fühle mich okay«, meinte Pollux mürrisch. »Hör auf, mich zu nerven.«

»Edith braucht deine Hilfe, Mutter«, sagte Roger Stone. »Buster hat alles vollgekotzt.«

»Also, dieser kleine Teufel! Er hat heute keinen Bissen gegessen. Ich habe genau aufgepasst.«

»Du musst ihn ein paar Minuten aus den Augen gelassen haben, wie deutlich zu sehen ist. Geh schon und hilf Edith.«

»Euer Wunsch ist mir Befehl, Herr.« Sie stieß sich

mit der Ferse von einem Schott ab und verschwand durch die Luke. Roger wandte sich an seinen Sohn.

»Wie geht's dir?«

»In ein paar Stunden bin ich wieder voll da. Man muss es eben durchstehen, wie Zähneputzen.«

»Alles klar. Hast du das Bordbuch für den Maschinenraum geführt?«

»Noch nicht.«

»Dann mach's! Das wird deine Gedanken vom Magen ablenken.« Roger Stone schwebte wieder zurück in die Mannschaftskajüte. Lowell war wach und weinte. Edith hatte ihn auf die Koje gebunden, um ihn das Gefühl von Sicherheit und Druck zu geben.

»Mama! Mama, mach, dass es *still* steht!«

»Still, Schätzlein! Alles in Ordnung. Mama ist ja hier.«

»Ich will *nach Hause*!«

Sie antwortete nicht, strich ihm nur über die Stirn. Roger wich schnell zurück und zog sich vorwärts.

Als es Zeit zum Abendessen war, hatten sämtliche Besatzungsmitglieder – mir Ausnahme von Lowell – die Auswirkungen der Schwerelosigkeit überwunden. Es war ein Gefühl, als trete man in der Dunkelheit in einen leeren Aufzugsschacht. Niemand wollte viel essen. Dr. Stone gab nur klare Suppe, Cracker und Aprikosenkompott aus. Sie bot auch Eis an, fand jedoch keine Abnehmer.

Außer dem Kleinen musste keiner von ihnen beim Wechsel von der Anziehungskraft des Planeten in die endlose Schwerelosigkeit im Orbit mit mehr als leichter, vorübergehender Übelkeit rechnen. Ihre Mägen und halbkreisförmigen Ohrenkanäle hatten das schon früher durchgestanden. Sie waren abgebrüht.

Aber Lowell war nicht daran gewöhnt. Sein Körper

rebellierte. Er war auch nicht alt genug, um es mit Gelassenheit, ohne Angst, zu ertragen. Er schrie und weinte und verschlimmerte seinen Zustand, indem er würgte und krampfhaft schluckte. Hazel und Meade wechselten sich ab, ihn zu beruhigen. Meade beendete das kärgliche Abendessen und übernahm die Wache. Hazel kam in den Kontrollraum.

»Wie geht's ihm jetzt?«, fragte Roger Stone.

Hazel zuckte mit den Schultern. »Ich habe versucht, mit ihm Schach zu spielen. Er hat mir ins Gesicht gespuckt.«

»Dann geht's ihm offensichtlich besser.«

»Kaum.«

»Mutter, kannst du ihm nicht was geben, was ihn ruhig stellt, bis er sein Gleichgewicht findet?«, fragte Castor.

»Nein«, antwortete Dr. Stone. »Ich gebe ihm jetzt schon die höchste Dosis, die sein Körper aushält.«

»Wie lange wird es dauern, bis er sich erholt?«, fragte ihr Mann.

»Ich wage keine Voraussage. Normalerweise passen sich Kinder schneller an als Erwachsene, wie du weißt, Liebling – aber wir wissen auch, dass sich manche Menschen nie anpassen können. Sie sind von ihrer Konstitution her nicht fürs All geeignet.«

Pollux fiel der Unterkiefer runter. »Willst du damit sagen, dass Buster von Natur aus ein *Erdhörnchen* ist?« Er sprach das Wort aus, als sei es eine Seuche und eine Schande.

»Halt den Mund!«, fuhr sein Vater ihn an.

»Das will ich überhaupt nicht sagen«, erklärte seine Mutter. »Lowell geht es nicht gut, aber wahrscheinlich hat er sich schon bald angepasst.«

Einige Minuten lang schwiegen alle betreten. Pollux

füllte seine Suppentüte noch einmal, nahm sich ein paar Cracker und begab sich zurück auf seinen Hochsitz, wo er ein Bein um den Pfosten schlang. Er schaute Castor an. Die beiden begannen ein Gespräch, das nur aus Mienenspiel und Achselzucken bestand. Der Vater wandte sich ab. Die Zwillinge unterhielten sich oft so. Den Code – sofern es ein Code war – konnte kein anderer entziffern.

»Edith, deine ehrliche Meinung«, sagte er zu seiner Frau. »Besteht die Möglichkeit, dass Lowell sich nicht anpasst?«

»Die Möglichkeit besteht selbstverständlich.« Sie gab keine weiteren Erklärungen ab, das war auch nicht nötig. Wie Seekrankheit bringt einen Raumkrankheit nicht um, man kann aber an Nahrungsmangel und Erschöpfung sterben.

Castor stieß einen Pfiff aus. »Feiner Zeitpunkt, das festzustellen, jetzt, wo es zu spät ist. Wir sind bereits im Orbit zum Mars.«

»Du weißt, dass das nicht stimmt, Castor«, wies ihn Hazel zurecht.

»Was?«

»Schwachkopf«, sagte sein Zwillingsbruder. »Wir müssen wenden.«

»Oh.« Castor verzog das Gesicht. »Einen Moment lang hatte ich vergessen, dass wir ja einen Zwei-Phasen-Flug machen.« Er seufzte. »Na schön. Das wäre geklärt. Ich schätze, wir fliegen zurück.« Es gab nur einen einzigen Punkt, an dem sie entscheiden konnten, zum Mond zurückzukehren. Sie rasten jetzt auf Erde in einem konventionellen »S-Orbit« zu, praktisch eine gerade Linie. In einem Hyperboloid würden sie mit über fünf Meilen pro Sekunde, relativ zu Erde, sehr dicht an Erde vorbeifliegen. Für den Weiterflug wollten sie die Geschwindigkeit am Punkt der größten Nähe durch das Feuern der Düse so vergrößern, dass sie ein Ellipsoid erreichten, relativ zu Sonne, welche sie zu einem Rendezvous mit Mars bringen würde.

Sie konnten dieses Manöver umkehren, indem sie die Düse gegen die Bewegung einsetzten, und die *Rolling Stone* damit in ein Ellipsoid bringen, relativ zu Erde, in eine Kurve, die sie – sofern richtig berechnet – zurück zu Luna bringen würde, zurück nach Hause, ehe ihr kleiner Bruder verhungern oder an Kraftlosigkeit wegen des ständigen Erbrechens starb. »Jawohl, das wär's!«, erklärte Pollux. Plötzlich grinste er. »Will jemand eine Ladung Fahrräder kaufen? Billig?«

»Keinen überstürzten Ausverkauf«, sagte sein Vater. »Aber wir wissen eure Haltung zu schätzen. Edith, was meinst du?«

»Ich finde, wir dürfen nichts riskieren«, sagte Hazel. »Das Baby ist krank.«

Dr. Stone zögerte. »Roger, wie lange dauert es bis zur Erdnähe?«

Er warf einen Blick auf die Instrumente. »Ungefähr fünfunddreißig Stunden.«

»Warum bereitest du nicht beide Manöver vor? Dann müssen wir erst entscheiden, wenn es Zeit ist, das Schiff zu wenden.«

»Das klingt vernünftig. Hazel, du arbeitest mit Castor am Problem Rückflug. Pol und ich übernehmen den Mars-Vektor. Erst mal nur Annäherungen. Wir korrigieren, wenn wir näher dran sind. Jeder arbeitet unabhängig, dann tauschen wir aus und überprüfen alles.. Und passt auf die Dezimalstellen auf!«

»Pass *du* nur auf *deine* auf!«, rief Hazel.

Castor grinste seinen Vater an. »Du hast dir den leichteren Teil rausgesucht, ja, Dad?«

Sein Vater musterte ihn streng. »Ist es zu schwierig für dich? Willst du tauschen?«

»Nein, Sir! Ich kann das.«

»Dann fang an – und denk dran, dass du im All ein Besatzungsmitglied bist.«

»Aye, aye, Sir.«

Tatsächlich hatte er sich das Leichtere ausgesucht. Im Prinzip war das Um-die-Erde-rum-zum-Mars-Problem von der Luna Pilot Station gelöst worden, ehe sie abgehoben hatten. Selbstverständlich mussten die unausweichlichen Fehler der Luna Station oder etwaige Kursabweichungen korrigiert werden, die sich aber erst zeigten, wenn sie die Erdnähe erreichten. Vielleicht waren sie für die Umrundung der Erde zu hoch oder zu niedrig, zu schnell oder zu langsam oder wichen von der theoretischen Kurve ab, welche der Computer für sie berechnet hatte. Es war sogar möglich, dass sie in allen drei Faktoren abwichen. Der winzigste Fehler beim Start konnte eine Abweichung von einer Viertelmillion Meilen bewirken.

Aber in den nächsten fünfzehn oder zwanzig Stunden konnte man keinen dieser Fehler korrigieren. Man musste die Abweichungen erst wachsen lassen, ehe man sie genau messen konnte.

Der Stoß zu einem Ellipsoid, die sie heim nach Luna bringen sollte, war ein neues, noch nicht durchdachtes Problem. Captain Stone hatte es nicht aus Faulheit abgelehnt. Er würde beide Probleme bearbeiten, hatte diese Absicht jedoch für sich behalten. In der Zwischenzeit bereitete ihm etwas anderes Kopfzerbrechen. Hinter ihm waren mehrere Schiffe, alle auf dem Weg zum Mars. In den nächsten Tagen starteten viele Schiffe vom Mond, da sie die günstige Periode ausnutzten, die nur alle sechsundzwanzig Monate eintrat, in der ein Flug zum Mars relativ »billig« war, wenn nämlich die Minimum-Treibstoff-Ellipse, welche beide Planetenkreisbahnen tangierte, sich tatsächlich mit Mars traf, nicht irgendwo an einem idiotischen Ort die Kreisbahn des Mars' berührten. Außer Militärschiffen und superteuren Passagierkreuzern verließen daher die meisten Schiffe mit dem Ziel Mars genau in dieser Zeit den Mond.

Während der vier Tage, in denen der ideale Start möglich war, mussten die Schiffe dem Hafen Leyport für dieses Privileg eine exorbitante Prämie zahlen. Nur ein großes Schiff konnte sich diese Gebühr weit über der Standardgebühr leisten. Die Kostenersparnis bei einfacher H-reaktiver Masse musste größer als die Gebühr sein. Die *Rolling Stone* war abgeflogen, ehe die Zusatzgebühr fällig wurde, daher folgte ihr ein rundes Dutzend Schiffe, die wie Perlen aufgereiht waren, alle zur Erde hinunter, um sie zu umrunden und Kurs auf Mars zu nehmen.

Wenn die *Rolling Stone* zurückflog und Kurs auf Luna statt auf Mars nahm, bestand die Möglichkeit einer Verkehrsgefährdung.

Allerdings kamen Kollisionen von Raumschiffen fast nicht vor. Das All ist sehr groß, und Schiffe sind winzig. Aber die Möglichkeit besteht, besonders wenn viele Schiffe gleichzeitig in derselben Raumregion das Gleiche tun. Raumfahrer werden nie die *Rising Star* und das Patrouillenschiff *Trygve Lie* vergessen – vierhundertsieben Tote, keine Überlebenden.

In den nächsten drei Tagen würden die Schiffe von Luna zum Mars starten. Wenn die *Rolling Stone* Erde umrundete und dann zurück nach Luna flog, würde sie deren Kurs diagonal kreuzen. Abgesehen von diesen Risiken, gab es die drei Radiosatelliten der Erde und ihre Satellitenraumstation. Jeder Flugplan eines Schiffs, der von der Luna Pilot Station genehmigt war, berücksichtigte diese vier Orbits, aber das Notfallmanöver der *Rolling Stone* würde nicht über diese Sicherheitsprüfung verfügen. Geistig kaute Roger Stone an den Fingernägeln, wenn er an die Möglichkeit dachte, dass die Verkehrsleitstelle der *Rolling Stone* womöglich die Erlaubnis verweigern könnte, ihren genehmigten Flugplan zu ändern – was sie tun konnte, wenn auch nur die geringste Möglichkeit einer Kollision bestand – krankes Kind hin oder her.

Und Captain Stone würde die Verweigerung ignorieren, eine Kollision riskieren und sein Kind nach Hause bringen, auch wenn man ihm dort mit Sicherheit die Pilotenlizenz entziehen und das Gericht der Admiralität ihm wohl eine harte Strafe auferlegen würde.

Neben der Raumstation und den Radiosatelliten gab es noch die Atombombenroboter der Friedenspatrouille, welche die Erde von Pol zu Pol umkreisten. Aber es war höchst unwahrscheinlich, dass die *Rolling Stone* deren Weg kreuzten. Sie bewegten sich gerade außerhalb der Atmosphäre, niedriger, als ein Raumschiff – abgesehen von der Landung – fliegen durfte. Doch zum Wenden musste die *Rolling Stone* in den Orbits der Radiosatelliten und der Raumstation eintauchen – Moment mal! Roger Stone überdachte die letzte Idee. War es möglich, an die Raumstation anzudocken, statt zurück nach Luna zu fliegen?

Wenn ja, konnte er Lowell einige Tage früher in die Schwerkraft bringen – im sich drehenden Teil der Raumstation!

Der ballistische Computer wurde nicht benutzt.

Castor und Hazel waren immer noch bei der Lösung ihrer wissenschaftlichen Probleme. Captain Stone setzte sich an den Computer und fertigte einen Rohentwurf an, ohne die Feinheiten der Ballistik zu berücksichtigen. Er fragte den Computer lediglich: »Ist das möglich oder nicht?«

Eine halbe Stunde später gab er auf und ließ die Schultern hängen. Ja, er konnte die Kreisbahn der Raumstation erreichen, aber bestenfalls an einem Punkt, der beinahe hundert Grad von der Station entfernt war. Selbst wenn er die Reaktionsmasse übergroßzügig verschwendete, würde er die Station nicht erreichen.

Wütend schaltete er den Computer aus. Hazel warf ihm einen Blick zu. »Was nagt an dir, Sohn?«

»Ich dachte, wir könnten bei der Raumstation andocken, aber wir können nicht.«

»Das hätte ich dir gleich sagen können.«

Er antwortete nicht, sondern ging nach hinten. Lowell war immer noch krank.

Erde schob sich auf der Steuerbordseite in Sicht, groß, rund und wunderschön. Sie näherten sich ihr rapide, weniger als zehn Stunden von dem kritischen Punkt entfernt, an dem sie manövrieren mussten – so oder so. Der Captain hatte Hazels Notfallflugplan genau überprüft und an die Verkehrsleitstelle weitergegeben. Alle hatten sich mit dem Rückflug zu Luna abgefunden. Trotzdem arbeitete Pollux – mit Hilfe von Quito Pilot, Ekuador – weiter an den Abweichungen vom ursprünglichen Flugplan und machte sich an die endgültige Ballistik für Mars.

Dr. Stone kam in den Kontrollraum, blieb in der Nähe der Luke und winkte ihrem Mann, mit ihr zu kommen. Er schwebte ihr in die Eignerkajüte nach. »Was ist?«, fragte er. »Geht es Lowell schlechter?«

»Nein, besser.«

»Was?«

»Liebling, ich glaube, er war überhaupt nicht raumkrank.«

»Wie bitte?«

»Naja, vielleicht ein bisschen. Aber ich glaube, die Symptome rührten hauptsächlich von einer Allergie her. Ich glaube, er verträgt das Beruhigungsmittel nicht.«

»Was? Ich habe noch nie gehört, dass jemand auf dieses Zeug allergisch reagiert.«

»Ich auch nicht, aber es gibt immer ein erstes Mal. Ich habe das Medikament vor einigen Stunden abgesetzt, da es ihm nicht zu helfen schien. Seine Symptome haben langsam nachgelassen, und jetzt ist sein Puls besser.«

»Dann kann er mit zum Mars fliegen?«

»Es ist zu früh, das zu sagen. Ich möchte ihn noch ein oder zwei Tage beobachten.«

»Aber, Edith – du weißt, dass das nicht möglich ist! Ich muss das Manöver durchführen.« Er litt unter Stress und Schlafmangel. Keiner hatte seit dem Start vor vierundzwanzig Stunden ein Auge zugetan.

»Ja, ich weiß. Gib mir dreißig Minuten, ehe du handeln musst. Das ist eine Warnung. Dann entscheide ich.«

»Okay, tut mir Leid, dass ich dich angeschnauzt habe.«

»Lieber Roger!«

Ehe sie bereit waren, bei der Erde »um die Ecke zu biegen«, ging es dem Kind viel besser. Seine Mutter stellte ihn durch Hypnose für etliche Stunden ruhig.

Als er aufwachte, wollte er etwas essen. Sie gab ihm probeweise ein paar Löffel Pudding. Beim ersten Bissen verschluckte er sich, aber das war ein rein mechanisches Problem und lag nicht an der Schwerelosigkeit – beim zweiten Löffel hatte er gelernt, wie man schluckt und das Essen bei sich behält.

Er schluckte noch mehrere Löffel voll und behauptete, immer noch halb verhungert zu sein, als sie ihm nichts mehr geben wollte. Dann wollte er, dass man ihn von der Koje losband. Seine Mutter tat ihm den Willen, schickte aber nach Meade, damit sie auf ihn aufpasste. Sie schwebte zu ihrem Mann. Hazel und Castor waren am Computer. Castor las ihr ein Problemprogramm vor, während sie auf die Tasten tippte. Pollux war mit einer Doppler-Ablesung von Erde beschäftigt. Edith zog Roger Stone beiseite und flüsterte: »Liebling, wir können uns entspannen. Er hat gegessen, und ihm ist nicht schlecht geworden.«

»Bist du sicher? Ich möchte nicht das geringste Risiko eingehen.«

Sie zuckte mit den Schultern. »Wie kann ich sicher sein? Ich bin Ärztin, keine Wahrsagerin.«

»Wie lautet deine Entscheidung?«

»Kurs auf Mars.«

»Da bin ich froh, denn die Leitstelle hat soeben meinen geänderten Flugplan abgelehnt. Ich wollte es dir gerade sagen.«

»Dann haben wir keine Wahl.«

»Du weißt, dass das nicht stimmt. Ich spreche lieber vor einem Richter als bei einer Beisetzung. Aber ich habe noch ein As im Ärmel.«

Sie schaute ihn fragend an. Er fuhr fort: »Die War God ist keine zehntausend Meilen hinter uns. Wenn nötig, könnte ich in weniger als einer Woche seitlich bei ihr anlegen, wenn ich die Reserve ausschöpfe. Dann könntest du mit dem Baby umsteigen. Sie ist eine »Taumeltaube«, seit sie umgerüstet wurde – sie hat alles, von der Luna-Oberfläche bis zur vollen Schwerkraft.«

»Daran habe ich gar nicht gedacht. Aber ich glaube nicht, dass es nötig sein wird. Trotzdem ist es tröstlich zu wissen, dass Hilfe so nah ist.« Sie runzelte die Stirn. »Ich möchte dich und die Kinder nicht allein lassen, außerdem ist es riskant, die Reserve auszuschöpfen. Du brauchst sie vielleicht später dringend, wenn wir uns dem Mars nähern.«

»Nicht wenn wir das Schiff richtig steuern. Keine Angst, Hazel und ich werden uns zum Mars bringen, und wenn wir das Schiff schieben müssen.«

Pollux hatte seine Arbeit abgebrochen und spitzte die Ohren, um zu hören, was seine Eltern sagten. Aber sie hatten zu viele Jahre Übung darin, ihre Worte vor Kinderohren zu schützen. Er konnte aber die angespannten Züge sehen und das gelegentliche Stirnrunzeln. Er gab seinem Zwillingsbruder ein Zeichen.

»Moment, Hazel«, sagte Castor. »Kurze Pause. Was ist los, Pol?«

»Jetzt ist der richtige Moment für die Rechtschaffenen.« Er nickte zu den Eltern.

»Stimmt. Ich übernehme das Reden.«

Roger Stone musterte sie fragend. »Was ist los, Jungs? Wir sind beschäftigt.«

»Jawohl, Sir. Aber uns scheint dies der beste Augenblick zu sein, um eine Erklärung abzugeben.«

»Ja?«

»Pol und ich haben abgestimmt. Wir fliegen nach Hause.«

»Was?«

»Unserer Meinung nach ist es das Ganze nicht wert, Busters Gesundheit zu riskieren.«

»Schön, er ist ein verzogenes Balg«, fügte Pol hinzu. »Aber überlegt mal, wie viel ihr in ihn investiert habt.«

»Wenn er uns unter den Händen wegstirbt, würde es den ganzen Spaß ruinieren«, meinte Castor.

»Und selbst wenn nicht, wer möchte wochenlang hinter ihm sauber machen?«

»Stimmt«, sagte Pol. »Niemand möchte bei einem kotzenden Erdhörnchen Kabinensteward sein.«

»Und wenn er wirklich sterben sollte, würdet ihr uns für den Rest unseres Lebens die Schuld geben.«

»Noch länger«, fügte Pol hinzu.

»Macht euch keine Sorgen wegen des »Nein« von der Leitstelle. Hazel und ich arbeiten einen neuen Schleichweg aus, auf dem wir der *Queen Mary* ausweichen und noch ein paar Minuten übrig haben – na ja, Sekunden auf alle Fälle. Natürlich dürfte es denen ein bisschen Angst einjagen.«

»Seid still!«, sagte Captain Stone. »Eins nach dem anderen. Castor, gehe ich recht in der Annahme, dass dir und deinem Bruder das Wohl eures jüngeren Bruders so sehr am Herzen liegt, dass ihr nach Luna zurückkehren wollt?«

»Jawohl, Sir.«

»Selbst, wenn eure Mutter der Meinung ist, dass es für ihn ungefährlich ist, weiterzufliegen?«

»Jawohl, Sir. Wir haben es besprochen. Selbst wenn er jetzt ziemlich gut aussieht, er war ein sehr krankes Hündchen, und wenn jemand so krank ist, schafft er es vielleicht nicht bis zum Mars. Es ist ein langer Flug. Wir wollen kein Risiko eingehen.«

Hazel war den Zwillingen gefolgt und hatte zugehört. Jetzt sagte sie: »Edelmut steht dir nicht, Cas. Mit der anderen Darbietung warst du überzeugender.«

»Halt dich da raus, Mutter. Pol?«

»Cas hat alles gesagt. Was soll's, wir können noch andere Reisen machen.«

Roger Stone betrachtete seine Söhne. »Ich muss sagen«, begann er langsam. »Ich bin angenehm überrascht, so viel Familienzusammengehörigkeitsgefühl bei dieser Ansammlung von Individualisten zu finden. Eure Mutter und ich werden uns immer mit Stolz daran erinnern. Aber ich bin froh, euch sagen zu können, dass es nicht nötig ist. Wir werden unseren Flug zum Mars fortsetzen.«

Hazel warf ihm einen finsteren Blick zu. »Roger, hast du dir beim Start den Kopf gestoßen? Wir dürfen kein Risiko eingehen. Wir bringen das Kind zurück zu Luna. Ich habe mit den Jungs geredet, und sie sind meiner Meinung.«

Castor räusperte sich. »Dad, wenn du vor dem Schleichweg Angst hast, bin ich bereit zu steuern. Ich weiß –«

»*Seid still*!«, unterbrach ihn Roger Stone. Dann redete er weiter, als führe er ein Selbstgespräch. »Hier im Buch steht: Erteile Befehle, gib keine Erklärungen ab, und lass dich nie auf Diskussionen ein. Wenn ich ein straffes Kommando auf diesem Schiff führen will, muss ich – Gott helfe mir! – meine Mutter in Eisen legen lassen.« Er hob die Stimme. »Alle Mann! Bereitet das Manöver vor! Abflug mit Kurs auf Mars. Schwerkrafttrichter-Prozedere.«

»Dem Baby geht's gut, Mutter«, sagte Edith Stone leise zu Hazel. »Ich bin sicher.« Dann wandte sie sich an ihre Söhne. »Castor, Pollux, kommt her, ihr Lieben.«

110

»Aber Dad hat gesagt–«

»Ich weiß. Aber zuerst kommt her.« Sie küsste jeden und sagte: »So, und jetzt alle Mann auf Station.«

Meade tauchte bei der Luke auf und zog Lowell wie einen Luftballon hinter sich her. Er schien fröhlich zu sein. Sein Gesicht war mit Schokolade beschmiert. »Was soll die Aufregung?«, fragte sie. »Ihr habt nicht nur ihn aufgeweckt, sondern stört auch die Leute drei Schiffe hinter uns.«

VII. IM SCHWERKRAFTTRICHTER

Ein Manöver im Schwerkrafttrichter scheint dem Gesetz der Energieerhaltung zu widersprechen. Ein Schiff, das den Mond verlässt, oder eine Raumstation, um zum Mars oder einem anderen entfernten Planeten zu fliegen, kann schneller bei Einsparung des Treibstoffs fliegen, wenn es erst auf die Erde zurast und dann – so nahe an der Erde wie möglich – einen Beschleunigungsschub durchführt. Das Schiff gewinnt beim Fall auf die Erde zu kinetische Energie (Schnelligkeit), und man sollte erwarten, dass es genau dieselbe Menge kinetischer Energie wieder verliert, wenn es von der Erde wegfliegt.

Der Trick beruht auf der Tatsache, dass die reaktive Masse oder der »Treibstoff« selbst Masse ist und als solche potentielle Energie besitzt, wenn das Schiff den Mond verlässt. Die reaktive Masse, die bei der Beschleunigung in Erdnähe (sozusagen auf dem Boden des Schwerkrafttrichters) benutzt wird, hat ihre Energie beim Fall in den Schwerkrafttrichter verloren. Diese Energie muss aber irgendwo hingehen, und das tut sie: ins Schiff als kinetische Energie. Dadurch fliegt das Schiff schneller in Bezug auf Kraft und Dauer des Schubs, als es möglich wäre, wenn es direkt vom Mond oder einer Raumstation abflöge. Die Mathematik von alldem ist etwas verblüffend, aber sie funktioniert.

Captain Stone schickte beide Jungs für dieses Manöver in den Maschinenraum und nahm Hazel als zweiten Piloten. Castor war tief beleidigt, aber er widersprach nicht, da ihm die letzte Diskussion über die Disziplin an Bord des Schiffs noch in den Ohren klang. Bei diesem Manöver hatte der Pilot alle Hände voll zu tun und überließ dem Co-Piloten, den Autopiloten zu überprüfen, um im Notfall selbst manuell zu zünden, und den Brennschluss zu beobachten. Aufgabe des Piloten ist es, sein Schiff auf ihren Gyros und auf dem Schwungrad zu schaukeln, während sein Blick auf ein Messteleskop fixiert ist, einen »Coelestaten«, um absolut sicher zu sein, dass seine Instrumente akkurat funktionieren und sein Schiff genau in die gewünschte Richtung blickt, wenn die Düse feuert.

Auf der Reise von Erde zu Mars steigert sich ein Fehler von einer Bogenminute, einem Sechzigstel eines Grads, am Ziel zu ungefähr fünfzehntausend Meilen. Für derartige Fehler muss man mit reaktiver Masse bei der Korrektur bezahlen, oder, wenn der Fehler zu groß ist, tragischerweise mit dem unausweichlichen Tod des Captains und der Besatzung, während das Schiff auf ewig in die leere Tiefe des Alls rast.

Roger Stone hatte von den Fähigkeiten seiner Zwillinge eine hohe Meinung, aber in dieser kitzligen Situation wollte er einen Co-Piloten, der ihn mit der Ruhe des Alters und der Erfahrung unterstützte. Wenn Hazel auf der anderen Couch war, konnte er sich voll und ganz auf seine heikle Aufgabe konzentrieren.

Um einen Bezugsrahmen zu erstellen, gegen den er sein Schiff ausrichten konnte, hatte er drei Sterne – Spica, Deneb und Fomolhaut – im Teleskop in eine Linie gebracht und ihre Abbildungen mittels Prismen zusammengebracht. Mars war hinter der Erdwölbung noch nicht zu sehen. Er hätte ihm auch nicht geholfen, da die Route zum Mars eine lange Kurve war, keine gerade Linie. Ein Bild schien ein wenig von den anderen abzuweichen. Schwitzend löste er die Gyros und bewegte das Schiff nur mit dem Schwungrad. Sogleich war das verschobene Bild wieder in der richtigen Position. »Doppler?«, fragte er.

»Auf dem Punkt.«

»Zeit?«

»Ungefähr eine Minute. Sohn, denk ans Entenschießen und mach dir keine Sorgen.«

Er wischte sich die Hände am Hemd trocken und antwortete nicht. Sekundenlang herrschte Schweigen, dann sagte Hazel leise: »Nicht identifizierter Radarstrahlpunkt auf dem Schirm, Sir. Roboterantwort und eine Zahlenreihe.«

»Betrifft das uns?«

»Nähert sich aus Norden. Möglicher Kollisionskurs.«

Roger zwang sich, nicht auf seinen Bildschirm zu blicken. Ein schneller Blick würde ihm nicht mehr verraten als das, was Hazel ihm schon mitgeteilt hatte. Er presste das Gesicht an den Augenschirm des Coelestaten. »Anzeichen für ein Ausweichmanöver?«

»Sohn, es ist ebenso wahrscheinlich, dass es kracht. Zu spät, die Ballistik auszurechnen.«

Er zwang sich, die Sternenbilder anzuschauen und darüber nachzudenken. Hazel hatte Recht. Man steuerte kein Raumschiff, indem man nur auf dem Hintern saß. Bei hoher Geschwindigkeit und engen Kurven auf dem Boden des Gravitätstrichters, nahe bei einem Planeten, konnte ein unkontrolliertes Manöver leicht zu einer Kollision führen. Oder es schleuderte das Schiff in eine unhaltbare Bahn, auf welcher man nie den Mars erreichte.

Aber was konnte das auf dem Bildschirm sein? Kein Raumschiff, es war unbemannt. Kein Meteor, der trug einen Schweif. Keine Bombenrakete, dazu war es zu hoch. Die Sternenbilder waren ruhig, daher warf er einen verstohlenen Blick auf seinen Schirm, welcher ihm nichts verriet, und dann einen durchs Bullauge nach Steuerbord.

Du lieber Himmel! Er konnte es *sehen*!

Vor der Schwärze des Weltalls ein großer, glänzender Stern – der größer und immer größer wurde!

»Pass auf, Sohn«, sagte Hazel. »Neunzehn Sekunden.«

Er drückte das Auge wieder ans Teleskop. Die Bilder stimmten noch. »Es scheint ein bisschen nach vorn zu ziehen«, fügte Hazel hinzu.

Er musste schauen. In diesem Moment blitzte etwas auf und verdunkelte das Bullauge auf Steuerbord und war gleichzeitig auch auf Backbord sichtbar – dann schrumpfte es rapide. Stone hatte den Eindruck eines Torpedos mit Flügeln.

»Puh!«, stieß Hazel hervor. »Das ist dorthin abgezischt!« Sie seufzte erleichtert. »So, alle Mann, in fünf Sekunden Beschleunigung!«

Roger behielt die Sternbilder im Auge. Sie blieben ruhig und völlig deckungsgleich, als der Düsenschub ihn in die Polster drückte. Der Schub betrug vier Gravitäten, viel mehr als der von Luna, aber sie mussten ihn nur etwas länger als eine Minute ertragen. Captain Stone beobachtete weiter die Sternbilder, bereit, das Schiff abzufangen, falls es zu schlingern begann, aber die große Sorgfalt, mit der er die Ladung gestaut hatte, wurde belohnt. Sie blieb auf Kurs.

Er hörte Hazel rufen: »Brennschluss!« Gleichzeitig verstummte der Lärm, und der Druck fiel ab. Er holte tief Luft und fragte durchs Mikrofon: »Geht es dir gut, Edith?«

»Ja, Liebling«, antwortete sie schwach. »Uns beiden geht's gut.«

»Maschinenraum?«

»Okay!«, antwortete Pollux.

»Alles gesichert und dicht.« Es war nicht nötig, dass der Maschinenraum Bereitschaftsdienst machte, da bei diesem Streckenabschnitt Kurskorrekturen erst in einigen Tagen oder Wochen gemacht wurden, nach langen Berechnungen.

»Aye, aye, Sir. Sag mal, Dad, was war das für ein Gerede über das Radarbild?«

»Ruhe!«, verlangte Hazel. »Bei mir kommt gerade ein Anruf.«

»*Rolling Stone*, Luna an Verkehrsleitstelle – bitte kommen«, sagte sie.

Zischen, dann ein Klick und eine Frauenstimme: »Verkehrsleitstelle an *Rolling Stone*, Luna – Routinevorsichtsmaßregel: Ihr registrierter Flugplan bringt sie moderat nah einen experimentellen Raketensatelliten des Harvard Radiation Laboratory. Halten Sie sich an den Flugplan. Genügend Sicherheitsabstand vorhanden. Ende der Meldung. Wiederhole –« Die Meldung ertönte nochmal, dann wurde abgeschaltet.

»Das sagen sie uns *jetzt*!«, explodierte Hazel. »Diese Sesselfurzer! Diese Bürokraten! Ich wette, dass M-S-G die Meldung während der letzten Stunden gebunkert hatte, bis irgendein Idiot sich wegen fehlender Wäschestücke ausgeheult hat.«

Sie schäumte vor Wut. »Moderat nah! Genügend Sicherheitsabstand! Roger, dieses verdammte Ding hat mir die Brauen versengt!«

»Knapp daneben ist auch daneben, ebenso gut wie eine Meile!«

»Eine Meile ist niemals genug, wie du genau weißt. Das hat mich zehn Jahre meines Lebens gekostet – und in meinem Alter kann ich mir das nicht leisten.«

Roger Stone zuckte mit den Schultern. Nach der Anspannung und der Aufregung fühlte er sich hundemüde und ausgelaugt. Seit dem Start hatte er von Stimulanz anstelle von Schlaf gelebt. »Die nächsten zwölf Stunden erhole ich mich in meiner Koje. Macht einen vorläufigen Check unseres Vektors. Wenn es keinen schweren Fehler gibt, weckt mich nicht. Ich schaue es mir an, wenn ich wieder auftauche.«

»Aye, aye, Captain Bligh.«

Der erste Check ergab, dass auf ihrer Bahn alles in Ordnung war. Hazel ging ebenfalls ins Bett – »Bett« im übertragenen Sinn, denn sie schnallte sich in der Schwerelosigkeit nie an der Koje fest. Sie schwebte lieber umher, so wie der Luftstrom sie trieb. Sie teilte eine große Kabine mit Meade. Die drei Jungs waren für die Mannschaftsunterkunft eingeteilt. Die Zwillinge wollten sich auch aufs Ohr hauen – aber Lowell war nicht schläfrig. Er fühlte sich großartig und erkundete die wunderbaren Möglichkeiten der Schwerelosigkeit. Er wollte Fangen spielen. Aber die Zwillinge nicht. Lowell spielte trotzdem Fangen.

Pollux packte ihn am Fußknöchel. »Hör zu! Du hast mit deiner Kotzerei schon genug Ärger gemacht!«

»Ich habe nicht gekotzt!«

»Ach nein? Und hinter wem mussten wir sauber machen? Dem Weihnachtsmann?«

»Es gibt keinen Weihnachtsmann. Ich war nicht krank und habe nicht gekotzt. Du schwindelst, du schwindelst, du schwindelst!«

»Streite dich nicht mit ihm«, sagte Castor. »Erwürge ihn einfach und schieb ihn durch die Schleuse raus!

Morgen können wir die Änderung im Massefaktor des Schiffs erklären und korrigieren.«

»Ich habe nicht gekotzt!«

»Meade hat auf dem Flug zur Erde genug gepennt«, sagte Pollux. »Vielleicht kannst du sie überreden, dass sie ihn uns abnimmt.«

»Ich versuch's.«

Meade war wach. Sie dachte nach. »Bargeld lacht?«

»Schwesterlein, sei doch nicht so!«

»Nun ... drei Tage Abwasch?«

»Erpresserin! Abgemacht. Komm und übernimm die Leiche.«

Meade musste ihre Unterkunft zum Kinderzimmer umfunktionieren. Die Jungs schwebten in den Kontrollraum und schnallten sich lose auf die Couchen, wie es die Vorschriften erforderten, damit sie nicht im Schlaf gegen die Instrumente stießen.

VIII. DER MÄCHTIGE WELTRAUM

Captain Stone ließ alle mit Ausnahme von Dr. Stone und Lowell die neue Bahn berechnen. Alle arbeiteten aufgrund derselben Daten, die von der Verkehrsleitstelle geschickt worden waren, und verglichen sie mit ihren eigenen Instrumenten. Roger Stone wartete, bis alle fertig waren, ehe er die Resultate verglich.

»Was hast du, Hazel?«

»Meiner Berechnung nach, Captain, wirst du den Mars mit über einer Million Meilen verfehlen.«

»Ich rechne nochmal nach.«

»Hm – ich auch.«

»Cas? Pol? Meade?«

Die Zwillinge waren bis zur sechsten Dezimalstelle zum selben Ergebnis gekommen und stimmten mit dem Vater und Großmutter auf fünf überein, aber Meades Ergebnis ähnelte keinem der anderen. Ihr Vater betrachtete sie neugierig. »Mädelchen, ich kapiere nicht, wie du das aus dem Computer bekommen hast. Soweit ich sehe, leitest du uns zum Proximus Centauri.«

Meade schaute interessiert auf ihre Ergebnisse. »Ach ja? Ich sage euch was. Nehmen wir meins und sehen, was passiert. Das dürfte hochinteressant werden.«

»Aber praktisch nicht durchführbar. Laut deinen Berechnungen müssten wir schneller als das Licht fliegen.«

»Ich habe mir auch *gedacht*, dass die Zahlen ein bisschen groß sind.«

Hazel streckte den knochigen Zeigefinger aus. »Das sollte ein Minuszeichen sein, Schatz.«

»Noch was ist falsch«, verkündete Pollux. »Seht euch das an! Da–« Er hielt Meades Programmierblatt hoch.

»Das reicht, Pol«, unterbrach ihn sein Vater. »Dich hat niemand gebeten, Meades Astrogation zu kritisieren.«

»Aber –«

»Schluck's runter!«

»Mir macht das nichts aus, Daddy«, meinte Meade. »Ich habe gewusst, dass ich mich geirrt habe.« Sie zuckte mit den Schultern. »Das ist der erste Plan, an dem ich außerhalb der Schule gearbeitet habe. Irgendwie macht es einen Unterschied, wenn es echt ist.«

»Allerdings – wie jeder Astrogator lernt. Schon gut, Hazel hat die Mittelwerte, wir geben ihre ein.«

Hazel schüttelte sich selbst die Hände. »Sieger und weiterhin Champion!«

»Dad, ist das endgültig?« fragte Castor. »Keine weiteren Manöver, bis du die Route zum Mars berechnet hast?«

»Selbstverständlich nicht. Keine Änderungen für mindestens sechs Monate. Warum?«

»Dann erbitten Pol und ich mit allem Respekt vom Captain die Erlaubnis, den Laderaum zu dekomprimieren und nach draußen gehen zu dürfen. Wir wollen an unseren Fahrrädern arbeiten.«

»Die falsche militärische Ausdrucksweise könnt ihr euch sparen. Ich habe Neuigkeiten für euch.« Er nahm ein Blatt Papier aus der Gürteltasche. »Nur noch einen Moment, während ich ein paar Änderungen mache.« Er schrieb etwas auf und befestigte das Blatt am Schwarzen Brett im Kontrollraum. Darauf stand:

0700   Wecken (für Edith, Hazel und Buster freiwillig)
0745   Frühstück (Meade kocht. Zwillinge Abwasch)
0900   Unterricht C & P, Mathematik
       (Meade Astrogation bei Hazel, Lowell Purzelbäume,
       Strecken und Recken – und was seine Mutter für
       notwendig hält)
1200   Ende des Unterrichts
1215   Mittagessen
1300   Unterricht C & P, Mathematik
       (Meade Hydroponische Arbeiten.)
1600   Ende des Nachmittagsunterrichts
1800   Abendessen – ursprünglicher Wartungsplan aller
       Besatzungsmitglieder

SAMSTAGS-PLAN – nach dem Frühstück Schiffsreinigung. Aufsicht: Hazel. Captains Inspektion 1100. Privatwäsche nachmittags

Hazel las alles durch. »Wohin fliegen wir, Rog? Botany Bay? Du hast vergessen, einen Zeitpunkt für das Auspeitschen der Sklaven einzutragen.«

»Das klingt sehr vernünftig.«

»Möglich. Sechs zu zehn, dass das keine Woche funktioniert.«

»Abgemacht. Zeig mir dein Geld.«

Die Zwillinge hatten alles angewidert gelesen. »Aber Dad! Du hast uns keine Zeit gelassen, die Räder zu reparieren – willst du, dass wir unsere Investition verlieren?«, entrüstete sich Pollux.

»Ich habe dreißig Unterrichtsstunden pro Woche festgesetzt. Damit bleiben hundertachtunddreißig Stunden übrig. Wie ihr die verbringt, ist eure Sache, solange ihr euch an unser Abkommen übers Lernen haltet.«

»Angenommen, wir wollen mit Mathe um halb neun anfangen und dann wieder gleich nach dem Mittagessen?«, fragte Castor. »Können wir dann früher mit dem Unterricht aufhören?«

»Ich sehe nichts, was dagegen spricht.«

»Und angenommen, wir lernen manchmal abends? Können wir Freistunden sammeln?«

»Dreißig Stunden pro Woche – jede vernünftige Abweichung vom Plan ist okay, vorausgesetzt, ihr tragt ins Logbuch die genauen Zeiten ein.«

»Gut, das wäre dann erledigt«, erklärte Hazel. »Es tut mir Leid, dir mitteilen zu müssen, Captain, dass es bei diesem Prokrustesprogramm noch einen Punkt gibt, der gestrichen werden muss – zumindest vorerst. So sehr ich es genießen würde, unsere kleine Blüte in die Mysterien der Astrogation einzuweisen, ich habe im Moment nicht die Zeit dafür. Du musst sie selbst unterrichten.«

»Warum?«

»›Warum?‹ fragt der Mann! Das solltest du besser als jeder andere wissen. *Die Geißel des Alls*, deshalb. Ich muss mich vergraben und die nächsten drei oder vier Wochen wie verrückt schreiben. Ich muss Episoden für mehrere Monate hinschicken, ehe wir außerhalb der Funkreichweite sind.«

Roger Stone betrachtete seine Mutter mitleidig. »Ich wusste, das würde kommen, aber ich habe nicht damit gerechnet, dass es schon so früh kommt. Die mentalen Kräfte werden schwächer, die Gedanken schweifen umher, der –«

»Wessen Gedanken tun was? Also, du junger –«

»Bleib ruhig! Wenn du über die linke Schulter nach Steuerbord schaust und die Augen zusammenkneifst, kannst du dir vielleicht vorstellen, einen Schimmer der

War God zu sehen. Das Schiff ist nicht viel weiter als zehntausend Meilen entfernt.«

»Was hat das mit mir zu tun?«, fragte sie misstrauisch.

»Arme Hazel! Wir müssen gut für dich sorgen, Mutter. Wir befinden uns auf einer Bahn mit mehreren großen Handelsschiffen. Jedes von ihnen hat so starke Brenner, dass es durch Erde stoßen kann. Wir werden *nie* den Funkkontakt mit Erde verlieren.«

Hazel spähte durchs Bullauge, als könnte sie tatsächlich die *War God* sehen. »Nein, ich fasse es nicht«, stieß sie hervor. »Roger, führ mich in meine Kajüte – du bist ein lieber Junge. Ja, ja, es ist seniler Verfall. Übernimm deine Serie wieder, ich bezweifle, dass ich sie schreiben kann.«

»Ha, nichts da! Du hast zugelassen, dass sie deinen Vorschlag akzeptiert haben. Du musst weiterschreiben. Da wir gerade drüber reden: Zum *Abschaum der Wüsten des Alls*, wollte ich schon lange ein paar Fragen stellen, und jetzt haben wir die erste freie Minute. Vor allem möchte ich wissen, warum du einer Vertragsverlängerung zugestimmt hast?«

»Weil sie zu viel Geld unter meiner Nase geschwenkt haben, wie du genau weißt. Diesem Aroma konnten wir Stones noch nie widerstehen.«

»Ich wollte nur, dass du das zugibst. Du wolltest mir aus der Patsche helfen – erinnerst du dich? Deshalb hast du dir alles unter den Nagel gerissen.«

»Ja, noch mehr Geld.«

»Klar. Jetzt der andere Punkt: Ich verstehe nicht, wie du es wagen konntest, weiterzumachen, ganz gleich, wie viel Geld sie dir geboten haben. In der letzten Episode, die du mir gezeigt hast, hattest du nicht nur den Galaktischen Überlord sterben lassen, sondern

auch Unseren Helden in einer eindeutig unhaltba-
ren Situation gelassen. Eingeschlossen in einer radioaktiven Kugel, wenn ich mich richtig erinnere, auf
dem Grund eines Ammoniakozeans auf dem Jupiter.
Im Ozean wimmelte es von Methanmonstern, was
immer das sein mag, jedes von einem Verstandesstrahl
des Überlords hypnotisiert, um sich bei erstbester
Gelegenheit auf John Sterling zu stürzen – der nur
mit seinem Pfadfindermesser bewaffnet ist. Wie hast
du ihn da rausgeholt?«

»Wir haben einen Weg gefunden«, mischte sich Pol
ein. »Wenn du annimmst –«

»Still, Winzlinge. Das war ein Klacks, Roger. Mit
übermenschlicher Anstrengung befreite sich Unser
Held aus seiner misslichen Lage und –«

»Das ist keine Antwort.«

»Du kapierst nicht. Ich eröffne die nächste Episode
auf Ganymed. John Sterling erzählt der Spezialagen-
tin Dolores O'Shanahan von seinem Abenteuer. Er
spielt das Ganze runter, verstehst du? Er ist so edel,
dass er nicht vor einer jungen Frau protzt. Gerade als
er seine meisterhafte Flucht scherzhaft abtut, beginnt
die nächste Aktion, und so schnell und so gewalttätig
und so blutig, dass unser unsichtbares Publikum bis
zur nächsten Werbesendung keine Zeit hat, darüber
nachzudenken. Und dann haben sie zu viel anderes
zum Nachdenken.«

Roger schüttelte den Kopf. »Das ist literarischer
Betrug.«

»Wer hat behauptet, dass es Literatur sei. Ich habe
drei neue Sponsoren.«

»Hazel, wo hast du die her?«, fragte Pollux. »Wie ist
der neueste Stand?«

Hazel schaut auf den Chronometer. »Roger, gilt der

Tagesplan schon ab heute? Oder können wir morgen neu anfangen?«

Er lächelte gequält. »Naja, dann ab morgen.«

»Wenn das zu einer Redaktionskonferenz ausartet, hole ich Lowell. Von ihm bekomme ich meine besten Ideen, er hat genau das geistige Alter meines durchschnittlichen Publikums.«

»Wenn ich Buster wäre, würde ich das entrüstet zurückweisen.«

»Ruhe!« Sie glitt zur Luke und rief: »Edith! Darf ich dein wildes Tier mal ausborgen?«

»Ich hole ihn, Großmutter«, sagte Meade. »Aber warte auf mich.«

Sie kam schnell mit dem Kind zurück. »Was willst du, Großmama Hazel?«, fragte Lowell. »Purzelbaum-Fangen?«

Sie nahm ihn auf den Arm. »Nein, Kleiner – Blut. Blut und Gedärme. Wir bringen ein paar Schurken um.«

»Super!«

»Also wenn ich mich recht erinnere – und ich war nur einmal dort –, dann habe ich sie in der Dunklen Nebula verirrt zurückgelassen. Sie haben nichts zu essen und auch keinen Q-Treibstoff. Sie haben mit ihren arcturischen Gefangenen vorübergehend einen Waffenstillstand geschlossen und sie frei gelassen, damit sie ihnen helfen – was sicher ist, weil diese Wesen aus Silikonchemie sind, welche keine Menschen fressen können. Aber unsere Freunde stehen tatsächlich kurz vor dem Kannibalismus. Die Frage ist jetzt: Wenn, grillen wir heute Mittag? Sie brauchen die Hilfe der arcturischen Gefangenen, weil die Raum-Entität, die sie in der vorigen Episode gefangen und in einem leeren Treibstofftank eingelocht haben, sich bis zum letzten Schott durchgefressen hat und sie keine albernen Vorurteile gegenüber Körperchemie hegt. Kohlenstoff oder Silikon. Diesem Monster ist das egal.«

»Ich glaube nicht, dass das logisch ist«, warf Roger Stone ein. »Wenn die eigene Chemie basiert auf –«

»Unzulässiger Zwischenruf!«, erklärte Hazel. »Nur hilfreiche Vorschläge, bitte. Pol? In deinen Augen blitzt doch was?«

»Dieser Raum-Entitäts-Schläger – ist er gegen Radarwellen immun?«

»Jetzt kommen wir vorwärts. Aber wir müssen noch ein paar Komplikationen einarbeiten. Na, Meade?«

Die Zwillinge schafften ihre Räder am nächsten Tag nach draußen. Sie trugen dieselben Anzüge wie auf dem Mond, wenn sie draußen waren, allerdings zusätzlich Magnetstiefel und kleine Raketenmotoren. Letztere hatten sie auf den Rücken geschnallt, die Auspuffrohre ragten direkt an der Taille heraus. Eine zusätzliche Druckflasche für den persönlichen Raketenmotor lag auf der Schulter. In der Schwerelosigkeit behinderte die zusätzliche Masse kaum.

»Denkt dran, dass diese Schubgeräte nur für den absoluten Notfall da sind«, warnte ihr Vater. »Nehmt immer die Rettungsleinen. Und verlasst euch nicht auf die Stiefel. Und wenn ihr die Leinen wechselt, klinkt euch in die zweite ein, ehe ihr die erste löst.«

»Dad, meine Güte! Wir sind vorsichtig.«

»Das bezweifle ich ja gar nicht. Aber ihr könnt damit rechnen, dass ich jederzeit eine Überraschungsinspektion mache. Ein Ausrutscher bei der Sicherheit, und es kommt die Streckbank mit Daumenschrauben plus fünfzig Hiebe auf die Fußsohlen.«

»Kein siedendes Öl?«

»Kann ich mir nicht leisten. Ihr denkt, ich scherze. Wenn einer von euch nicht festgebunden ist und vom Schiff wegschwebt, kann er nicht damit rechnen, dass ich hinterher fliege. Einen von euch beiden kann ich immer entbehren.«

»Welchen?«, fragte Pollux. »Vielleicht Cas?«

»Manchmal den einen, dann wieder den anderen. Strikte Beachtung der Schiffsdisziplin wird mich davor bewahren, diese Entscheidung treffen zu müssen.«

Der Frachtraum hatte keine Luftschleuse. Die Zwillinge dekomprimierten den gesamten Raum. Dann öffneten sie die Luke. Gerade noch rechtzeitig erinnerten sie sich daran, ihre Leinen festzumachen. Sie schauten hinaus und zögerten. Trotz ihrer lebenslangen Erfahrung mit Vakuumanzügen auf der Marsoberfläche war es für beide das erste Mal, dass sie im Orbit außerhalb eines Schiffs waren.

Die Luke bildete den Rahmen für die endlose kosmische Nacht. Schwärze, noch kälter und dunkler durch die nicht blinkenden Diamantsterne, die so viele Lichtjahre entfernt waren. Sie befanden sich auf der Nachtseite der *Rolling Stone*. Hier gab es nichts außer Sternen und der ansaugenden Tiefe. Es war eine Sache, das von der Sicherheit auf Luna aus zu betrachten oder durch die starke Quarzscheibe eines Bullauges. Ganz anders war es, wenn zwischen dem schwachen Leib und den angsteinflößenden kalten Tiefen der Ewigkeiten nichts war.

»Cas, mir gefällt das nicht.«

»Es gibt nichts, wovor wir Angst haben müssen.«

»Warum klappern dann meine Zähne?«

»Los! Ich halte deine Leine straff.«

»Du bist zu gut zu mir, lieber Bruder – einfach millionenfach zu gütig! *Du* gehst raus, und ich halte deine Leine straff!«

»Sei nicht albern! Los, raus mit dir!«

»Nach dir, Opa!«

»Na schön!« Castor stemmte sich vom Lukenrahmen ab und schwang sich hinaus. Er hatte Mühe, die Magnetstiefel auf die Schiffsseite zu stellen. Der Anzug war lästig. Keine Schwerkraft, die ihm half. Stattdessen drehte er sich, stieß gegen die Schiffswand und wurde sanft zurückgestoßen. Er schwebte hinaus, bis seine Leine ihn nach knapp anderthalb Metern aufhielt. »Hol mich zurück!«

»Stell die Füße nach unten, Tolpatsch!«

»Ich kann nicht. Zieh mich rein, du rothaariger Schwachkopf!«

»Nenn mich nicht ›rotköpfig‹.« Pollux ließ noch ein Stück Leine nach.

»Pol, hör mit dem Quatsch auf. Das mag ich nicht.«

»Ich dachte, du wärst tapfer, Opa?«

Castors Antwort war unverständlich. Pollux fand, dass er weit genug gegangen war. Er zog Castor näher. Dann hielt er sich am Lukenrahmen fest, packte Castors Fuß und stellte die Stiefelsohle fest gegen die Schiffswand. Die Sohle klebte fest. »Klick dich an der anderen Leine ein«, befahl er.

Castor atmete noch schwer, als er zu den Ösen an der Schiffseite schaute. Unbeholfen, als stapfe er durch Schlamm, ging er zur nächsten. Er schlang die zweite Leine durch den Ring und richtete sich auf. »Fang!«, rief Pollux und schickte seinem Zwilling die eigene zweite Leine entgegen.

Castor schnappte sie sich und befestigte sie neben seiner. »Alles klar?«, fragte Pollux. »Dann mache ich uns hier los.«

»Alles gesichert.« Castor bewegte sich näher zur Ausstiegsluke.

»Ich komme.«

»Dann los!« Castor zog mit einem Ruck an Pollux' Leine. Pollux segelte aus der Luke – und Castor ließ ihn weitergleiten. Allerdings hielt er die Leine dabei so, dass er den Ruck abfangen konnte, wenn Pollux am Ende der fünfzehn Meter anlangte.

Pollux fuchtelte und strampelte, aber im Vakuum war jegliche Bemühung vergeblich. Als er schließlich am Ende der Leine zum Stillstand kam, rief er: »Zieh mich zurück!«

»Sag: ›Onkel‹.«

Pollux sagte noch etliche andere Dinge. Einige dieser Ausdrücke hatte er in den Docks von Luna aufgeschnappt, andere – noch buntere – stammten von seiner Großmutter. »Du solltest lieber das Schiff gleich verlassen, denn wenn ich zurückkomme, reiße ich dir den Helm runter.« Er holte mit der rechten Hand aus, um die Leine zu fassen, doch Castor zog sie weg.

»Sag erst: ›Bitte bitte‹.«

Pollux hatte aber jetzt die Leine in der Hand, weil er sich daran erinnerte, dass diese ja an seinem Gürtel befestigt war. Plötzlich grinste er. »Okay – bitte, bitte.«

»So ist's brav. Halt still, ich zieh dich zurück.« Vorsichtig zog er ihn zurück, dann packte er Pols Füße und stellte sie auf die Bordwand. »Du hast da draußen ziemlich dämlich ausgesehen.«

Sein Zwillingsbruder warf ihm nur einen vernichtenden Blick zu.

»Tut mir Leid, Junior. Und jetzt an die Arbeit.«

Die Halteösen waren auf der ganzen Schiffseite im Abstand von etwa sechs Metern angebracht. Sie sollten dazu dienen, Inspektionen im All oder das Vertäuen zu erleichtern. Jetzt benutzen die Zwillinge sie dazu, ihre Fahrräder zu parken. Sie holten die Räder, ein halbes Dutzend auf einmal, aus dem Laderaum. Mit einer Drahtschlinge hatten sie die Räder wie gefangene Fische aufgereiht und befestigten sie so an den Ösen. Die Räder schwebten wie kleine Boote neben einem Ozeanriesen dahin.

Nach kurzer Zeit führte sie das Anbinden der Räder über den »Horizont« auf die Tagesseite des Schiffs. Pollux war vorn und trug sechs Räder in der linken Hand. Plötzlich blieb er stehen. »He, Opa! Schau doch mal!«

»Nicht in die Sonne sehen!«, rief Castor scharf.

»Sei nicht albern. Aber schau dir das an!«

Erde und Mond schwammen in der Sichelphase in mittlerer Entfernung. Die *Rolling Stone* sank auf ihrer Bahn hinter Erde langsam nach unten und schwebte noch langsamer von der Sonne weg. Noch viele Wochen würde Erde wie ein Ball, eine Scheibe, zu sehen sein, ehe die Entfernung sie zu einem blitzenden Stern werden ließ. Doch jetzt hatte sie ungefähr dieselbe Größe wie von Luna aus, aber sie wurde von Luna begleitet. Ihre Tagesseite war grün und schwärzlichbraun und mit unzähligen Wattewölkchen geschmückt. Auf ihrer Nachtseite sah man die glitzernden Juwelen der Städte.

Aber die Jungen schenkten Erde keine Aufmerksamkeit. Sie schauten gebannt zum Mond. Pollux seufzte. »Ist er nicht wunderschön?«

»Was ist los, Junior? Heimweh?«

»Nein, aber er ist trotzdem schön. Weißt du, Cas, lass uns sämtliche Schiffe, die wir mal besitzen werden, mit Heimathafen Luna City registrieren.«

»Gebongt! Kannst du die Stadt sehen?«

»Ich glaube.«

»Wahrscheinlich nur ein Fleck auf deinem Helm. Ich kann's nicht. Und jetzt zurück an die Arbeit.«

Sie hatten alle Ösen, die einigermaßen nahe bei der Luke waren, benutzt und arbeiteten sich jetzt nach achtern vor.

»Hoppla!«, sagte Pollux plötzlich. »Langsam. Dad hat gesagt, nicht hinter Rahmen 65 gehen.«

»Quatsch. Hinten bei 90 muss es schon kühl sein. Wir haben die Düse keine fünf Minuten benutzt.«

»Sei nicht so sicher. Neutronen sind hinterhältige Kunden. Und außerdem weißt du doch, wie pingelig Dad ist.«

»Das ist er allerdings«, ertönte eine dritte Stimme.

Die Zwillinge sprangen nur deshalb nicht vor Schreck aus den Stiefeln, weil diese eng geschnürt waren. Sie drehten sich um. Ihr Vater stand, die Hände in die Hüften gestemmt, bei der Passagierluftschleuse. Pollux schluckte. »Hallo, Dad«, sagte er.

»Du hast uns einen schönen Schreck eingejagt«, meinte Castor

»Tut mir Leid. Aber lasst euch durch mich nicht stören. Ich bin hergekommen, um die Aussicht zu genießen.« Er begutachtete ihre Arbeit. »Ihr habt mein Schiff in einen Schrottplatz verwandelt.«

»Wir brauchten Platz, um zu arbeiten. Und überhaupt – wer sieht es schon.«

»In dieser Gegend blickt nur der Allmächtige auf euch hinab. Aber ich glaube, es stört ihn nicht.«

»Sag mal, Dad, Pol und ich sind eigentlich ziemlich sicher, dass du nicht willst, dass wir innen schweißen.«

»Das ist in der Tat so – nicht nachdem, was auf der *Kong Christian* passiert ist.«

»Wir haben vor, hier draußen eine Art Notgestell zum Schweißen anbringen. Okay?«

»Okay. Aber der Tag ist zu schön, um zu fachsimpeln.« Er schaute zu den Sternen hinauf und streckte die Arme aus. »Was für ein herrlicher Ort. Jede Menge Ellbogenplatz. Hübsche Gegend.«

»Das ist wahr. Aber komm mit auf die Sonnenseite, wenn du wirklich was sehen willst.«

»Gut. Helft mir bei den Leinen.« Sie gingen um den Rumpf herum und ins Sonnenlicht. Captain Stone, auf Erde geboren, schaute zuerst auf seinen Heimatplaneten. »Sieht aus, als ob sich über den Philippinen ein schwerer Sturm zusammenbraut.«

Keiner der Zwillinge sagte etwas. Wetter war für sie weitgehend ein Mysterium, außerdem mochten sie es nicht. Ihr Vater schaute sie an. »Ich bin froh, dass wir hier sind, Jungs, ihr auch?«

»Und wie!« »Klar!« Sie hatten vergessen, wie kalt und unwirtlich die schwarze Unendlichkeit ihnen noch vor kurzem erschienen war. Jetzt war alles ein riesiges Zimmer, prächtig ausgestattet, wenngleich nicht voll bewohnt. Es war ihr eigenes Zimmer, in dem sie lebten und tun und lassen konnten, was sie wollten.

Sie blieben sehr lange stehen und genossen den Anblick. Schließlich sagte Captain Stone: »Ich habe genug Sonne getankt. Hangeln wir uns zurück in den Schatten.« Er schüttelte den Kopf, um einen Schweißtropfen von der Nase zu entfernen.

»Wir sollten ohnehin weiterarbeiten.«

»Ich helfe euch, dann sind wir schneller fertig.«

Die *Rolling Stone* schwebte weiter auf Mars zu. Ihre Besatzung verfiel in Routinegewohnheiten. Dr. Stone war im Kochen bei Schwerelosigkeit ungewöhnlich gut. Sie hatte es während des einen Jahrs gelernt, das sie als Praktikantin in einer Forschungsklinik für Schwerelosigkeit auf Erde verbracht hatte. Meade war nicht so fähig, aber ein Frühstück kann man nicht so leicht ruinieren. Ihr Vater überwachte ihre Pflege der Wasserkulturen. Damit vertiefte er den Kurs, den sie auf der Luna City Highschool gehabt hatte. Dr. Stone teilte sich die Sorge für den Jüngsten mit seiner Großmutter und benutzte die freie Zeit, aus den Notizen mehrerer Jahre einen Artikel über »Kumulative Wirkungen marginaler Hypoxie« zu schreiben.

Die Zwillinge stellten fest, dass Mathematik interessanter sein konnte, als sie geglaubt hatten – und viel schwieriger. Dazu brauchte man mehr »Köpfchen« (wovon sie ihrer Meinung nach sehr viel besaßen) als gedacht. Ihr Vater vertiefte sich in liegen gebliebene Ausgaben von »Die Reaktomotive Welt« und ins Handbuch des Schiffs, hatte aber dennoch genügend Zeit, um sie zu unterrichten und abzufragen. Dabei fand er heraus, dass Pollux sich nicht eine Kurve als Gleichung bildlich vorstellen konnte.

»Das verstehe ich nicht«, sagte er. »Du hast doch in analytischer Geometrie prima Noten.«

Pollux wurde rot. »Was ist los?«, fragte sein Vater.

»Naja, Dad, siehst du, das ist so –«

»Weiter.«

»Naja, in analytischer habe ich *eigentlich* keine guten Noten bekommen.«

»Wie bitte? Ihr hattet beide Spitzennoten. Daran erinnere ich mich glasklar.«

»Naja, siehst du ... wir waren in diesem Semester furchtbar beschäftigt, und da war es logisch ...« Er verstummte.

»Raus mit der Sprache!«

»Cas hat beide Kurse in analytischer Geometrie gemacht«, stieß Pollux hervor. »Und ich beide in Geschichte. Aber ich habe das Buch gelesen.«

»O Mann!« Roger Stone seufzte. »Ich nehme an, inzwischen ist die Sache verjährt. Außerdem wirst du schmerzlich feststellen, dass derartige Vergehen ihre eigene Bestrafung nach sich ziehen. Wenn nötig, ist dein Wissen keinen Pfifferling wert.«

»Jawohl, Sir.«

»Aber trotzdem jeden Tag eine Extrastunde für dich – bis du auf Anhieb eine Gleichung einer Hyperoberfläche mit vier Koordinaten in einem nicht-euklidischen Kontinuum visualisieren kannst – und das auf dem Kopf stehend in einer kalten Dusche.«

»Jawohl, Sir.«

»Cas, welchen Kurs hast du geschwänzt? Hast du das Buch gelesen?«

»Jawohl, Sir. Es war mittelalterliche europäische Geschichte, Sir.«

»Hmmm ... du bist ebenfalls schuldig, aber ich bin bei einem Fach, wofür man keinen Rechenschieber und Formeln braucht, nicht allzu sehr besorgt. Du gibst deinem Bruder Nachhilfe.«

»Aye, aye, Sir.«

»Wenn es zeitlich knapp wird, kann ich euch mit diesen Schrotträdern helfen, obwohl ich es nicht sollte.«

Die Zwillinge schmissen sich ins Zeug. Nach zwei Wochen erklärte Roger Stone seine Zufriedenheit mit Pollux' Kenntnissen in analytischer Geometrie. Sie gingen weiter zu höheren Gefilden ... die komplexe Logik der Matrix-Algebra, erstarrt in wunderschönen Formen ... die Tensorlogarithmen, welche das Atom erschließen ... die weiten und wilden Feldgleichungen, bei denen der Mensch unwillkürlich an das Universum denkt … die erschütternde, fast den Verstand raubende Intuition von Forsyths Lösung, welche das einundzwanzigste Jahrhundert eröffnet und die Sterne der Menschheit einen gewaltigen Schritt näher gebracht hatte. Als Mars größer als Erde leuchtete, wussten sie alles was ihr Vater sie lehren konnte. Von jetzt an büffelten sie gemeinsam.

Für gewöhnlich lernten die Zwillinge aus demselben Buch. Sie schwebten Kopf an Kopf in ihrer Kabine, ein Paar Beine zeigte zum Himmelssüden, das andere nach Norden. Sie hatten sich schon früh angewöhnt, gleichzeitig dasselbe Buch zu lesen, daher las jeder ebenso schnell verkehrt herum wie mit normaler Haltung.

»Du solltest in die Forschung gehen, nicht ins Geschäftsleben«, sagte plötzlich Pollux. »Schließlich ist Geld nicht alles.«

»Nein«, stimmte ihm Castor zu. »Es gibt noch Aktien, Pfandbriefe, Patentrechte, ganz zu schweigen von Immobilien und beweglicher Habe.«

»Ich meine es ernst.«

»Das tun wir beide. Ich habe die Seiten durch, schalte um, wenn du soweit bist.«

Die *War God* flog eine leicht abweichende Bahn, kam aber von hinten langsam näher, bis man sie wie einen »Stern« mit bloßem Auge sehen konnte – ein veränderlicher Stern, der alle sechzehn Sekunden aufblitzte und wieder verlosch. Durch den Coelostaten konnte man den Grund dafür sehen. Die *War God* schlug Purzelbäume, eine volle Drehung alle zweiunddreißig Sekunden, um eine zentrifugale »künstliche Schwerkraft« herzustellen, zum Komfort der zarten Mägen ihrer Passagiere von Erde. Bei jeder Halbdrehung traf die Sonne genau in dem Winkel auf die glatte Oberfläche, damit ein Lichtblitz zur *Rolling Stone* geschickt werden konnte. Durchs Teleskop war dieser Blitz so grell, dass er in den Augen schmerzte.

Wie sich herausstellte, wurde die *Rolling Stone* ebenfalls beobachtet. Ein Funkspruch kam herein. Hazel druckte ihn aus und reichte ihn mit nichts sagender Miene ihrem Sohn:

»WAR GOD AN ROLLING STONE – PRIVAT – ROG, ALTER JUNGE, ICH HABE DICH IM FERNROHR. WAS IM UNIVERSUM HAST DU AN DIR? PILZE? ODER SEETANG? DU SIEHST WIE EIN WEIHNACHTSBAUM AUS. P. VANDENBERGH, KAPITÄN.«

Captain Stone starrte auf die Nachricht. »Also, dieser fette Holländer! Ich gebe ihm ›Pilze‹. Hier, Mutter, schick das zurück: »Kapitän an Kapitän – privat: Wie kannst du in der besoffenen Trudeltaube ein Auge am Teleskop halten? Genießt du es, Kindermädchen für einen Wurf Erdhörnchen zu spielen? Zweifellos bekämpfen sich die reichen alten Witwen, um am Captain's Table zu essen. Das schafft Freude, wette ich. R. Stone, Kapitän.«

Als Antwort kam: »ROGER, ALTER KAUZ, MEIN TISCH IST AUSSCHLIESSLICH FÜR WEIBLICHE PASSAGIERE UM DIE ZWANZIG, DAMIT ICH SIE IM AUGE BEHALTEN KANN. BLONDINEN BEVORZUGT, MIT FÜNFZIG KILO MASSE. KOMM ZUM ABENDESSEN RÜBER. VAN.«

Pollux schaute durchs Bullauge. Die *War God* blitzte gerade. »Warum nimmst du ihn nicht beim Wort, Dad? Ich wette, ich könnte es in meinem Anzug mit einer Reserveflasche Sauerstoff rüber schaffen.«

»Sei nicht albern. Wir haben nicht genügend Sicherheitsleine, selbst bei der größten Annäherung. Hazel, sag ihm: ›Danke millionenfach, aber für mich kocht heute Abend die hübscheste Frau im System.‹«

»Ich, Daddy?«, fragte Meade. »Ich habe gedacht, du magst mein Essen nicht.«

»Bilde dir ja nichts ein, Stupsnase. Selbstverständlich habe ich deine Mutter gemeint.«

Meade dachte kurz nach. »Aber ich bin ihr sehr ähnlich, nicht wahr?«

»Ein bisschen. Schick es los, Hazel!«

»DU HAST VÖLLIG RECHT! MEINE HOCHACHTUNG AN EDITH. ABER EHRLICH, WAS IST DAS FÜR EIN ZEUG? SOLL ICH UNKRAUTVERNICHTER RÜBERSCHICKEN ODER KLETTENENTFERNER? ODER KÖNNTEN WIR ES MIT EINEM STOCK TOT PRÜGELN?«

»Warum sagst du's ihm nicht, Dad?«, fragte Castor.

»Na schön, ich werde. Hazel. ›Fahrräder. Willst du eins kaufen?‹«

Captain Vandenberghs Antwort überrascht sie.

»VIELLEICHT. HABT IHR EIN GUTES RALEIGH SANDMAN?«

»Sag ihm ja, Dad«, warf Pollux ein. »In Eins-a-Zustand, mit nagelneuen Reifen. Eine echte Gelegenheit.«

»Immer langsam«, sagte sein Vater. »Ich habe gesehen, wie ihr die Räder an Bord gebracht habt. Wenn ihr ein Rad in Eins-a-Zustand habt, Raleigh oder sonst eins, habt ihr es gut versteckt.«

»Aber, Dad, wenn wir es ausliefern, ist es in Bestzustand.«

»Wofür will er deiner Meinung nach ein Fahrrad, Liebling?«, fragte Dr. Stone. »Schürfen? Mit Sicherheit nicht.«

»Wahrscheinlich nur für Besichtigungstouren. Schon gut, Hazel, du kannst es senden – aber, Jungs, ich werde das Vehikel selbst inspizieren. Van vertraut mir.«

Hazel schob sich vom Funkgerät weg. »Die Jungs sollen ihre faustdicke Lüge selbst übermitteln. Mich langweilt dieses Geschwätz.«

Castor übernahm den Ticker. Der Skipper des Passagierschiffs wollte tatsächlich ein Fahrrad kaufen. Nach geraumer Zeit einigten sie sich auf den Preis, entsprechend niedriger als die üblichen Preise auf Mars, aber mit Profit für die Jungs auf Phobos.

Roger Stone wechselte während der nächsten Tage mit seinem Freund liebevolle Beschimpfungen und Klatsch. In der darauf folgenden Woche kam die *War God* in Telefonreichweite, aber die Gespräche brachen ab. Sie hatten alle Themen ausgeschöpft. Die *War God* hatte den Punkt erreicht, wo sie der *Rolling Stone* am nächsten war, und flog weiter. Über drei Wochen hörten sie nichts von ihr.

Meade nahm den Anruf entgegen. Sie eilte nach achtern, wo ihr Vater den Zwillingen half, Lack auf die Räder zu sprühen. »Daddy, ein Anruf für dich! War God, Kapitän zu Kapitän – offiziell.«

»Komme.« Er beeilte sich. »*Rolling Stone*, Captain Stone.«

»*War God*, Dienst habender Offizier, Captain, können Sie –«

»Einen Moment, Sie klingen nicht wie Captain Vandenbergh.«

»Hier ist Rowley, Zweiter Offizier. Ich –«

»Ich denke, der Captain wollte mich sprechen, ganz offiziell. Geben Sie ihn mir.«

»Ich werde versuchen, es Ihnen zu erklären, Captain.« Der Offizier klang angespannt und gereizt. »Ich führe zur Zeit das Kommando. Captain Vandenbergh und Mr. O'Flynn sind im Krankenrevier.«

»Was? Tut mir Leid. Hoffentlich nichts Ernstes.«

»Ich fürchte, doch, Sir. Heute Morgen hatten wir siebenunddreißig Krankmeldungen – und vier Tote.«

»Großer Schotte, Mann! Was ist es?«

»Ich weiß es nicht, Sir.«

»Was sagt denn der Schiffsarzt?«

»Das ist das Problem, Sir. Der Schiffsarzt ist während der Hundewache gestorben.«

»Oh –«

»Captain, könnten Sie möglicherweise auf unsere Höhe kommen? Haben Sie genügend Manövrierspielraum?«

»Was? Warum?«

»Sie haben doch einen Schiffsarzt an Bord, richtig?«

»Ja, aber sie ist meine Frau.«

»Sie ist Ärztin, richtig?«

Roger Stone schwieg, dann sagte er: »Ich rufe sie in Kürze zurück, Sir.«

Es war eine Konferenz auf höchster Ebene, beschränkt auf Captain Stone, Dr. Stone und Hazel. Anfangs bestand Dr. Stone darauf, die *War God* anzurufen und sich einen umfassenden Bericht über Symptome und Verlauf der Krankheit geben zu lassen. Danach schaltete sie ab.

»Nun, Edith, was ist es?«, fragte ihr Mann.

»Ich weiß es nicht. Ich muss es sehen.«

»Ich werde nicht zulassen, dass du dein Leben riskierst –«

»Ich bin Ärztin, Roger.«

»Du praktizierst aber nicht. Und jetzt bist du die

Mutter einer Familie. Kommt überhaupt nicht in Frage –«

»Ich bin Ärztin, Roger.«

Er seufzte tief. »Ja Liebling.«

»Es geht einzig und allein darum: Kannst du bei der *War God* seitlich gehen? Könnt ihr beide mir das sagen?«

»Wir fangen sofort mit der Berechnung an.«

»Ich überprüfe hinten mal meinen Nachschub.« Sie runzelte die Stirn. »Ich hatte nicht damit gerechnet, es mit einer Epidemie zu tun zu haben.«

Als sie weg war, blickte Roger Hazel unentschlossen an. »Was denkst du, Mutter?«

»Sohn, du hast keine Chance. Sie nimmt ihren Eid ernst. Das weißt du doch schon lange.«

»Ich habe keinen hypokratischen Eid geleistet! Ich werde das Schiff nicht bewegen, dagegen kann sie nichts machen.«

»Stimmt, du bist kein Arzt. Aber du bist ein Kapitän im All. Ich schätze die Vorschrift »Hilfeleistung und Rettung« gilt auch hier.«

»Zum Teufel mit Vorschriften! Es geht um *Edith*!«

»Ja, ich verstehe. Ich glaube, ich würde in einer kitzligen Situation auch das Wohl der Familie höher einstufen als das der gesamten Menschheit, aber ich kann dir die Entscheidung nicht abnehmen, Sohn.«

»Ich werde es nicht zulassen. Es geht nicht um *mich* – da ist noch Buster – er ist kaum älter als ein Baby und braucht seine Mutter.«

»Ja, stimmt.«

»Damit ist es entschieden. Ich werde es ihr sagen.«

»Warte eine Minute! Wenn das deine Entscheidung

ist, Captain, macht es dir wohl nichts aus, wenn ich dir sage, dass du so nicht durchkommst.«

»Was?«

»Die einzige Möglichkeit, deine Frau zu überzeugen, ist, wenn du dich an den Computer setzt und die Antwort findest ... eine Antwort, die klipp und klar beweist, dass es für uns unmöglich ist, mit der *War God* gleichzuziehen und dennoch Mars zu erreichen.«

»Ja, du hast Recht. Hilfst du mir bei der Schwindelei?«

»Ja.«

»Dann an die Arbeit.«

»Jawohl, Sir. Weißt du, Roger, wenn die *War God* mit einer nicht identifizierten und unkontrollierten Krankheit an Bord ankommt, wird man sie auf Mars nie den Hafen anlaufen lassen. Sie schicken sie in eine Parkkreisbahn, tanken sie wieder auf, und schicken sie beim nächsten Optimum zurück.«

»Na und? Was geht mich an, wenn fette Touristen und ein Haufen Auswanderer enttäuscht sind.«

»Genehmigt. Aber ich habe an etwas anderes gedacht. Van und der Erste sind krank, vielleicht kurz vor dem Ableben, wenn der Zweite auch krank wird, kommt die *War God* womöglich nicht mal bis zum Parken.«

Roger Stone brauchte keine weiteren Erklärungen. Wenn ein Raumschiff sich ohne einen erfahrenen Piloten einem Planeten näherte, gab es nur zwei Möglichkeiten: Absturz oder Vorbeisteuern, endlos hinaus in den leeren Raum, auf einer kometenähnlichen Bahn, auf dem Weg nach Nirgendwo.

Er schlug die Hände vors Gesicht. »Was soll ich machen, Mutter?«

»Du bist der Captain, Sohn.«

Er seufzte. »Eigentlich habe ich es von Anfang an gewusst.«

»Ja, aber du musstest dich erst mal durchringen.« Sie küsste ihn. »Befehle, Sohn?«

»Packen wir's an! Gut, dass wir beim Start keine Energie verschwendet haben.«

»So ist es.«

Als Hazel den anderen die Neuigkeiten mitteilte, fragte Castor: »Will Dad, dass wir die Ballistik berechnen?«

»Nein.«

»Gut so, denn wir müssen die Räder möglichst schnell hereinholen. Komm, Pol. Meade, wie wär's, wenn du dir den Anzug anziehen und uns helfen würdest?«

»Sie muss auf Lowell aufpassen«, sagte Hazel. »Aber ihr bringt die Räder nicht rein.«

»Was? Man kann das Schiff beim Manövrieren nicht im Gleichgewicht halten, wenn die Räder draußen hängen. Außerdem würde der erste Schub die Drähte zerreißen und den Massefaktor verändern.«

»Cas, wo hast du deinen Verstand? Begreifst du die Situation nicht? Wir werfen alles über Bord.«

»Was? Die Räder auch? Nachdem wir sie fast zum Mars geschleppt haben?«

»Eure Räder, sämtliche Bücher und alles Sonstige, was wir nicht unbedingt brauchen. Das hat eine oberflächliche Computerberechnung so deutlich wie Quarz ergeben. Nur so sind wir im Stande, das Manöver auszuführen und noch einen Sicherheitsvorrat für die Heimfahrt zu haben. Euer Vater überprüft gerade die Gewichtskalkulation.«

»Aber –« Plötzlich entspannte sich Castors Gesicht. »Aye, aye, Ma'am.«

Die Zwillinge schlüpften in die Anzüge, waren aber noch nicht draußen, als Pollux einen Einfall hatte. »Cas? Wenn wir die Räder losmachen – was passiert dann?«

»Wir buchen es unter Erfahrung – und erholen uns von unserem Vier-Planeten-Transit. Natürlich ein Verlustgeschäft.«

»Benutze dein Hirn. Wo landen die Räder am Ende?«

»Was? He, bei *Mars*!«

»Stimmt. Jedenfalls in der Nähe. In der Bahn, auf der wir uns jetzt befinden, kommen sie ziemlich nahe und fliegen dann wieder nach unten in Richtung Sonne. Angenommen – wir stehen bei der größten Annäherung mit offenen Armen da, um sie uns zu schnappen?«

»Null Chance. Wir brauchen zu Mars ebenso lange wie die *War God*, wenn auch auf anderer Bahn.«

»Ja, aber spielen wir's trotzdem mal durch. Ich wünschte, ich hätte eine zweite Taschenlampe. Die würde ich ranhängen. Dann könnten wir sie sehen und uns schnappen.«

»Aber wir haben keine! He, wohin hast du die Reflektorfolie gestopft?«

»Was? Ach, kapiere. Opa, ich glaube, manchmal kannst du deinen senilen Verfall doch noch aufhalten.« Beim Abflug war die *Rolling Stone* auf einer Seite, wo sich die Wohnkabinen befanden, mit glänzender Aluminiumfolie bedeckt. Als sie weiter ins All vordrang, weg von der Sonne, war es nicht mehr nötig, die Hitze von der Sonne zu reflektieren, es war wünschenswerter, sie zu absorbieren. Um die Last für das Heizungs- und Kühlsystem des Schiffs zu erleichtern, hatten sie jede Woche etliche Quadratmeter abgelöst und an Bord verstaut.

»Fragen wir Dad.«

Hazel hielt sie beim Zugang zum Kontrollraum auf. »Er ist am Computer. Was wollt ihr?«

»Hazel, steht die Reflexionsfolie, die wir aufgehoben haben, auch auf der Wegwerfliste?«

»Selbstverständlich. Für den Rückflug holen wir uns neue auf Mars. Warum?«

»Ein Radarreflektor – deshalb!« Sie erklärten den Plan.

Hazel nickte. »Weit hergeholt, aber es ergibt Sinn. Hört mal, bindet alles, was wir wegwerfen, an die Räder. Vielleicht bekommen wir alles wieder zurück.«

»Klare Sache!« Die Zwillinge machten sich ans Werk. Pollux sammelte die Fahrradbündel ein. Aus einigen, die in gutem Zustand und frisch lackiert waren, kontruierte er ein eigenartiges geometrisches Spielzeug. Mit dickem Draht, Aluminiumfolie und Klebeband baute er ein riesiges Quadrat. Im rechten Winkel dazu fertigte er ein zweites Quadrat an. Diese beiden Quadrate teilte er – am letzten verbliebenen rechten Winkel – mit einem dritten. Das Ergebnis waren acht glänzende rechtwinklige Ecken, die in alle möglichen Richtungen schauten – ein Radarreflektor. Jede Ecke lenkte die Radarwellen direkt zurück zum Urpsrung, was man leicht mit einem Gummiball und jeder Zimmerecke vorführen konnte. Ziel war, die Effektivität des Radars von einem inversen Vierte-Kraft-Gesetz in ein inverses Quadratgesetz umzuwandeln – zumindest in der Theorie. In der Praxis war es etwas weniger effizient, aber die Radarreaktion würde enorm gesteigert werden. Eine Masse mit dieser Kennzeichnung würde auf einem Radarschirm wie eine Kerze in einer Höhle aufleuchten.

Castor befestigte diesen riesigen zerbrechlichen Drachen mit einer Schnur an dem Bündel aus Fahrrädern und anderen entbehrlichen Dingen. Er brauchte keine stärkere Verbindung. Hier draußen wehte keine Bö, und niemand würde die Schnur durchschneiden. »Pol, sag Bescheid, dass wir fertig sind«, sagte Castor.

Pollux ging nach vorn. Er klopfte ans erste Bullauge, um die Aufmerksamkeit seiner Großmutter zu erregen und ihr mittels Klopfzeichen Meldung zu machen. Inzwischen band Castor noch einen Zettel fest, auf dem stand:

KEIN MÜLL

Diese Ladung befindet sich bewusst auf dieser Bahn. Der unten zeichnende Besitzer plant, sie wieder an sich zu bringen und warnt alle, sie nicht als Strandgut zu beanspruchen.

U. P. Rev. Stat. #193401

Roger Stone, Kapitän
P. Y. Rolling Stone, Luna

Als Pollux zurückkam, berichtete er: »Hazel sagt, wir können das Ding losmachen, aber vorsichtig.«

»Logisch!« Castor löste den dünnen Draht, der das Ungetüm noch am Schiff hielt. Dann trat er zurück und schaute zu. Nichts rührte sich. Mit dem kleinen Finger versetzte er ihm einen winzigen Schub. Langsam, ganz langsam trennte es sich vom Schiff. Er wollte die Bahn so wenig wie möglich stören, um später alles wieder leichter zu finden. Seiner Schätzung nach hatte er der Ladung einen Drall von höchstens einem Zoll pro Minute versetzt, dieser wirkte sich bis Mars aus. Er hoffte, die Abweichung würde minimal bleiben.

Pollux drehte sich um und sah in der Ferne den

Lichtblitz der *War God*. »Ist die Düse frei, wenn wir das Schiff zur Seite manövrieren?«, fragte er besorgt.

»Keine Angst. Das habe ich schon geklärt.«

Das bevorstehende Manöver war eines der leichtesten – Punkt zu Punkt im All in einer Region, die man als frei von Schwerkraftsspannung betrachten konnte, da beide Schiffe praktisch in derselben Entfernung von der Sonne waren und Mars zu weit weg, um eine Rolle zu spielen. Es gab vier einfache Schritte: Streichung des geringen Vektorunterschieds zwischen beiden Schiffen (die relative Geschwindigkeit, mit der die *War God* davonzog), Beschleunigung in Richtung *War God*, Überbrückung des Raums zwischen beiden Schiffen, Verlangsamung, um die Bahnen anzugleichen, damit nach dem Treffen beide Schiffe reglos nebeneinander liegen konnten.

Schritte eins und zwei wurden durch Vektoraddition kombiniert. Bei Schritt drei musste man nur abwarten. Die Operation bestand aus zwei Manövern, zwei Schübe aus der Düse.

Schritt drei war der Transit. Die Zeit, die man brauchte, um die *War God* zu erreichen, konnte enorm verkürzt werden, wenn man reaktive Masse großzügig verwendete. Wäre der Zeitfaktor kein Thema gewesen, hätte man in Ruhe warten können und »Steine vom Heck schmeißen«, wie Hazel es ausdrückte. Es gab unzählige Wahlmöglichkeiten, jede erforderte unterschiedliche Mengen reaktiver Masse. Eine Wahl hätte die Fahrräder und ihre persönliche Habe gerettet, aber sie hätte den Transit auf über zwei Wochen ausgedehnt.

Es war jedoch ein ärztlicher Notruf, deshalb hatte Roger Stone sich entschlossen, alles Entbehrliche über Bord zu werfen.

Aber das teilte er den Zwillingen nicht mit und bat sie auch nicht, die Ballistik auszuarbeiten. Er wollte ihnen nicht sagen, dass er vor der Wahl stand, ihr Kapital zu opfern oder Fremde auf medizinische Versorgung warten zu lassen. Seiner Meinung waren die Zwillinge noch zu jung, um das zu verstehen.

Elf Stunden nach dem Düsenschub hing die *Rolling Stone* nahe bei der *War God*. Die Schiffe sausten immer noch mit sechzehn Meilen pro Sekunde Mars entgegen. Relativ gesehen, war ihre Position statisch – abgesehen davon, dass das Passagierschiff immer noch über die Längsachse rotierte. Dr. Stone stand mit ihrem Mann auf der Seite der *Rolling Stone*, die dem Passagierschiff am nächsten war. Ihre zarte Figur steckte in einem dicken Raumanzug, sie hatte Druckflaschen, Radio, Anzugsdüse, Rettungsleinen dabei. Auf dem Rücken trug sie wie ein Weihnachtsmann einen Sack mit medizinischer Ausrüstung. Da sie nicht genau wusste, was sie brauchen würde, hatte sie alles, was sie entbehren konnte, eingepackt – Medikamente, Antibiotika, Instrumente.

Die anderen hatten sie drinnen zum Abschied geküsst. Lowell hatte geweint und versucht, seine Mutter daran zu hindern, die Luftschleuse zu betreten. Man hatte ihm nicht gesagt, worum es ging, aber die Gefühle der anderen hatten ihn angesteckt.

Besorgt sagte Roger Stone: »Hör mal, sobald du die Situation geklärt hast, kommst du sofort zurück.«

Sie schüttelte den Kopf. »Wir sehen uns auf Mars wieder, Liebster.«

»Nein, kommt nicht in Frage! Du –«

»Nein, Roger. Ich könnte die Krankheit übertragen. Das dürfen wir nicht riskieren.«

»Du könntest auch auf Mars die Krankheit übertragen. Hast du vor, jemals wieder zu uns zurückzukommen?«

Sie ignorierte die rhetorische Frage. »Auf Mars gibt es Krankenhäuser. Aber ich kann nicht eine Familienepidemie im All riskieren.«

»Edith! Am liebsten würde ich –«

»Sie warten auf mich, Liebling.«

Über ihren Köpfen, knapp zweihundert Meter entfernt, hatte sich eine Passagierschleuse an der Rotationsachse des mächtigen Schiffs geöffnet. Zwei kleine Gestalten kamen heraus, schufen nach einem bildschönen Satz mit den Stiefeln Kontakt auf der Schiffswand. Sie hingen mit den Köpfen nach »unten«. Roger Stone rief ins Mikrofon. »*War God*!«

»*War God*, aye, aye.«

»Alles bereit?«

»Alles klar.«

»Fertig machen zum Übersteigen.«

Captain Stone hatte anfangs vorgeschlagen, einen Mann herzuschicken, um Dr. Stone über den Zwischenraum zu geleiten. Seine Frau hatte aber abgelehnt, sie wollte nicht, dass jemand von dem infizierten Schiff mit der *Rolling Stone* in Kontakt kam. »Sind meine Leinen laufbereit, Roger?«

»Ja, Liebste.« Er hatte mehrere Leinen befestigt, eine an ihrem Gürtel, die andere an einer Außenöse.

»Hilfst du mir mit den Stiefeln, Liebling?«

Er kniete nieder und zog die Reißverschlüsse ihrer Stiefel auf. Seine Stimme klang unsicher. Er richtete sich auf, und sie legte die Arme um ihn. Die Anzüge und ihr Gepäck behinderten sehr. »Adios, mein Liebling«, sagte sie leise. »Pass auf die Kinder auf!«

»Edith! Pass du gut auf dich auf!«

»Ja, Liebling. Halt mich fest.«

Er stützte sie an den Hüften, als sie aus den Stiefeln trat. Nur seine Hände hielten sie jetzt am Schiff.

»Fertig! Eins! Zwei!« Sie duckten sich. »Drei!« Sie sprang vom Schiff ab, die Rettungsleine schlängelte sich hinterher. Lange bange Sekunden schwebte sie über seinem Kopf, dann weiter in Richtung *War God*. Er sah, dass sie nicht geradeaus abgesprungen war und wollte sie zurückziehen.

Aber das Empfangskomitee war auf diesen Notfall eingestellt. Einer schwang eine mit einem Gewicht beschwerte Leine über dem Kopf. Als Dr. Stone dicht an der *War God* war, fing er mit der Wurfleine geschickt ihre Rettungsleine ein. Roger Stone zog kurz an ihrer Leine, um sie aufzuhalten. Gleich darauf zog der Mann auf der *War God* sie behutsam näher.

Der zweite Mann packte sie und hakte ihr einen Karabiner in den Gürtel. Dann löste er die lange Leine von der *Rolling Stone*. Ehe sie in die Schleuse ging, winkte sie nochmals. Dann schloss sich die Schleuse.

Roger Stone betrachtete die geschlossene Schleuse, dann zog er die Leine ein. Sein Blick fiel auf die leeren kleinen Stiefel, die neben ihm standen. Er löste sie, drückte sie an die Brust und schob sich zurück in die Luftschleuse.

IX. RÜCKGEWINNUNG DER HABE

Die Zwillinge gingen in den nächsten Tagen dem Vater aus dem Weg. Er behandelte alle ungewöhnlich zart und liebevoll, lächelte aber nie, und seine Stimmung schlug schnell und unvermittelt in Wut um. Sie hielten sich in ihrer Kajüte auf und taten so, als büffelten sie – und tatsächlich lernten sie sogar einen Teil der Zeit. Meade und Hazel teilten sich die Sorge um Lowell. Das Gefühl der Sicherheit war bei ihm durch die Abwesenheit der Mutter erschüttert. Das drückte er durch Tobsuchtsanfälle aus, um Aufmerksamkeit auf sich zu lenken.

Hazel übernahm das Kochen des Mittag- und Abendessens. Sie war keine bessere Köchin als Meade. Zweimal täglich hörte man sie fluchen und schimpfen, weil sie sich gebrannt hatte. Sie sei nun mal nicht der Hausmütterchentyp und habe auch keinerlei Ambitionen in dieser Richtung. Nie und nimmer!

Dr. Stone rief jeden Tag an, sprach kurz mit ihrem Mann und bat um Nachsicht, dass sie mit den anderen nicht redete, weil sie zu beschäftigt sei. Roger Stones Wutausbrüche erfolgten meist kurz nach diesen Telefonaten.

Nur Hazel hatte den Mut, ihn wegen der Anrufe zu fragen. Am sechsten Tag sagte sie beim Mittagessen: »Nun, Roger? Was gibt's für Neuigkeiten? Los.«

»Nicht viel. Hazel, diese Koteletts sind grauenvoll.«

»Sie sollten gut sein. Ich habe sie mit meinem eigenen Blut gewürzt.« Sie streckte ihm den verbundenen Daumen entgegen. »Warum kochst du nicht mal? Zurück zum Thema. Weich mir nicht aus, mein Junge.«

»Sie glaubt, sie hat eine Spur. Soweit sie aufgrund der medizinischen Unterlagen sehen kann, hatte noch keiner an Bord Masern.«

»Masern?«, fragte Meade. »Daran stirbt doch kein Mensch – oder?«

»Höchst selten«, meinte ihre Großmutter. »Aber bei Erwachsenen können sie sehr gefährlich sein.«

»Ich habe nicht gesagt, dass es Masern sind«, erklärte Roger Stone gereizt. »Eure Mutter auch nicht. Sie glaubt, dass die Krankheit mit den Masern verwandt ist, eine mutierte Variante – und bösartiger.«

»Wir können es ›Neomasern‹ nennen«, schlug Hazel vor. »Das klingt beeindruckend wissenschaftlich. Noch weitere Todesfälle, Roger?«

»Ja.«

»Wie viele?«

»Das hat sie nicht gesagt. Van lebt noch, und er ist auf dem Weg der Besserung, hat sie gemeint. Sie hat mir *gesagt*, dass sie glaubt, sie könne die Krankheit bald behandeln«, fügte er hinzu, als wollte er sich selbst überzeugen.

»Masern«, sagte Hazel nachdenklich. »Du hast sie nie gehabt, Roger.«

»Nein.«

»Auch keines der Kinder.«

»Selbstverständlich nicht«, sagte Pollux. Luna City war bei weitem der gesündeste Ort im bekannten Universum. Die üblichen Kinderkrankheiten konnten sich dort nie häuslich niederlassen.

»Wie hat sie geklungen, Sohn?«

»Hundemüde.« Er runzelte die Stirn. »Sie hat mich sogar angefaucht.«

»Aber Mammi doch nicht!«

»Sei still, Meade!«, sagte Hazel. »Ich hatte vor siebzig oder achtzig Jahren die Masern. Roger, ich sollte hinübergehen und ihr helfen.«

Er lächelte sie an. »Damit hat sie gerechnet. Ich soll dir ausrichten: Danke, aber sie hat mehr als genug ungelernte Helfer.«

»›Ungelernte Helfer!‹ Das gefällt mir. Während der Epidemie 93 gab es Zeiten, in denen ich die einzige Frau in der Kolonie war, die die Bettwäsche wechseln konnte. Hmm!«

Hazel wartete am nächsten Tag auf den Anruf. Sie war entschlossen, mit ihrer Schwiegertochter zumindest ein paar Worte zu wechseln. Der Anruf kam zur gewohnten Zeit. Roger nahm ihn entgegen. Es war nicht seine Frau.

»Captain Stone? Turner, Sir – Charlie Turner. Ich bin der Dritte Ingenieur. Ihre Frau hat mich gebeten, Sie anzurufen.«

»Was ist los? Ist sie zu beschäftigt?«

»Ja, sehr beschäftigt.«

»Sagen Sie ihr, sie soll mich anrufen, sobald sie Zeit hat. Ich warte neben dem Apparat.«

»Ich fürchte, das ist nicht gut, Sir. Sie hat ausdrücklich gesagt, dass sie heute nicht anrufen wird. Sie hätte keine Zeit.«

»Dummes Zeug! Sie braucht dazu nur dreißig Sekunden. In einem so großen Schiff wie Ihrem kann sie von überall aus telefonieren.«

Der Mann klang verlegen. »Tut mir Leid, Sir. Dr. Stone hat strikte Anweisung gegeben, sie nicht zu stören.«

»Aber verdammt nochmal, ich –«

»Es tut mir sehr Leid, Sir. Auf Wiederhören.« Damit war die Leitung tot.

Roger Stone schwieg, dann schaute er seine Mutter betroffen an. »Es hat sie erwischt.«

»Keine voreiligen Schlüsse, bitte«, sagte Hazel ruhig. Aber im Innersten war sie seiner Meinung. Edith Stone hatte sich mit der Krankheit infiziert, die sie behandeln wollte.

Am nächsten Tag empfing Roger Stone die gleiche spärliche Mitteilung. Am dritten Tag gaben sie auf, ihm etwas vorzumachen. Dr. Stone sei krank, aber ihr Mann solle sich keine Sorgen machen. Sie hatte, ehe sie sich angesteckt hatte, eine Behandlungsmethode gefunden, mit deren Hilfe es allen neuen Fällen – sie selbst eingeschlossen – recht gut ging. Das behauptete man jedenfalls.

Nein, sie könnten keine Telefonverbindung zu ihrem Bett herstellen. Nein, er könne nicht mit Captain Vandenbergh sprechen. Der Kapitän sei noch zu krank.

»Ich komme rüber!«, brüllte Roger Stone.

Turner zögerte. »Das müssen *Sie* entscheiden, Captain. Aber wir müssen Sie hier in Quarantäne stecken. Laut Dr. Stones schriftlichen Anordnungen.«

Roger Stone schaltete aus. Er wusste, dass damit das Thema erledigt war. In medizinischen Angelegenheiten war Edith ein römischer Richter – und er konnte sein eigenes Schiff und seine Familie nicht im Stich lassen. Allein konnten sie Mars nicht erreichen. Eine alte, hinfällige Frau, zwei übertrieben selbstsichere Pilotenschüler – nein, er musste sein Schiff steuern.

Sie standen es durch. Als alle anfingen zu kochen, wurde das Essen noch miserabler. Erst nach sieben Tagen, nach Erdstandard gemessen, wurde der tägliche Anruf mit einem »Roger, hallo, Liebling!« beantwortet.

»Edith! Geht's dir gut?«

»Ich bin auf dem Weg der Besserung.«

»Wie hoch ist deine Temperatur?«

»Nein, Liebling, von dir lasse ich mich nicht bequacksalbern. Meine Temperatur ist zufriedenstellend, ebenso der Rest meines Zustands. Ich habe ein bisschen abgenommen, aber das ist nicht schlimm, nicht wahr?«

»Nein. Hör zu – du kommst sofort nach Hause! Hörst du mich?«

»Roger, Liebster. Ich kann nicht, damit ist das Thema erledigt. Das gesamte Schiff steht unter Quarantäne. Wie geht es dem Rest meiner Familie?«

»Ach, prima. Alles im grünen Bereich.«

»Gut, weiter so. Ich rufe morgen wieder an. Auf Wiederhören, Liebling.«

An diesem Abend war das Essen eine Feier. Hazel schnitt sich wieder in den Daumen, doch das war ihr egal.

Die täglichen Anrufe waren nicht mehr Grund zur Sorge, sondern zur Freude. Nach einer Woche sagte Dr. Stone zum Schluss: »Warte einen Moment, Liebling. Ein Freund möchte dir ein paar Worte sagen.«

»Okay, Liebling. Ich liebe und küsse dich.«

»Roger, altes Haus?«, ertönte eine Bassstimme.

»Van! Du altes Walross! Ich wusste, du bist zu böse, um zu sterben.«

»Dank deiner wunderbaren Frau bin ich wieder

putzmunter. Aber ohne Walrossbart. Ich hatte noch keine Zeit, ihn wieder wachsen zu lassen.«

»Das wirst du schon schaffen.«

»Mit Sicherheit. Ich habe die gute Doktorin nach ein paar Daten gefragt, die sie mir aber nicht geben konnte. Das ist deine Abteilung, Rog. Wie viel einfachen H hast du noch nach diesem Spurt? Brauchst du ein bisschen Saft?«

Captain Stone überlegte. »Hast du Überschuss, Captain?«

»Ein bisschen. Für diesen Eimer nicht viel, aber für deine Kinderkarre eine Menge.«

»Wir mussten alles, was wir nicht unbedingt brauchten, über Bord werfen, falls du das nicht weißt.«

»Ich weiß es, und es tut mir Leid. Ich sorge dafür, dass die Schadensforderung prompt bearbeitet wird. Ich würde es dir selbst vorstrecken, Captain, aber die Alimente auf drei Planeten lassen mir nicht viel übrig.«

»Vielleicht ist es nicht nötig.« Stone erklärte die Sache mit dem Radarreflektor. »Wenn wir den alten Kurs erwischen, könnten wir unsere Habe vielleicht wieder bekommen.«

Vandenbergh lachte. »Ich möchte deine Jungs unbedingt wiedersehen. Offenbar sind sie in den letzten sieben Jahren ziemlich groß geworden.«

»Bloß nicht. Sie klauen dir die dritten Beißerchen. Jetzt zum einfachen H, wie viel kannst du abgeben?«

»Genügend. Dieses verrückte Manöver müssen wir unbedingt versuchen. Ich bin sicher, dass es nie zuvor gemacht wurde.«

Die beiden Schiffe, die beinahe genau nebeneinander gelegen hatten, waren während der Epidemie mehrere Meilen auseinander geglitten. Die nicht wahrnehmbare Anziehungskraft zwischen beiden Schiffen verlieh ihnen eine Fluchtgeschwindigkeit, die geringer war als ihre winzige relative Bewegung. Bis jetzt hatten sie nichts dagegen unternommen, da die Telefonverbindung funktioniert hatte. Aber jetzt mussten sie reaktive Masse von einem Schiff aufs andere pumpen.

Roger Stone warf eine dünne, am Ende mit einem Gewicht beschwerte Leine so gerade und so weit er konnte. Langsam kroch sie zur *War God*. Ein Besatzungsmitglied der *War God* kam in einem Raumanzug mit Düse heraus und befestigte die Wurfleine. Dann knüpfte er eine dickeres Tau daran, welches nun Roger Stone am kleineren Schiff festmachte. Nach menschlichem Muskelstandard war die Masse der *Rolling Stone* riesig, aber der beteiligte Vektor zu klein, um mit Düse zu arbeiten. Die Reibung war gleich null. Beim Verholen eines Raumschiffs sind die fehlenden Bremsen ein größerer Berechnungsfaktor als der Antrieb, wie zahllose Beulen in Schiffen und Raumstationen bezeugen.

Als Resultat dieses sanften Rucks waren sich die beiden Schiffe nach zweieinhalb Tagen so nahe, dass man sie mit einem Treibstoffschlauch verbinden konnte. Roger und Hazel berührten den Schlauch nur mit Schraubenschlüssel und Handschuh des Raumanzugs. Das reichte aus, um die Quarantäne aufrechtzuerhalten, selbst nach Dr. Stones Standard. Zwanzig Minuten später wurde die Verbindung gelöst, und die *Rolling Stone* hatte einen frischen Nachschub an Düsensaft.

Und das nicht verfrüht. Mars war jetzt ein rötlicher buckliger Mond am Himmel. Es war Zeit, das Manöver einzuleiten.

»Da ist es!« Pollux stand am Radarschirm Wache. Sein Schrei lockte die Großmutter herbei.

»Eher eine Schar Gänse«, meinte sie. »Wo?«

»Da. Kannst du's nicht sehen?«

Hazel gab widerwillig zu, dass das Radarzeichen real war. In den folgenden Stunden maßen sie die Distanz, die Peilung und die relative Bewegung mit Radar und Doppler und berechneten das billigste Manöver, das sie zu den umherirrenden Fahrrädern, Büchern und der persönlichen Habe brachte. Roger Stone nahm es so locker, wie er konnte, aber der sich nähernde Mars trieb zur Eile an. Seiner Berechnung nach müsste er es schaffen, das Schiff mit nur knapp dreihundert Meter Abweichung an die Masse heranzubringen.

Die Wartezeit verbrachten sie mit den Kalkulationen der Manöver für das Rendezvous mit Mars. Die *Rolling Stone* würde natürlich nicht auf Mars landen, sondern in den Hafen auf Phobos einlaufen. Zuerst mussten sie eine beinahe kreisrunde Ellipse um Mars herum fliegen, um mit Phobos gleichzuziehen, dann als Schlussmanöver das Schiff auf diesem winzigen Mond landen – eigentlich simple Manöver, die allerdings durch eine Tatsache heikel wurden: Phobos hatte eine Periode von ungefähr zehn Stunden. Die *Rolling Stone* musste nicht nur mit der richtigen Geschwindigkeit am richtigen Ort aufsetzen, sondern auch zur richtigen Zeit. Nachdem sie die Fahrräder an Bord genommen hätten, würden sie das Schiff auf längere Zeit ziemlich weit draußen halten müssen, wenn sie ein genaues Rendezvous schaffen wollten.

Alle – mit Ausnahme von Buster – arbeiteten daran, Meade unter Hazels Anleitung. Pollux überwachte weiterhin auf dem Radar die Annäherung an ihre Ladung. Roger Stone hatte zwei mögliche Lösungen überprüft und verworfen und war jetzt mit einer dritten beschäftigt, welche sinnvoll zu sein schien. Pollux las seine letzten Winkelangaben laut vom Radarschirm ab. Sie waren jetzt so nahe, wie sie kommen konnten.

Sein Vater löste die Haltegurte und schwebte zum Bullauge.

»Wo ist es? Du lieber Himmel, wir sitzen ja praktisch drauf! Los, Jungs, an die Arbeit!«

»Ich komme mit«, erklärte Hazel.

»Ich auch«, krähte Lowell.

Meade nahm ihn in die Arme. »Das würde dir so passen, Buster. Du und ich werden jetzt dieses wunderschöne Spiel spielen, das »Abendessen Kochen« heißt. Viel Spaß, Leute.« Sie zog den sich sträubenden Kleinen mit sich.

Die Fahrräder waren viel weiter entfernt als gedacht. Cas warf einen Blick darauf und sagte: »Vielleicht sollte ich mit dem Düsenanzug rübersausen, Dad. Damit sparen wir Zeit.«

»Das bezweifle ich stark. Versuch's mit der Wurfleine, Pol.«

Pollux befestigte die dünne Wurfleine an einer Außenöse. An das Gewicht am Ende knüpfte er ein halbes Dutzend große Enterhaken. Sein erster Wurf schien zu glücken, aber leider verfehlte er die Ladung um ein beträchtliches Stück.

»Lass mich ran, Pol«, sagte Castor.

»Lass ihn in Ruhe«, widersprach sein Vater. »Ich schwöre, das ist das letzte Mal, dass ich ohne eine richtige Wurfleinenkanone ins All fliege. Notiere das, Cas. Schreib es auf die Einkaufsliste, wenn wir reingehen.«

»Aye, aye, Sir.«

Der zweite Wurf schien die Masse zu treffen, aber als Pol an der Leine zog, zeigte sich, dass die Haken sich nicht verfangen hatten. Er warf noch einmal. Diesmal straffte sich die Leine.

»Langsam jetzt!«, warnte sein Vater. »Wir wollen nicht einen Haufen Räder im Schoß haben. Ja, so ... es bewegt sich.« Sie warteten.

Castor wurde ungeduldig und schlug vor, noch mal mit einem Ruck an der Leine zu ziehen. Sein Vater schüttelte den Kopf. »Ich habe eine grüne Hand in der Raumstation gesehen, die sich beeilt hat, eine Ladung an Bord zu nehmen. Es war Stahlplatte«, fügte Hazel hinzu.

»Was ist passiert?«

»Angefangen hat er mit einem Ruck an der Leine, er glaubte, er könnte mit dem Zurückschieben aufhören. Sie mussten beide Beine amputieren, aber sie konnten sein Leben retten.« Castor schwieg betreten.

Wenige Minuten später berührte die Masse der Räder und sonstiger Dinge das Schiff. Eine Lenkstange verbog sich, sonst gab es keinerlei Beschädigungen. Die Zwillinge und Hazel, an Rettungsleinen und mit den Stiefeln fest auf die Bordwand gestellt, machten sich daran, die Fahrräder zur Luke zu schaffen, wo Roger Stone sie in Empfang nahm und laut seinem sorgfältig ausgearbeiteten Massenverteilungsplan verstaute.

Dann fand Pollux Castors Warnung. »He, Cas! Hier ist dein Schild.«

»Jetzt ist es nicht mehr gültig.« Trotzdem nahm er es und warf einen Blick darauf. Seine Augen wurden groß.

Unten stand ein Zusatz von anderer Hand.

»Ich kriege euch!
Der Galaktische Überlord!«

Captain Stone kam heraus, um sich nach dem Grund der Verzögerung zu erkundigen, nahm den Zettel, las ihn und schaute seine Mutter an. »Hazel!«

»Ich? Wieso ich? Ich war die ganze Zeit hier, wo jeder mich sehen konnte. Wie hätte ich das tun können?«

Stone zerknüllte das Papier. »Ich glaube nicht an Geister oder ›Galaktische Überlords‹!«

Falls Hazel es getan hatte, dann ohne dass jemand sie gesehen hatte. Sie gab es auch nie zu, sondern beharrte auf der Theorie, dass der Galaktische Überlord nicht wirklich tot sei. Um das zu beweisen, ließ sie ihn in der nächsten Episode wieder auferstehen.

X. DER HAFEN PHOBOS

Mars besitzt zwei natürliche Raumstationen, die beiden winzigen Monde Phobos und Deimos, die Hunde des Kriegsgottes, der Furcht und der Panik. Deimos ist eine gezackte, zerklüftete Felsmasse, höchst ungeeignet zur Landung für ein Raumschiff. Phobos ist nahezu kugelförmig und ziemlich eben. Mit Atomkraft hatte man an seinem Äquator einen riesigen Landeplatz planiert – vielleicht war diese Schönheitsoperation etwas übereilt. Es gab eine sehr plausible Theorie, wonach schon die Marsureinwohner den Planeten als Raumstation benutzt hatten. Die Beweise, so es sie gab, lagen nun unter dem Belag vom Hafen Phobos.

Die *Rolling Stone* glitt in den Orbit von Deimos, dann gab sie sich einen Schub, um sich dem von Phobos zu nähern. Sie flog danach Seite an Seite, nur knapp fünf Meilen getrennt, mit Phobos auf einer fast identischen Bahn um Mars. Dann fiel sie um den Mars herum auf Phobos zu, da kein Vektor das verhinderte. Man kann diesen Fall nicht wie einen Sturz kopfüber beschreiben. Der Mond zog die winzige Masse des Raumschiffs mit einer Kraft an, die weniger als drei Zehntausendstel der Schwerkraft auf der Erdoberfläche betrug. Captain Stone hatte reichlich Zeit, einen Vektor zu errechnen, der ihn landen ließ. Es würde fast eine Stunde dauern, bis die *Rolling Stone* auf der Oberfläche des Satelliten aufsetzte.

Dennoch hatte er sich für die leichte Variante entschieden, mittels Hilfe von außen. Die Düse der *Rolling Stone* konnte sechs G produzieren und war fast zu stark für das dünne Schwerkraftfeld eines Felsen von zehn Meilen – es wäre, als schlüge man eine Fliege mit einer Ramme tot. Kurz nachdem sie die Düse ausgeschaltet hatten, machte ein kleines Raketenfahrzeug von Phobos an ihrer Luftschleuse fest.

Die Gestalt im Raumanzug glitt herein, nahm den Helm ab und sagte: »Erbitte Erlaubnis, an Bord zu kommen, Sir. Jason Thomas, Hafenlotse – Sie haben Lotse und Schlepper angefordert?«

»Richtig, Captain Thomas.«

»Nennen Sie mich einfach Jay. Haben Sie Ihren Massenplan griffbereit?«

Roger Stone reichte ihn hinüber. Der Lotse las ihn, die anderen musterten ihn genau. Meade dachte bei sich, dass er eher wie ein Buchhalter aussah als ein wagemutiger Raumfahrer – auf keinen Fall wie die Charaktere in Hazels Show. Lowell starrte ihn mit ernster Miene an. »Bist du ein Marsmensch, Mister?«, fragte er schließlich.

Der Hafenlotse antwortete ihm ebenso ernst. »Sowas Ähnliches, Sohn.«

»Und wo ist dein anderes Bein?«

Thomas war verdutzt, hatte sich aber sogleich wieder im Griff. »Ich schätze, ich bin die Billigausgabe eines Marsmenschen.«

Lowell schien immer noch zu zweifeln, vertiefte das Thema aber nicht. Der Hafenlotse gab den Plan zurück. »Okay, Captain. Wo sind Ihre Außenkontrollanschlüsse?«

»Gleich bei der Schleuse vorn. Die inneren Terminals sind hier.«

»Nur ein paar Minuten.« Der Lotse ging hinaus und

bewegte sich sehr schnell. In weniger als zehn Minuten war er wieder da.

»Mehr Zeit brauchen Sie nicht, um die Hilfsraketen anzuschließen?«, fragte Roger Stone ungläubig.

»Ich habe das schon ein paar Mal gemacht, da bekommt man Routine. Außerdem habe ich ein paar gute Jungs, die mir helfen.« Schnell stöpselte er ein kleines tragbares Steuerungsgerät in die Anschlüsse und testete die Kontrollen. »Alles klar.« Er warf einen Blick auf den Radarschirm. »Jetzt können wir nichts mehr tun, nur herumhängen. Seid ihr Immigranten?«

»Nicht genau. Eher eine Vergnügungsreise.«

»Also das ist ja super! Allerdings habe ich keine Ahnung, welches Vergnügen Sie auf dem Mars finden wollen.« Er schaute durchs Bullauge hinaus, wo sich die rötliche Kurve des Mars in die Schwärze schob.

»Wir werden eine kleine Besichtigungstour unternehmen, schätze ich.«

»Im Staat Vermont gibt's mehr zu sehen als auf dem gesamten Planeten hier. Ich weiß das.« Er schaute umher. »Ist das Ihre gesamte Familie?«

»Ja, bis auf meine Frau«, erklärte Roger Stone.

»Ach ja! Darüber habe ich in der Tageszeitung *War Cry* gelesen. Aber die haben den Namen Ihres Schiffs falsch geschrieben.«

Hazel schnaubte entrüstet. »Zeitungsschmierer!«

»Ja, Ma'am. Vor vier Stunden habe ich die *War God* runtergebracht. Liegeplätze 32 und 33. Aber sie steht unter Quarantäne.« Er zog eine Pfeife heraus. »Haben Sie hier statischen Niederschlag?«

»Ja«, antwortete Hazel. »Rauchen Sie ruhig, junger Mann.«

»Vielen Dank.« Akrobatisch zündete er die Pfeife an. Pollux überlegte schon, ob er die Ballistik vorher berechnet hatte.

Jason Thomas machte sich nicht die Mühe, auf den Radarschirm zu schauen. Stattdessen begann er eine weitschweifige Erzählung über seinen Schwager auf Erde. Anscheinend hatte dieser versucht, einen Papagei zu einem Wecker auszubilden.

Die Zwillinge wussten nichts über Papageien, es war ihnen auch völlig egal. Castor fing an, sich Sorgen zu machen. Würde dieser Schwachkopf die *Rolling Stone* zu Bruch fahren? Er bezweifelte langsam, dass Thomas überhaupt ein Lotse war. Der Mann redete und redete. Plötzlich unterbrach er sich. »He, alle festhalten. Und jemand sollte das Baby halten.«

»Ich bin kein Baby«, protestierte Lowell.

»Ich wünschte, ich wäre eins, Kleiner.« Er legte die Hand aufs Steuerpult, während Hazel Lowell an sich drückte. »Aber der Witz bei der Sache war –« Ein ohrenbetäubendes Dröhnen erschütterte das Schiff, lauter als ihre eigene Düse. Es dauerte nur wenige Sekunden. Kaum herrschte Stille, fuhr Thomas ungerührt triumphierend fort: »– der blöde Vogel hat nie die Uhrzeit gelernt. Danke, Leute, die Rechnung kommt vom Büro.« Geschmeidig wie eine Katze stand er auf und glitt über den Boden, ohne die Füße zu benutzen. »Hat mich gefreut, Sie kennen gelernt zu haben. Wiedersehen!«

Jetzt waren sie auf Phobos.

Pollux erhob sich und stieß sich den Kopf. Er hatte ausgestreckt auf dem Boden gelegen. Danach bemühte er sich, wie Jason Thomas zu gehen. Zum ersten Mal seit

Luna hatte er wieder Gewicht, richtiges Gewicht, aber es belief sich nur auf zweiundsechzig Gramm, inklusive Kleidung. »Ich frage mich, wie hoch ich hier springen kann«, meinte er.

»Versuch es nicht!«, warnte Hazel. »Denk dran, dass die Fluchtgeschwindigkeit dieses Stückchen Bodens nur etwa zwanzig Meter pro Sekunde beträgt.«

»Ich glaube nicht, dass ein Mensch so schnell springen kann.«

»Da war doch Ole Gunderson. Er ist rund um Phobos gesprungen – ein fünfunddreißig Meilen langer Orbit in Schwerelosigkeit. Dazu hat er fünfundachtzig Minuten gebraucht. Er würde jetzt noch rumkreisen, wenn ihn nicht jemand gepackt hätte, als er wieder vorbei kam.«

»Ja, aber war er nicht ein olympischer Springer oder so? Und hatte er nicht ein spezielles Gestell, von dem er abgesprungen ist?«

»Du müsstest nicht springen«, warf Castor ein. »Zwanzig Meter pro Sekunde heißt fünfundvierzig Meilen pro Stunde, die Kreisgeschwindigkeit kommt damit auf etwas mehr als dreißig Meilen in der Stunde. Ein Mensch kann zu Hause zwanzig Meilen rennen, hier bestimmt fünfundvierzig.«

Pollux schüttelte den Kopf. »Keine Reibung.«

»Besondere Schuhe mit Spikes – und vielleicht eine schräge Absprungrampe für knapp hundert Meter – dann *wummm*! Weg von der Rampe und weg für immer.«

»Okay, versuch's, Opa. Ich winke dir Lebwohl zu.«

Roger Stone pfiff laut. »Ruhe, bitte! Wenn ihr Sofaathleten fertig seid, möchte ich gern etwas verkünden.«

»Gehen wir jetzt nach draußen auf den Boden, Dad?«

»Nicht, wenn ihr mich dauernd unterbrecht. Ich gehe zur *War God* rüber. Jeder, der mitkommen oder draußen einen Spaziergang machen will, ist willkommen – solange ihr die Betreuung von Buster unter euch geregelt habt. Zieht Stiefel an. Ich habe gehört, dass sie hier Stahlplankenwege haben, zum Wohl der Besucher.«

Pollux war als Erster angezogen und in der Schleuse. Zu seiner Überraschung war die Strickleiter noch aufgerollt. Und Jason Thomas? War er einfach hinuntergesprungen? Wahrscheinlich. Also ein Sprung um die dreißig Meter tat hier offensichtlich nicht weh. Aber dann fand er heraus, dass es am praktischsten war, einfach die Bordwand hinunterzuwandern, wie eine Fliege an einer Wand. Gehört hatte er davon, es aber nicht so richtig geglaubt, nicht auf einem Planeten ... na ja, einem Mond.

Die anderen folgten ihm. Hazel trug Lowell. Roger Stone blieb stehen, als alle unten waren und blickte in die Runde. »Ich hätte schwören können, dass ich die *War God* kurz vor unserer Landung nur ein Stück weiter östlich gesehen habe.«

»Da drüben ragt irgendwas hoch«, sagte Castor und deutete nach Norden. Das Objekt war eine Kuppel über dem extrem nahen Horizont – aus Castors Sicht knapp zweihundert Meter entfernt. Die Kuppel sah riesig aus, aber sie wurde rapide kleiner, als sie näher kamen. Schließlich war sie ganz über dem Horizont. Die starke Wölbung des kleinen Mondes gaukelte ihnen Tricks vor. Phobos war so klein, dass man, wen man eine Wölbung über dem Horizont sehen konnte, sofort daran dachte, sie sei weit weg, weil man gewohnt war, so zu denken.

Ehe sie die Kuppel erreichten, trafen sie auf einem der stählernen Gehwege einen Mann. Er steckte in einem Raumanzug und trug mühelos eine große Rolle Stahltrosse, eine mit Hand betriebene Winde und einen Anker mit großen Hörnern. Roger Stone hielt ihn an. »Entschuldigen Sie, mein Freund, können Sie mir sagen, wie ich zur R. S. *War God* komme? Liegeplatz zweiunddreißig und dreiunddreißig, glaube ich.«

»Weiter nach Osten. Folgen Sie dem Weg für ungefähr fünf Meilen. Sagen Sie, kommen Sie von der *Rolling Stone*?«

»Ja, ich bin der Kapitän. Meine Name ist auch Stone.«

»Freut mich, Sie kennen zu lernen, Captain. Ich bin gerade auf dem Weg, Ihr Schiff zu verholen. Wenn Sie zurückkommen, finden Sie sie auf Liegeplatz dreizehn, westlich von hier.«

Die Zwillinge beäugten neugierig seine Ausrüstung. »Nur damit wollen Sie unser Schiff verholen?«, fragte Castor und dachte daran, wie heikel es gewesen war, die *Rolling Stone* auf Luna zu bewegen.

»Haben Sie die Gyros laufen lassen?«, fragte der Hafenfestmacher.

»Ja«, antwortete Captain Stone.

»Dann habe ich keine Probleme. Wir sehen uns bestimmt noch.« Er marschierte zum Schiff. Die Familie wandte sich nach Osten. Die Haftung der Stiefelmagneten auf dem Stahlweg erleichterten das Gehen ungemein. Hazel setzte Lowell ab und ließ ihn allein laufen.

Sie marschierten in Richtung Mars, ein großes Halbrund, das den Horizont im Osten weitgehend ausfüllte. Der Planet stieg rasch höher, während sie weitermarschierten. Sie gingen so schnell über die Wölbung von Phobos, dass sie ihn durch ihr Gehen höher steigen ließen. Nach ungefähr einer Meile entdeckte Meade den Bug der *War God,* der sich gegen die orangerote Oberfläche von Mars abzeichnete. Sie liefen schneller, aber es waren noch drei Meilen, ehe sie das Raumschiff bis zu den Flossen sehen konnten.

Endlich waren sie dort. Aber man hatte eine provisorische Absperrung gezogen, mit einem großen Schild. »WARNUNG! QUARANTÄNE!

Zutritt verboten.

Phobos Hafenbehörde.«

»Ich kann nicht lesen«, erklärte Hazel.

Roger Stone überlegte. »Ihr bleibt hier oder macht einen Spaziergang – wie ihr wollt. Ich gehe an Bord. Aber bleibt ja vom Landegebiet weg.«

»Ach was«, sagte Hazel. »Wenn ein Schiff landet, ist jede Menge Zeit, wegzulaufen, so langsam wie die hier einschweben. Das machen alle, die hier leben. Willst du wirklich nicht, dass ich mitkomme, Sohn?«

»Nein, das ist meine Sache.« Er ließ sie an der Absperrung stehen und ging auf das Passagierschiff zu. Sie warteten. Hazel verkürzte sich die Wartezeit, indem sie eine Lutschtablette aus ihrer Waffe holte und diese durch das Luftventil in den Mund warf. Sie gab auch Lowell eine. Dann sahen sie Roger an der Bordwand zu einem Bullauge hinaufwandern. Dort blieb er ziemlich lange, dann kam er wieder zurück.

Als er sie erreichte, stand sein Gesicht auf Sturm.

»Kein Zutritt, schätze ich«, sagte Hazel.

»Absolut nicht. Ich habe Van gesehen, und er hat mir ein paar irrelevante Beleidigungen an den Kopf geworfen. Wenigstens hat er mir einen Blick auf Edith gestattet – durchs Bullauge.«

»Wie hat sie ausgesehen?«

»Großartig, einfach großartig. Vielleicht ein bisschen dünner, aber nicht viel. Sie schickt euch allen Küsse.« Er machte eine Pause und runzelte die Stirn. »Aber ich kann nicht rein, und ich kann sie nicht rausholen.«

»Van kannst du deshalb nicht die Schuld geben«, sagte Hazel. »Das würde ihn sein Patent kosten.«

»Ich gebe niemandem die Schuld. Ich bin nur stinkwütend, das ist alles.«

»Und was als Nächstes?«

Er dachte nach. »Die nächste Stunde könnt ihr tun und lassen, was ihr wollt. Ich gehe zur Hafenbehörde, das ist die Kuppel dort. Wir treffen uns dann alle am Schiff – Liegeplatz dreizehn.«

Die Zwillinge spazierten noch ein Stück nach Osten, wohingegen Meade und Hazel direkt zum Schiff zurückgingen – Buster wurde quengelig. Die Jungs wollten sich Mars genauer ansehen. Sie hatten ihn bei der Landung durch die Bullaugen der *Rolling Stone* gesehen, aber hier war es anders ... irgendwie realer, nicht wie ein Bild auf dem Fernsehschirm. Nach drei Meilen hatte sie den Planeten in voller Größe vor sich, jedenfalls alles, was beleuchtet war, da der Planet sich in der Halbphase befand. Die Sonne stand fast genau über ihren Köpfen.

Sie studierten die rötlichen Wüsten, die olivengrünen fruchtbaren Landstriche, die Kanäle, die kerzengerade die flache Oberfläche durchschnitten. Die Südpolkappe war leicht in ihre Richtung geneigt. Sie war nahezu verschwunden. Direkt vor ihnen lag die große Pfeilspitze der Syrtis Major.

Sie waren sich einig, dass dieser Planet wunderschön war, fast so schön wie Luna – vielleicht schöner als Erde, trotz der spektakulären, sich ständig verändernden Wolkenbilder von Erde. Aber nach einer Weile langweilte sie die Aussicht, und sie gingen zurück zum Schiff.

Mühelos fanden sie Liegeplatz dreizehn und marschierten das Schiff hinauf. Meade hatte das Abendessen fertig. Hazel spielte mit Buster. Ihr Vater kam gerade, als sie anfingen zu essen. »Du siehst aus, als hättest du einen Sesselfurzer bestochen«, sagte Hazel.

»Nicht ganz.« Er zögerte. »Ich gehe mit Edith in Quarantäne«, sagte er schließlich. »Und ich komme erst mit ihr wieder raus.«

»Aber Daddy –«, protestierte Meade.

»Ich bin noch nicht fertig. Solange ich weg bin, führt Hazel das Kommando. Sie ist auch Familienoberhaupt.«

»Das war ich schon immer«, erklärte Hazel selbstgefällig.

»Bitte, Mutter! Jungs, wenn sie es für nötig hält, euch die Arme zu brechen, erkläre ich hiermit diese Maßnahme als genehmigt. Habt ihr mich verstanden?«

»Jawohl, Sir.« – »Aye, aye, Sir.«

»Gut. Ich packe jetzt und gehe.«

»Aber Daddy!« Meade war den Tränen nahe. »Willst du nicht wenigstens mit uns essen?«

Er blieb stehen und lächelte. »Ja, Süße. Weißt du, dass du eine recht gute Köchin wirst?«

Castor wechselte einen Blick mit Pollux und sagte: »Ach, Dad, nur zur Klärung. Sollen wir einfach hier im

Schiff warten – auf diesem Bonsai-Medizinball –, bis du und Mutter aus dem Edelknast kommt?«

»Ja, natürlich – nein, das ist nicht nötig, wenn ich es mir recht überlege. Wenn es Hazel recht ist, könnt ihr das Schiff schließen und zum Mars weiterfliegen. Gebt uns eure Adresse übers Telefon, dann kommen wir zu euch. Ja, ich schätze, das ist der beste Plan.«

Die Zwillingen seufzten erleichtert auf.

XI. »WILLKOMMEN AUF MARS!«

Roger Stone erkrankte prompt an der epidemieartigen Krankheit und musste gesund gepflegt werden – und damit verlängerte er die Quarantänezeit. Deshalb hatten die Zwillinge mehr Zeit, ihr Talent, in Schwierigkeiten zu geraten, unter Beweis zu stellen. Die leicht beschnittene Familie nahm von Phobos zum Mars hinunter den Shuttle – allerdings war dieser Shuttle nicht wie der zwischen Pikes Peak und Erde, sondern ein kleiner Raketengleiter, kaum stärker als die uralten deutschen Kriegsraketen. Die Orbitgeschwindigkeit von Mars beträgt kaum mehr als zwei Meilen pro Sekunde.

Trotzdem waren die Flugpreise sehr hoch ... und die Frachtkosten. Die Zwillinge hatten ihre Ladung auf die Frachtlagerplätze zwischen der Zollbaracke und dem Gebäude der Hafenbehörde geschafft. Noch ehe sie den Shuttle bestiegen, hatten sie arrangiert, dass alles später nachgeschickt wurde. Als sie die Rechnung gesehen hatten, die im Voraus zu bezahlen war, hatte sie blankes Entsetzen gepackt. Der Betrag war höher als der, den sie ihrem Vater für die Zusatzkosten, die Räder zum Mars zu schaffen, bezahlt hatten.

Castor berechnete noch immer ihre Kosten und den möglichen Gewinn, als die fünf Stones sich für den Flug zum Mars runter anschnallten. »Pol«, sagte er bedrückt, »wir müssen unter allen Umständen einen guten Preis für diese Räder bekommen.«

»Werden wir, Opa. Das sind gute Räder.«

Der Shuttle landete auf dem Großen Kanal und wurde festgemacht. Er schwang noch eine Zeit lang sanft hin und her. Die Zwillinge waren froh, als sie endlich aussteigen konnten. Sie waren noch nie in einem Fahrzeug gewesen, das auf Wasser schwamm, und sie hielten das für eine ausgesprochen unsichere, eigentlich gefährliche Art zu reisen. Das kleine Schiff wurde mit leisem Zischen entsiegelt, dann atmeten sie die Luft auf Mars. Sie war dünn, aber der Druck war nicht merklich niedriger als auf der *Rolling Stone* – ein Atmosphärenprojekt hatte hier Raumanzüge und Beatmungsgeräte überflüssig gemacht. Es war nicht kalt, die Sonne stand im Zenit.

Meade schnupperte, als sie zum Dock zurückkamen. »Was riecht hier so komisch, Hazel?«

»Frische Luft. Eigenartiges Zeug, nicht wahr? Komm, Lowell.« Sie gingen in die Willkommenshalle, da durch sie der einzige Ausgang vom Dock führte. Hazel schaute sich um und entdeckte einen Schreibtisch mit dem Schild »Visa«. Darauf marschierte sie zu. »Kommt, Kinder, zusammenbleiben.«

Der Mann prüfte ihre Papiere, als hätte er solche noch nie zuvor gesehen, und wollte sie nicht kennen. »Hatten Sie Ihre medizinische Untersuchung im Hafen Phobos?«, fragte er.

»Sehen Sie selbst. Alles in Ordnung und unterschrieben.«

»Naja ... Aber Sie haben die Erklärung über Ihren Besitz für die Einwanderung nicht ausgefüllt.«

»Wir sind keine Immigranten, sondern Besucher.«

»Warum haben Sie das nicht gleich gesagt? Sie haben keine Kaution bezahlt. Alle Besucher von Erde müssen eine Kaution hinterlegen.«

Pollux blickte Castor an und schüttelte den Kopf.

Hazel zählte bis zehn, ehe sie antwortete. »Wir sind keine Erdlinge, sondern Bürger des Freistaats Luna – und haben das Anrecht auf Austausch laut Abkommen von 07. Sehen Sie ruhig nach.«

»Oh.« Der Beamte war verwirrt und stempelte und unterschrieb ihre Papiere. Dann steckte er sie in die Registriermaschine und reichte sie ihnen anschließend zurück. »Das kostet fünf Pfund.«

»*Fünf Pfund?*«

»Mars-Pfund natürlich. Wenn Sie die Bürgerschaft beantragen, bekommen Sie das Geld zurück.«

Hazel blätterte es auf den Tisch. Pollux rechnete im Kopf den Betrag ins Luna-Geld um und fluchte leise. Langsam hatte er den Eindruck, dass Mars das Land der Gebühren war. Der Mann zählte das Geld nach. Dann händigte er jedem eine Broschüre aus. »Willkommen auf Mars«, sagte er und lächelte eisig. »Ich weiß, es wird Ihnen hier gefallen.«

»Da wäre ich mir nicht so sicher«, meinte Hazel.

»Wie bitte?«

»Nichts. Danke.«

Sie gingen weiter. Castor warf einen Blick auf seine Broschüre mit dem Titel:

WILLKOMMEN AUF MARS!!!
  Mit Empfehlung der Handelskammer
  und der Fördergesellschaft von Marsport.

Er überflog das Inhaltsverzeichnis: Sehenswürdigkeiten – Essen und Trinken – Übernachtung – Souvenirs (natürlich!) – Geschäftsverbindungen – Fakten und Zahlen über Marsport, die am schnellsten wachsende Stadt des Systems.

Drinnen war mehr Reklame als Text. Kein Bild war

in Stereo. Aber sie war kostenlos. Er steckte sie in die Tasche.

Sie waren noch keine zehn Schritte gegangen, als der Beamte plötzlich rief: »He, Madam! Einen Moment, bitte, kommen Sie zurück.«

Hazel ging mit verbissenem Lächeln zurück. »Was liegt an, Sohn?«

Er deutete auf ihr Holster. »Die Waffe. Die dürfen Sie nicht tragen – nicht innerhalb der Stadtgrenzen.«

»Ach ja? Kann ich nicht?« Sie zückte die Waffe, öffnete das Magazin und hielt ihm alles vor die Nase. »Nehmen Sie sich ein Hustenbonbon!«, sagte sie grinsend.

Eine sehr nette Dame am Informationsstand für Reisende bot ihnen zuerst einen uralten Marsturm an, mindestens eine Million Jahre alt, aber versiegelt und mit Klimaanlage. Als sie begriffen hatte, dass sie dieses Schnäppchen nicht wollten, gab sie ihnen eine Liste mit Appartements für Selbstversorger. Hazel hatte ihr Veto gegen auch nur eine Nacht in einem Touristenhotel eingelegt, nachdem sie mit dreien telefoniert und die Preise erfahren hatte. Sie marschierten durch einen Großteil der Stadt auf der Suche nach einer Bleibe. Es gab kein öffentliches Verkehrssystem. Viele Bewohner benutzten motorisierte Rollschuhe, die meisten gingen zu Fuß. Die Stadt war wie ein längliches Schachbrett gebaut, wobei die Hauptstraßen parallel zum Kanal verliefen. Abgesehen von einigen wenigen Kuppelbauten mit Druckausgleich in der »Altstadt« waren alle Häuser eingeschossig und kistenartige Fertigbauten, ohne Fenster, alle deprimierend monoton.

Das erste Appartement bestand aus zwei kleinen

Löchern in einem Anbau an einem Privathaus – Erfrischungsraum mit der Familie zu teilen. Das zweite war groß genug, aber in Riechweite von einer großen Plastikfabrik. Ein Ausstoßprodukt schien Butylmercaptan zu sein, obwohl Hazel behauptete, der Gestank erinnere sie eher an einen toten Ziegenbock. Das dritte ... Keines entsprach dem Komfort, den sie auf Luna oder sogar in der *Rolling Stone* gehabt hatten.

Hazel kam aus dem Letzten, das sie angesehen hatten, und sprang zurück, weil sie beinahe von einem Jungen, der Waren auslieferte und einen großen Handwagen zog, über den Haufen gefahren worden wäre. Sie rang nach Luft. »Was meint ihr, Kinder? Schlagen wir ein Zelt auf oder gehen wir zurück zur *Rolling Stone*?«

»Aber das können wir nicht, wir müssen doch unsere Fahrräder verkaufen«, protestierte Pollux.

»Halt die Klappe, Junior«, sagte sein Bruder. »Hazel, war da nicht noch eins? ›Casa‹ irgendwas?«

»Casa Mañana Appartements, ganz im Süden am Kanal – und wahrscheinlich nicht besser als der Rest. Okay, Leute, auf auf, Marsch, Marsch!«

Die Bebauung wurde lockerer, sie sahen heliotrope Marsvegetation, die ihre Hände gierig der Sonne entgegen streckte. Lowell beschwerte sich über den langen Weg. »Trag mich, Großmama Hazel.«

»Keine Chance, Schätzlein«, erklärte sie. »Deine Beine sind jünger als meine.«

Meade blieb stehen. »Mir tun auch die Füße weh.«

»Quatsch! Wir haben hier nur einen Tick über einem Drittel Schwerkraft.«

»Möglich, aber das ist doppelt so viel wie zu Hause, und außerdem waren wir über ein halbes Jahr in Schwerelosigkeit. Ist es noch weit?«

»Weichei!«

Auch den Zwillingen taten die Beine weh, aber sie wollten es nicht zugeben. Die wechselten sich ab, Buster Huckepack zu tragen. Casa Mañana stellte sich als ziemlich neu und durchaus akzeptabel heraus. Die Mauern bestanden aus kompaktem Sand und waren als Schutz gegen die kalten Nächte doppelt. Das Dach bestand aus dünnen Metallplatten, zwischen die Glaswolle für die Isolation geschichtet war. Es war ein langes, niedriges Gebäude, das Hazel an Hühnerställe erinnerte, aber sie behielt diese Meinung für sich. Es gab keine Fenster, aber genügend Glühröhren und ausreichende Belüftungsgänge.

Der Besitzer zeigte ihnen ein Appartement, das aus zwei kleinen Zimmern, einem Erfrischer und einem allgemeinen Wohnraum, bestand. Hazel betrachtete alles. »Mr. d'Avril, haben Sie nicht etwas, das ein bisschen größer ist?«

»Aber ja, Madam – aber ich vermiete nicht gern größere Wohnungen an eine so kleine Familie, weil die Touristensaison bald beginnt. Ich stelle ein Kinderbett für den Kleinen auf.«

Hazel erklärte ihm, dass schon bald zwei weitere Erwachsene kommen würden. Er überlegte kurz. »Sie wissen aber nicht, wie lange die *War God* in Quarantäne bleibt, oder?«

»Keine Ahnung.«

»Warum spielen wir nicht, nachdem die Karten ausgeteilt sind? Irgendwie bringen wir Sie schon unter. Das ist ein Versprechen.«

Hazel entschied sich zuzuschlagen. Ihre Füße brachten sie um. »Wie viel?«

»Vierhundertfünfzig pro Monat – vierfünfundzwanzig, wenn Sie es für die gesamte Saison mieten.«

Anfangs war Hazel zu verblüfft, um zu protestieren. Sie hatte sich nach den Mieten für die anderen Wohnungen nicht erkundigt, da sie ohnehin nicht in Frage kamen. »Pfund oder Luna-Kredit?« fragte sie schwach.

»Aber natürlich Pfund.«

»Schauen Sie, ich will diese Wohnung nicht kaufen, nur eine Zeitlang benutzen.«

Mr. d'Avril war verletzt. »Sie brauchen weder das eine noch das andere zu tun, Madam. Jetzt, wo jeden Tag Schiffe eintreffen, kann ich mir die Gäste aussuchen. Meine Preise gelten als ausgesprochen annehmbar. Der Eigentümerverband hat sich sogar bemüht, dass ich sie steigere – das ist eine Tatsache.«

Hazel grub in der Erinnerung, um die Hotelpreise mit der Monatsmiete zu vergleichen. Nicht zu fassen! Ja, der Mann sagte offenbar die Wahrheit. Sie schüttelte den Kopf. »Ich bin eine Landpomeranze, Mr. d'Avril. Wie viel hat der Bau hier gekostet?«

Wieder blickte er verletzt drein. »Sie sehen das nicht richtig, Madam. Gelegentlich kippt man bei uns eine große Ladung Touristen aus. Sie bleiben eine Zeitlang, dann fliegen sie wieder ab, und wir haben überhaupt keine Mieteinnahmen. Und Sie wären überrascht, wie diese kalten Nächte an einem Haus nagen. Wir können nicht mehr so bauen wie einst die Marsianer.«

Hazel gab auf. »Gilt der Saisonrabatt, den Sie erwähnten, von jetzt an bis zum Abflug zur Venus?«

»Tut mir Leid, Madam. Es muss die ganze Saison sein.« Der nächste günstige Termin für einen Start zu Venus war noch sechsundneunzig Erdstandardtage entfernt – vierundneunzig Marstage. Dagegen dauerte die »ganze Saison« die nächsten fünfzehn Monate, über ein halbes Marsjahr, ehe Erde und Mars wieder in einer Position waren, um einen Flug mit minimalem Treibstoffverbrauch zu gestatten.

»Wir mieten es monatsweise. Würden Sie mir Ihren Stift leihen? Ich habe aber nicht so viel Bargeld bei mir.«

Nach dem Abendessen fühlte Hazel sich besser. Die Sonne war untergegangen, und die Nacht würde bald für jedes menschliche Wesen ohne einen geheizten Anzug zu kalt sein, aber in der Casa Mañana war es gemütlich, wenngleich eng. Mr. d'Avril hatte für eine leicht ausbeuterische Gebühr eingewilligt, einen Fernseher anzuschließen, und Hazel genoss zum ersten Mal seit Monaten eine ihrer Shows. Sie sah, dass man wie üblich vieles in New York umgeschrieben hatte, aber sie hielt – ebenfalls wie üblich – die Änderungen keineswegs für Verbesserungen.

Dieser Galaktische Überlord – er war ein durch und durch böser Schurke! Vielleicht sollte sie ihn nochmal sterben lassen.

Morgen könnten sie versuchen, eine billigere Bleibe zu finden. Zumindest würde die Familie nicht Hunger leiden, solange die Show die Quote hielt, aber ihr grauste vor Rogers Gesichtsausdruck, wenn er hörte, wie viel Miete er zahlen sollte. Mars! Nett zu besuchen, aber nicht um dort zu leben. Sie runzelte die Stirn.

Die Zwillinge flüsterten in ihrem Zimmer über komplizierte finanzielle Transaktionen. Meade strickte still vor sich hin und schaute auf den Bildschirm. Sie fing Hazels Blick auf. »Was denkst du, Großmutter?«

»*Ich* weiß, was sie denkt!«, krähte Lowell triumphierend.

»Wenn das stimmt, dann behalt es für dich. Nichts Besonderes, Meade – an diesen aufgeblasenen Kerl, der die Frechheit besessen hat, mir zu sagen, ich könne keine Waffe tragen!«

XII. FREIE MARKTWIRTSCHAFT

Die Zwillinge brachen nach dem Frühstück auf, um die Märkte auf Mars zu stürmen. Hazel warnte sie: »Seid pünktlich zum Abendessen wieder da. Und begeht bitte keine Kapitalverbrechen.«

»Welche sind das hier?«

»Hm, mal sehen. Jemanden schutzlos aussetzen ... Verschmutzen der Wasserversorgung ... Verletzen der Verträge über die Behandlung der Ureinwohner – ich glaube, das wär's.«

»Mord?«

»Hier ist Töten eher eine Sache des Zivilrechts – aber sie lassen dich hier für den voraussichtlichen Verdienstausfall des Opfers zahlen, berechnet nach der Lebenserwartung. Das kann teuer werden. Sehr teuer, wenn ich die Preise, die wir bisher gehört haben, als Richtschnur nehme. Wahrscheinlich seid ihr für den Rest eures Lebens hoch verschuldet.«

»Hmmm – wir passen auf. Merk dir das, Pol. Bring keinen um!«

»Merk *du* dir das lieber. Du bist der mit den Wutausbrüchen.«

»Also, Jungs, Punkt sechs seid ihr wieder da! Habt ihr die Uhren gestellt?«

»Pol hat zurückgestellt. Ich lasse meine auf Greenwich-Zeit.«

»Vernünftig.«

»Pol, Cas!«, meldete sich Lowell. »Nehmt mich mit!«

»Geht nicht, Kleiner. Geschäfte.«

»Nehmt mich mit! Ich will einen Marsianer sehen. Großmama Hazel, *wann* sehe ich endlich einen Marsianer?«

Sie zögerte. Seit einem unglücklichen, wenngleich lehrreichen Ereignis vor vierzig Jahren war es ein Hauptziel der Regierung der Planeten, Menschen so weit wie möglich von den echten Marsianern fern zu halten – besonders Touristen. Lowell hatte weniger Chancen, seinen Wunsch erfüllt zu bekommen, als ein europäisches Kind, das in Manhattan einen echten Indianer sehen will. »Ja, Lowell, weißt du, das ist –«

Die Zwillinge machten sich schnell davon, weil sie nicht in eine offensichtlich sinnlose Debatte gezogen werden wollten.

Schnell fanden sie eine Straße, welche auf die Bedürfnisse von Schürfern eingestellt war. Sie gingen in ein mittelgroßes Geschäft, auf dessen Schild stand: Angelo & Söhne, GmbH, Allgemeine Ausrüster. Versprochen wurden: Bettrollen, Geigerzähler, Geländeräder, Probenanalyse, Schwarzlichtlampen, Feuerwaffen, Eisenwaren. Motto: »Was immer Sie brauchen – wir haben es oder besorgen es.«

Drinnen trafen sie einen einzigen Händler, der an der Verkaufstheke lehnte, in den Zähnen stocherte und mit etwas spielte. Pollux ging neugierig näher. Abgesehen von der Tatsache, dass das rundliche Ding mit Fell bedeckt war, konnte er nicht sehen, was es war. Wahrscheinlich irgendein Mars-Schnickschnack. Er würde es später inspizieren, das Geschäft ging vor.

Der Ladeninhaber – um ihn handelte es sich – richtete sich auf. »Guten Morgen, meine Herren. Willkommen auf Mars«, sagte er mit geschäftsmäßiger Freundlichkeit.

»Woher wissen Sie?«, fragte Castor.

»Was soll ich wissen?«

»Dass wir gerade erst angekommen sind.«

»Ach. Sie haben immer noch Zeichen von Schwerelosigkeit im Gang und – ach, ich weiß auch nicht. Kleine Dinge addieren sich eben automatisch. Man bekommt einen Blick dafür.«

Pollux warf Castor einen warnenden Blick zu. Castor nickte. Die Vorfahren dieses Mannes stammten vom Mittelmeer und wussten, Kunden einzuschätzen, ob sie billig kaufen oder teuer verkaufen wollten. »Sind Sie Mr. Angelo?«

»Ich bin Tony Angelo. Welchen möchten Sie denn sprechen?«

»Nicht wichtig, Mr. Angelo. Wir wollen uns nur mal umsehen.«

»Bitteschön. Suchen Sie Souvenirs?«

»Vielleicht.«

»Wie wär's damit?« Mr. Angelo holte aus einer Schachtel hinter sich eine verbeulte Gesichtsmaske. »Eine Sandsturmmaske. Die Gläser sind vom Sand auf dem Mars verkratzt. Sie können sie im Salon aufhängen und einen echten Reißer erzählen, wie sie so verkratzt wurde und welches Mordsglück Sie haben, noch am Leben zu sein. Sie wiegt auch nicht viel, und ich überlasse sie Ihnen billig – ich müsste die Gläser ersetzen, ehe ich sie hier verkaufen kann.«

Pollux schlenderte langsam zu den Fahrrädern. Castor wollte Mr. Angelo ablenken, während sein Bruder sich kundig machte. »Naja, ich weiß nicht«, meinte er. »Ich möchte keine solchen Lügengeschichten zum Besten geben.«

»Keine Lügen, das ist kreatives Erzählen. Schließlich hätte es passieren können – und es ist dem Burschen, der sie getragen hat, auch passiert. Ich kenne ihn. Aber ist schon gut.« Er legte die Maske zurück. »Ich habe etliche Originaledelsteine vom Mars, nur K'Raat allein weiß, wie alt sie sind – aber sie sind sehr teuer. Ich habe aber auch noch andere, die man von den Originalen nur im Labor unter polarisiertem Licht unterscheiden kann. *Diese* kommen aus New Jersey und sind spottbillig. Wonach steht Ihnen der Sinn?«

»Ich weiß nicht genau«, sagte Castor. »Sagen Sie, Mr. Angelo, was ist das? Erst dachte ich, es sei ein Zottelchen, aber jetzt sehe ich, dass es lebt.« Castor deutete auf das Fellbündel. Langsam bewegte es sich zur Kante.

Der Ladenbesitzer streckte die Hand aus und scheuchte es zurück in die Mitte. »Das? Das ist eine Flachkatze.«

»Flachkatze?«

»Sie hat einen lateinischen Namen, aber ich habe mir nie die Mühe gemacht, ihn zu lernen.« Angelo kitzelte das Tier mit dem Zeigefinger. Es begann zu schnurren. Man konnte keine charakteristischen Züge erkennen. Es war eine kuchengroße Masse aus glänzendem rötlichen Pelz – eine Schattierung dunkler als Castors Haar. »Das sind anhängliche kleine Biester, und viele Sandratten halten sie als Haustiere – ein Mann muss mit jemandem reden können, wenn er da draußen schürft, und eine Flachkatze ist besser als eine Frau, weil sie nicht widerspricht. Sie schnurrt und kuschelt sich an. Nehmen Sie sie mal hoch.«

Castor bemühte sich, möglichst tapfer zuzugreifen. Sofort kuschelte sich die Flachkatze an Castors Hemd und schmiegte sich in seine Armbeuge. Das Schnurren wurde lauter. Castor spürte die Vibrationen an der Brust. Er schaute hinab. Drei kleine Knopfaugen blickten voll Vertrauen zu ihm auf. Dann schlossen sie sich und verschwanden völlig. Das kleine Tier seufzte einmal kurz und schmiegte sich weiterhin schnurrend an ihn.

Castor lachte. »Es *ist* doch eine Katze, oder?

»Ja, aber eine, die nicht kratzt. Wollen Sie sie kaufen?«

Castor zögerte. Er dachte an Lowells Wunsch, einen »echten Marsianer« zu sehen. Also, eigentlich war das doch ein »Marsianer«, jedenfalls etwas Ähnliches. »Ich habe keine Ahnung, wie man es versorgt.«

»Überhaupt keine Mühe. Erstens sind es reinliche kleine Biester – da gibt es kein Problem. Sie fressen einfach alles – am liebsten *Abfälle*. So einmal in der Woche füttern und einmal im Monat oder alle sechs Wochen Wasser trinken lassen, so viel es will – so wichtig ist das nicht. Wenn die Flachkatze nicht frisst oder trinkt, wird sie nur langsamer. Schadet ihr aber überhaupt nicht. Man muss nicht mal dafür sorgen, dass sie es warm hat. Ich zeige es Ihnen.« Er nahm die Flachkatze zurück und warf sie ein paar Mal hoch. Sofort rollte sie sich zu einem Ball zusammen.

»Sehen Sie? Wie alles andere auf Mars kann es sich selbst zudecken, wenn das Wetter schlecht ist. Ein echter Überlebenskünstler.«

Mr. Angelo wollte noch mehr Überlebensfähigkeiten aufzählen, entschied dann jedoch, dass diese für einen Kauf unwichtig seien. »Wie steht's? Ich mache Ihnen einen guten Preis.«

Castor war sicher, dass Lowell das Katzentier lieben würde – außerdem war es eine legitime Geschäftsausgabe. Spesen. »Wie viel?«

Angelo zögerte und überlegte, wie viel er herausschlagen konnte. Auf dem Mars hatte eine Flachkatze ungefähr so viel Wert wie ein Kätzchen in einem großen Wurf auf einer Farm in Missouri. Die Jungs mussten reich sein, sonst wären sie nicht hier – gerade angekommen, und das Geld brannte zweifellos Löcher in ihre Taschen. Aber in letzter Zeit waren die Geschäfte miserabel gegangen. »Anderthalb Pfund«, sagte er.

Castor war über den niedrigen Preis überrascht. »Das klingt ziemlich teuer«, sagte er jedoch automatisch.

Angelo zuckte mit den Schultern. »Sie mag sie. Sagen wir ein Pfund.«

Wieder war Castor verblüfft. Diesmal über die Geschwindigkeit und Höhe des Rabatts. »Ich weiß nicht«, murmelte er.

»Na schön ... zehn Prozent weniger bei Barzahlung.«

Aus dem Augenwinkel sah Castor, dass Pollux mit der Inspektion der Räder fertig war und zurückkam. Er beschloss, den Handel abzuschließen und für gutes Wetter zu sorgen, ehe Pol sich einmischte. »Gemacht.« Er holte eine Pfundnote heraus, erhielt das Wechselgeld und nahm die Flachkatze hoch. »Komm zu Papa, Zottelchen.« Zottelchen schmiegte sich an Papa und schnurrte.

Pollux starrte den kleinen Marsianer an. »Was in der Welt ist das?«

»Darf ich dir das neueste Familienmitglied vorstellen? Wir haben soeben eine Flachkatze gekauft.«

»Wir?« Pollux wollte protestieren, aber er sah rechtzeitig die Warnung in Castors Augen. »Mr. Angelo, ich sehe überhaupt keine Preisschilder.«

Der Ladeninhaber nickte. »Stimmt. Die Sandratten feilschen gern, und wir sind ihnen zu Diensten. Auf lange Sicht zahlt es sich aus. Wir einigen uns immer auf den Listenpreis. Sie wissen es und wir auch, aber es ist ein Teil ihres gesellschaftlichen Lebens. Ein Schürfer hat davon nicht viel.«

»Das Raleigh Special da drüben, was steht dafür auf der Liste?« Pollux hatte dieses Rad ausgewählt, weil es so ähnlich wie das Rad aussah, das sein Vater für Captain Vandenbergh mitgenommen hatte, als er in Quarantäne gegangen war.

»Wollen Sie das Rad kaufen?«

Castor schüttelte kaum merklich den Kopf. »Nein, ich wollte nur den Preis wissen«, sagte Pollux. »Zur Sonne kann ich es kaum mitnehmen.«

»Naja, nachdem keine anderen Kunden in der Nähe sind, kann ich es ja sagen. Der Listenpreis beträgt dreihundertfünfundsiebzig – ein Schnäppchen.«

»Uff! Das ist hoch!«

»Ein Schnäppchen! Das Rad ist eine echte Schönheit. Versuchen Sie's mal bei den anderen Händlern.«

»Mr. Angelo«, sagte Castor vorsichtig. »Angenommen, ich würde Ihnen ein Rad genau wie das zum Kauf anbieten, nicht neu, aber generalüberholt, so gut wie neu und wie neu aussehend – und für, sagen wir, die Hälfte?«

»Dann würde ich sagen, Sie sind verrückt.«

»Ich meine es ernst. Ich habe eins zu verkaufen. Warum sollten Sie nicht statt Ihrer Konkurrenten den Vorteil eines niedrigen Preises haben? Ich verkaufe nämlich nicht im Kleinen, sondern nur an Wiederverkäufer.«

»Mmmm … Sie sind nicht hergekommen, um Souvenirs zu kaufen, richtig?«

»Nein, Sir.«

»Wenn Sie mit diesem Vorschlag vor vier Monaten zu mir gekommen wären, hätte ich wohl zugeschlagen. Aber jetzt ... nein.«

»Warum nicht? Es ist ein ganz hervorragendes Rad. Ein echtes Schnäppchen.«

»Das bestreite ich gar nicht.« Er streckte die Hand aus und streichelte die Flachkatze. »Ach was, warum sage ich euch nicht die Wahrheit. Kommt mit!«

Er führte sie, vorbei an den vollen Regalen, hinaus hinter den Laden. Dann deutete er auf ein reichhaltiges Warenlager. »Seht ihr das? Gebrauchte Fahrräder. Und der Schuppen dahinten ist auch noch voll. Deshalb habe ich die im Freien stehen.«

Castor bemühte sich, Überraschung und Enttäuschung aus der Stimme zu verbannen. »Schön, Sie haben gebrauchte Räder, aber alle ziemlich ramponiert und vom Sand verkratzt. Unsere sehen wie neu aus und fahren wie neu – und ich kann sie billiger verkaufen als diese, sehr viel billiger. Wollen Sie nicht wenigstens ein Angebot machen?«

Angelo schüttelte den Kopf. »Bruder, ich habe schlechte Nachrichten für dich. Mir könnt ihr nichts verkaufen, auch nicht einem meiner Konkurrenten. Ihr könnt sie nirgends verkaufen.«

»Warum nicht?«

»Weil es keine Kunden mehr dafür gibt.«

»Was?«

»Habt ihr nichts vom Halleluja-Knoten gehört? Ist euch nicht aufgefallen, dass ich keine Kundschaft habe? Dreiviertel der Sandratten auf Mars stürmen die Stadt – aber sie kaufen nichts, zumindest keine Fahrräder. Sie rüsten sich für die Asteroiden aus und schmeißen ihr Geld zusammen, um Schiffe zu chartern. Deshalb habe ich gebrauchte Räder. Ich musste sie zurücknehmen, weil die Raten nicht bezahlt wurden – deshalb könnt ihr keine Räder verkaufen. Tut mir Leid, ich wäre gern mit euch ins Geschäft gekommen.«

Die Zwillinge hatten von dem Halleluja-Knoten gehört. Die Meldung hatte sie im All erreicht. Uranium und Kernmetall draußen auf den Asteroiden. Aber sie hatten sich nicht dafür interessiert, da die Asteroiden nicht zu ihren Plänen gehörten.

»Zwei meiner Brüder sind schon weg«, fuhr Angelo fort. »Und ich hätte es auch schon riskiert, aber ich habe den Laden am Hals. Wenn ich mein Lager verhökern könnte, würde ich das Geschäft schließen und als Touristenfalle wieder öffnen. So schlimm steht's.«

Sobald sie sich einigermaßen anständig verdrücken konnten, gingen die Zwillinge. Pollux schaute Castor an. »Willst du ein Fahrrad kaufen, Verlierer?«

»Danke, ich habe eins. Möchtest du eine Flachkatze?«

»Nicht unbedingt. Was ist, gehen wir rüber zum Empfangsdock? Vielleicht können wir das Fellding einem Touristen aufschwatzen, der gerade angekommen ist. Womöglich können wir sogar noch einen kleinen Profit rausschlagen – aus der Flachkatze.«

»Nein, kommt nicht in Frage. Zottelchen ist für Buster – ein für alle Mal. Aber gehen wir trotzdem rüber, vielleicht sind unsere Räder angekommen.«

»Ist doch scheißegal.«

»Ist es nicht. Selbst wenn wir sie nicht verkaufen können, können wir doch damit rumfahren. Mir tun die Füße weh.«

Ihre Ladung war noch nicht da, sollte aber in ungefähr einer Stunde eintreffen. Sie gingen in den Old Southern Dining Room & Soda Fountain gegenüber der Willkommenshalle. Sie tranken Limonade, streichelten Zottelchen und überdachten ihre missliche Lage. »Das Geld zu verlieren macht mir nicht so viel aus –«, fing Castor an.

»Mir schon!«

»Klar, mir auch. Aber schlimmer ist, wie Dad lachen wird, wenn er das erfährt. Und was er sagen wird.«

»Von Hazel ganz zu schweigen.«

»Ja, Hazel. Junior, wir müssen irgendeine Möglichkeit finden, an Geld zu kommen, ehe wir es ihnen beichten.«

»Womit? Unser Kapital ist weg. Und Dad lässt uns nicht mehr von unserem Geld abheben, selbst wenn er hier wäre – was er nicht ist.«

»Es muss aber einen Weg geben, auch ohne Kapital.«

»Ohne Geld?«

»Hazel scheffelt jede Menge ohne Kapital.«

»Schlägst du vor, dass wir eine Fernsehserie schreiben?« Pollux klang schockiert.

»Selbstverständlich nicht. Wir haben auch keinen Abnehmer dafür. Aber es muss eine Möglichkeit geben. Schmeiß dein Hirn an.«

Nach betretenem Schweigen sagte Pollux: »Opa, hast du in der Willkommenshalle das Plakat über die Schachmeisterschaften auf Mars im nächsten Monat gesehen?«

»Nein, warum?«

»Die Leute wetten darauf, so wie auf Erde bei Pferderennen.«

»Ich mag keine Wetten. Man kann verlieren.«

»Manchmal. Aber nehmen wir mal an, wir melden Buster an?«

»Was? Bist du verrückt? Ihn gegen die besten Schachspieler auf Mars melden?«

»Warum nicht? Hazel war Champion auf Luna, aber Buster schlägt sie regelmäßig.«

»Aber du weißt doch, warum. Er liest ihre Gedanken.«

»Genau davon rede ich.«

Castor schüttelte den Kopf. »Das wäre nicht ehrlich, Junior.«

»Seit wann gibt es ein Gesetz gegen Telepathie?«

»Außerdem weißt du nicht ganz sicher, ob er ihre Gedanken lesen kann. Und du weißt nicht, ob er die Gedanken eines Fremden lesen kann. Und man braucht ziemlich viel Kohle, um eine gute Wette abzuschließen – die wir nicht haben. Und wir könnten verlieren. Nein.«

»Okay, okay, war ja nur ein Gedanke. Jetzt bist du dran.«

Castor runzelte die Stirn. »Ich habe keine Idee. Gehen wir rüber und fragen, ob unsre Räder jetzt da sind. Wenn ja, dann gönnen wir uns einen freien Tag und machen eine Besichtigungsfahrt. Die Räder kosten uns ein Vermögen, da können wir sie auch nutzen.« Er stand auf.

Pollux saß still da und starrte in sein Glas. »Nun, komm schon!«, sagte Castor.

»Setz dich, Opa. Ich glaube, mir kommt da gerade eine Wahnsinnsidee.«

»Mach mir keine Angst.«

»Ruhe! Opa, du und ich sind gerade erst hier angekommen. Wir wollen was besichtigen – und sofort denken wir an unsre Räder. Warum würden Touristen nicht genauso denken – und bezahlen?«

»He!« Castor überlegte kurz. »Da muss ein Haken

sein, sonst hätte das schon längst jemand gemacht.«

»Nicht unbedingt. Man bekommt erst seit ein paar Jahren Touristenvisa für Mars. Entweder bist du als Siedler gekommen oder gar nicht. Ich glaube, niemand hat bis jetzt daran gedacht, Räder für Touristen auf den Mars zu bringen. Räder sind sündteuer und nur für die Schürfer importiert worden – für die *Arbeit*, weil die Sandratten damit vier oder fünf Mal schneller vorwärts kamen als zu Fuß. Ich wette, dass hier keiner daran gedacht hat, zum Spaß rumzufahren.«

»Und was sollen wir deiner Meinung nach machen? Ein Schild malen und und drunter stellen und brüllen: ›Räder! Holt euch hier ein Rad! Ohne Fahrrad können Sie die Sehenswürdigkeiten des Mars nicht erleben!‹«

Pollux dachte nach. »Es könnte schlimmer kommen. Aber besser wäre es, wenn jemand anderer die Sache durchzieht, der die Mittel und Möglichkeiten dazu hat. He, wir können nicht mal einen Platz mieten für unseren Fahrradverleih.«

»Das ist der wunde Punkt bei dem Geschäft. Wir erzählen es jemandem und was macht der? Er mietet nicht unsere Räder, sondern geht zu Tony Angelo und macht mit ihm den Verleih – weil er billiger ist.«

»Benutz deinen Kopf, Opa. Angelo und die anderen Händler werden ihre neuen Räder nicht an Touristen vermieten. Sie kosten zu viel. Und den Schrott, den Angelo auf dem Hof hat, mietet kein Tourist. Die sind in Ferienstimmung. Die wollen etwas Neues, Glänzendes, Fröhliches. Und zum Vermieten sind unsre Räder praktisch wie neu. Sie *sind* neu. Jeder, der etwas mietet, weiß, dass es vorher benutzt wurde. Er ist zufrieden, wenn es neu aussieht.«

Castor stand wieder auf. »Okay, du hast mich überzeugt. Jetzt wollen wir mal sehen, ob du noch einen anderen überzeugen kannst. Such dir ein Opfer.«

»Setz dich! Was soll die Eile? Unser Wohltäter ist direkt unter diesem Dach.«

»Was?«

»Was sieht ein Tourist als Erstes, wenn er aus der Willkommenshalle kommt? Den Old Southern Dining Room, genau. Der Fahrradstand sollte direkt vor dieser Kneipe sein.«

»Suchen wir mal den Besitzer.«

Joe Pappalopoulis war in der Küche. Er kam heraus und wischte sich die Hände an der Schürze ab. »Was ist los, Jungs? Schmeckt die Limo nicht?«

»Nein, die Limonade war köstlich! Mr. Pappalopoulis, hätten Sie ein paar Minuten für uns?«

»Nennt mich ›Poppa‹, sonst habt ihr Fransen am Mund. Klar.«

»Danke. Ich bin Cas Stone, das ist mein Bruder Pol. Wir leben auf Luna und sind mit einer Warenladung hergekommen, an der Sie interessiert sein dürften.«

»Ihr habt importierte Lebensmittel? Davon verwende ich nicht viel. Nur Kaffee und ein paar Geschmacksstoffe.«

»Nein, nein, keine Lebensmittel. Was halten Sie davon, zusätzlich zu Ihrem Restaurant noch ein Geschäft aufzumachen? Doppelt so viel Volumen und nur ein Büro.«

Der Wirt nahm ein Messer heraus und schnitt sich die Nägel. »Redet weiter.«

Pollux übernahm und präsentierte seinen Plan mit ansteckendem Enthusiasmus. Pappalopoulis schaute von Zeit zu Zeit auf, sagte aber nichts. Als Pollux' Tempo nachließ, sprang Castor ein. »Abgesehen davon, die Räder stundenweise oder für Tage oder Wochen zu vermieten, können Sie noch Besichtigungstouren anbieten und dafür extra was verlangen.«

»Die Fremdenführer kosten Sie kein Gehalt. Sie lassen sie für die Konzession zahlen und geben ihnen einen Prozentsatz von der Gebühr.«

»Außerdem mieten sie die eigenen Räder auch von Ihnen.«

»Sie brauchen keinen Platz zu mieten. Sie haben schon den besten in der Stadt. Sie sind einfach immer vor der Tür, wenn ein Shuttle landet, oder Sie bezahlen einem Führer eine Kommission fürs Vermieten plus einen kleinen Betrag, um den Stand zwischendurch zu bewachen.«

»Weitaus am besten wäre eine Langzeitverpachtung. Ein Tourist benutzt das Rad einen Tag lang. Sie erklären ihm, wie viel billiger es wäre, wenn er es gleich für den gesamten Aufenthalt mietet – in einer Saison haben Sie den Kaufpreis für das Rad wieder drin. Von dann an arbeiten Sie mit Profit.«

Der Wirt steckte das Messer weg und sagte: »Tony Angelo ist ein guter Geschäftsmann. Warum kaufe ich nicht gebrauchte Räder von ihm – billig?«

»Schauen Sie sich seine Räder mal an«, erklärte Castor. »Ein Blick genügt. Verbeult, vom Sand verkratzt, abgenutzte Reifen. Wir halten seinen Preis – aber für bessere Räder.«

»Hat er einen Preis genannt?«

»Wenn sein Preis unter unserem liegt, kaufen wir die Räder selbst«, sagte Castor und ignorierte den warnenden Blick von Pollux. »Wir können jeden legitimen Preis von ihm unterbieten – und weitaus bessere Ware liefern. Gehen wir und schauen uns seine Räder an.«

Pappalopoulis schüttelte den Kopf. »Ich habe Räder gesehen, die aus der Wüste zurückgekommen sind. Sehen wir uns lieber eure an.«

»Vielleicht sind sie noch nicht da.« Aber sie waren da. Joe Poppa musterte sie, ohne eine Miene zu verziehen. Die Zwillinge waren froh über jede Stunde, die sie damit verbracht hatten, die Räder herzurichten, zu lackieren und mit Streifen zu schmücken.

Castor suchte drei, von denen er wusste, dass sie in erstklassigem Zustand waren. »Wie wär's mit einer Probefahrt? Ich würde mich auch gern ein bisschen umsehen – ohne Bezahlung.«

Zum ersten Mal lächelte Pappalopoulis. »Warum nicht?«

Sie fuhren am Kanal entlang nach Norden zum Kraftwerk, dann zurück in Richtung Stadt, schlugen einen Bogen darum, dann über den Clarke Boulevard zur Willkommenshalle und zum Old Southern Dining Room. Nachdem sie abgestiegen waren und die Räder zurück zu den anderen gebracht hatten, bedeutete Castor seinem Bruder, den Mund zu halten.

Poppa sagte eine Zeit lang nichts. »Nette Fahrt, Jungs. Danke«, meinte er schließlich.

»Keine Ursache.«

Er betrachtete den Stapel Fahrräder. »Wie viel?«

Castor nannte einen Preis. Pappalopoulis schüttelte traurig den Kopf. »Das ist eine Menge Geld.«

Ehe Pollux einen niedrigeren Preis nennen konnte, sagte Castor: »Machen Sie es sich leichter. Wir hätten zwar gern ein Stück vom Kuchen abbekommen, aber wir dachten, Sie würden die Räder gern selbst besitzen. Lassen Sie uns eine Partnerschaft eingehen. Sie wickeln das Geschäft ab, wir stellen die

Räder. Halbe-halbe beim Brutto, und Sie übernehmen die laufenden Kosten. Fair genug?«

Pappalopoulis streichelte die Flachkatze. »Partnerschaften bringen immer Streit«, meinte er nachdenklich.

»Wie Sie wollen«, sagte Castor. »Fünf Prozent bei Barzahlung.«

Pappalopoulis holte eine Rolle Geldscheine heraus, an der ein mittelgroßes Sandschwein von Venus erstickt wäre. »Ich kaufe sie.«

Die Zwillinge verbrachten den Nachmittag damit, die Stadt zu Fuß zu erkunden und für den Rest der Familie Geschenke zu kaufen. Als sie sich auf den Heimweg machten, kamen sie wieder über den Platz zwischen dem Landeplatz und Poppas Restaurant. Dort stand jetzt:

OLD SOUTHERN DINING ROOM
und
TOURISTENBÜRO
Limonaden Souvenirs Konfekt
Sightseeing-Touren
FAHRRADVERLEIH
Fremdenführer
Besuchen Sie die uralten Ruinen des Mars!

Pollux nickte. »Er arbeitet blitzschnell, das muss ich sagen. Vielleicht hättest du doch auf einer Partnerschaft bestehen sollen.«

»Sei nicht so geldgierig. Wir haben doch Gewinn gemacht, oder?«

»Ich habe dir doch gesagt, dass wir es schaffen würden. Und jetzt bringen wir Zottelchen nach Hause zu Buster.«

XIII. CAVEAT VENDOR

Zottelchen war bei Lowell nicht auf Anhieb ein Erfolg. »Wo sind seine Beine?«, fragte er misstrauisch. »Wenn er ein echter Marsianer ist, muss er drei Beine haben.«

»Also, manche Marsianer haben überhaupt keine Beine«, erklärte Castor.

»Beweis mir das!«

»Dieser hat keine. Da hast du den Beweis.«

Meade nahm Zottelchen auf den Arm. Sofort fing die Flachkatze an zu schnurren – worauf Lowell sie haben wollte. Meade gab sie ihm. »Ich verstehe nicht, warum ein so hilfloses Geschöpf ein so leuchtend rotes Fell hat«, sagte sie.

»Denk nach, Schätzchen«, meinte Hazel. »Wenn du es in den Wüstensand setzt, kannst du es aus drei Metern Entfernung nicht mehr sehen. Was vielleicht gar keine schlechte Idee ist.«

»Nein!«, antwortete Lowell.

»›Nein‹, was, Süßer?«

»Nicht Zottelchen aussetzen, sie gehört mir.« Das Kind ging mit der Flachkatze hinaus und sang ihr ein Schlaflied. Zottelchen hatte keine Beine, verstand es jedoch großartig, sich Freunde zu machen. Jeder, der sie hochnahm, wollte sie nicht wieder hergeben. Es war irgendwie befriedigend, das weiche Fell zu streicheln. Hazel versuchte das Phänomen zu analysieren, schaffte es aber nicht.

Niemand wusste, wann die Quarantäne für die *War God* aufgehoben würde. Deshalb war Meade eines Morgens nach einem Spaziergang völlig überrascht, im Wohnzimmer ihren Vater zu sehen. »Daddy!«, schrie sie und stürzte sich auf ihn. »Wann bist du hergekommen?«

»Soeben.«

»Mammi auch?«

»Ja, sie ist im Erfrischer.«

Lowell stand auf der Schwelle und betrachtete sie gleichmütig. Roger Stone löste sich von seiner Tochter und sagte: »Guten Morgen, Buster.«

»Guten Morgen, Daddy. Das ist Zottelchen. Sie ist eine Flachkatze und Marsianer.«

»Ich freue mich, dich kennen zu lernen, Zottelchen. Hast du gesagt ›Flachkatze‹?«

»Ja.«

»Na schön. Aber sie sieht eher wie eine Perücke aus.«

Dr. Stone trat ein und wurde von Meade ebenfalls stürmisch begrüßt. Lowell erlaubte ihr, ihn zu küssen. »Mama, das ist Zottelchen. Begrüße sie.«

»Guten Tag, Zottelchen. Meade, wo sind deine Brüder? Und deine Großmutter?«

Meade schaute betreten zu Boden. »Ich habe gefürchtet, dass du fragen würdest. Die Zwillinge sind wieder im Gefängnis.«

Roger Stone stöhnte. »O nein, nicht schon wieder! Edith, wir hätten auf Phobos bleiben sollen.«

»Ja, Liebling.«

»Na, dann wollen wir mal. Meade, wie lautet diesmal die Anklage?«

»Betrug und Versuch, den Zoll zu betrügen.«

»Jetzt fühle ich mich besser. Beim letzten Mal hatten sie ohne Lizenz mit Atomsachen innerhalb der Stadt experimentiert, erinnert ihr euch? Aber warum sind sie nicht auf Kaution frei? Gibt es noch was Schlimmeres, das du uns noch nicht gesagt hast, Meade?«

»Nein, das Gericht hat ihr Konto eingefroren, und Hazel wollte die Kaution nicht bezahlen. Sie meinte, sie seien dort sicher aufgehoben.«

»Gute Hazel!«

»Daddy, wenn wir uns beeilen, können wir noch zur Verhandlung gehen. Ich erzähle dir und Mammi alles unterwegs.«

Die Anklage wegen »Betrugs« kam von Mr. Pappalopoulis, das Übrige von der Planetenregierung. Da Mars sich im Stadium einer expandierenden Wirtschaft befand und gerade erst angefangen hatte, sich selbst zu versorgen und die Unabhängigkeit zu erklären, gab es strenge, ausgeklügelte Zolltarife. Sämtliche ökonomischen Zwangsmaßnahmen und Verordnungen waren darauf zugeschnitten, den chronischen Geldmangel zu lindern. Leider musste man viel importieren und hatte nur wenig zu exportieren, was auf Erde nicht billiger war. Waren, die nicht auf Mars produziert wurden, aber wirtschaftlich notwendig waren, kamen zollfrei herein. Aber auf Luxusartikel war der Zoll sehr hoch, und alle Sachen, die auf Mars hergestellt wurden, unterlagen einem totalen Embargo gegen Konkurrenz von draußen.

Die Importkommission stufte Fahrräder als zollfrei ein, da sie zum Schürfen notwendig waren, aber Fahrräder, mit denen man zum Vergnügen herumgondelte, wurden damit zu »Luxusgütern«. Die Zollbehörde hatte die Endlagerung der Räder von der *Rolling Stone* bemerkt. »Natürlich hat ihnen jemand das gesteckt«, erklärte Meade. »Aber Mr. Angelo schwört, dass er es nicht war, und ich glaube ihm. Er ist so nett.«

»Das ist geklärt. Und was ist mit dem Betrug?«

»Ach das!« Wegen der unbezahlten Zollgebühren hatte man die Fahrräder sofort beschlagnahmt, worauf der neue Besitzer die Zwillinge des Betrugs beschuldigte. »Er hat Zivilklage erhoben, glaube ich, aber Hazel hat das unter Kontrolle. Mr. Poppa sagt, er will nur seine Räder zurück. Er verliert das Geschäft. Er ist auf niemanden wütend.«

»Ich wäre es«, meinte Roger Stone grimmig. »Ich werde den Jungs mit einem stumpfen Messer bei lebendigem Leib die Haut abziehen. Wie kommt Hazel auf den Gedanken, sie könnte diesen Mr. Papa-Dingsbums besänftigen? Das würde ich gern wissen.«

»Sie hat einen vorläufigen Gerichtsbeschluss, dass die Räder bis zur Urteilsverkündung Mr. Poppa zur Verfügung stehen. Sie musste aber eine Kaution für die Räder stellen. Mr. Poppa hat die Anzeige wegen Betrugs zurückgezogen und wartet auf das Zivilverfahren.«

»Hmmm – mein Bankkonto hat sich soeben ein bisschen erholt. Ja, Liebling, gehen wir hin und bringen die Sache hinter uns. Es scheint nichts vorzuliegen, das ein Scheckbuch nicht aus der Welt schaffen kann.«

»Ja, Liebling.«

»Erinnere mich daran, auf dem Heimweg ein Paar Oregon-Stiefel zu kaufen. Meade, wie hoch ist die Gebühr?«

»Vierzig Prozent.«

»Nicht übel. Wahrscheinlich haben sie noch mehr Profit gemacht.«

»Das ist aber noch nicht alles, Daddy. Vierzig Prozent plus nochmals vierzig Prozent Strafe – plus Konfiszierung der Fahrräder.«

»Plus zwei Wochen im Knast, hoffe ich.«

»Bleib ruhig, Daddy. Hazel verteidigt die beiden vor Gericht.«

»Seit wann ist sie als Anwältin zugelassen?«

»Keine Ahnung, aber sie scheint ihre Sache gut zu machen. Sie hat den Gerichtsbeschluss bekommen.«

»Liebling«, sagte Dr. Stone. »Sollten die Jungs nicht einen richtigen Anwalt haben? Deine Mutter ist ein wunderbarer Mensch, aber manchmal etwas impulsiv.«

»Wenn du sagen willst, dass sie total verrückt ist, gebe ich dir Recht. Aber trotzdem setze ich auf Hazel. Lassen wir ihr doch den Auftritt vor Gericht. Er wird mich wohl auch nicht viel teurer zu stehen kommen.«

»Wie du meinst, Liebling.«

Sie schlüpften hinten in den Gerichtssaal, der offenbar an anderen Tagen als Kirche diente. Hazel sprach vorn mit dem Richter. Sie sah die beiden hereinkommen, tat aber so, als kenne sie sie nicht. Die Zwillinge saßen mit ernsten Mienen nahe der Richterbank. Auch sie sahen ihre Eltern sofort, verstanden aber den Hinweis der Großmutter.

»Wenn es das hohe Gericht gestattet«, sagte Hazel, »bitte ich im Voraus um Vergebung und Hilfe, mich wieder auf den richtigen Weg zu leiten, da ich in einem fremden Land eine Fremde bin und Ihre Gesetze und Sitten und Gebräuche nicht kenne.«

Der Richter lehnte sich zurück und schaute sie an. »Das hatten wir alles schon heute Morgen.«

»Gewiss, Herr Richter, aber es sieht im Protokoll gut aus.«

»Wollen Sie etwa auf eine Berufung hinarbeiten?«

»O nein! Der Fall wird jetzt und hier entschieden, nehme ich an.«

»Gut. Ich habe Ihnen schon heute Morgen gesagt, dass ich Sie bezüglich der Gesetze belehre, wenn nötig. Und was die Formalitäten im Gerichtssaal betreffen – wir sind hier im Grenzland. Ich kann mich noch an die Zeit erinnern, als wir eine Gemeindeversammlung einberufen und mit Handzeichen abgestimmt haben, wenn jemand etwas getan hatte, das öffentliche Missbilligung erregt hatte. Ich bin sicher, dass damals genauso wie heute Gerechtigkeit geübt wurde. Die Zeiten haben sich geändert, aber Sie werden feststellen, dass dieses Gericht auf Etikette nicht viel Wert legt. Fahren Sie fort!«

»Danke, Herr Richter. Dieser junge Mann hier –« Sie deutete auf den Tisch des Staatsanwalts. »– möchte, dass Sie glauben, meine Enkel hätten einen abscheulichen Plan geschmiedet, um die Bürger dieser Nation um die rechtmäßigen gesetzlichen Zollgebühren zu betrügen. Das bestreite ich. Ferner will er, dass Sie glauben, dass die beiden, nachdem sie diesen Machiavelli-Plan ausgeheckt hatten, ihn in die Tat umgesetzt haben, bis der Arm der Gerechtigkeit sich langsam, aber sicher, auf sie legte und packte. Das ist alles Unsinn.«

»Einen Moment mal, heute Morgen haben Sie doch diese Fakten bestätigt.«

»Ich habe zugegeben, dass meine Enkel für die Fahrräder keinen Zoll bezahlt haben. Aber sonst habe ich nichts zugegeben. Sie haben keine Zollgebühren bezahlt, weil niemand sie dazu aufgefordert hat.«

»Ich verstehe. Sie müssen das begründen und später durch Beweise erhärten. Ich sehe schon, dass diese Verhandlung ein bisschen kompliziert wird.«

»Muss es aber nicht, wenn wir alle die Wahrheit sagen.« Sie machte eine Pause und schaute verwirrt drein. »Warburton … Warburton …«, sagte sie langsam. »Sie heißen Warburton, Richter? Irgendwelche Verwandte auf Luna?«

Der Richter straffte die Schultern. »Ich bin durch Erbrecht ein Bürger dieses Freistaats«, erklärte er stolz. »Oscar Warburton war mein Opa.«

»Das ist es!«, rief Hazel. »Den ganzen Morgen hat es mich schon gequält – aber ich bin einfach nicht draufgekommen, bis ich jetzt gerade Ihr Profil gesehen habe. Ich kannte Ihren Opa sehr gut. Ich bin auch eine der Gründerväter.«

»Aber darunter war kein Stone.«

»Hazel Meade Stone.«

»Also bei K'Raaths Atem! Entschuldigen Sie, Madam. Wenn das hier vorbei ist, müssen wir uns zusammensetzen.« Er richtete sich wieder auf. »Bis dahin hoffe ich, dass Ihnen klar ist, dass es in keinster Weise unser Verfahren über diesen Fall beeinflusst.«

»Selbstverständlich nicht! Aber ich gestehe, dass ich mich wohler fühle, nachdem ich weiß, wer diese Verhandlung führt. Ihr Großpapa war ein gerechter Mann.«

»Danke. Und jetzt wollen wir weitermachen.«

Der junge Staatsanwalt stand auf. »Wenn das Gericht erlaubt.«

»Was soll das Gericht erlauben?«

»Wir haben das Gefühl, dass das höchst irregulär ist. Wir haben das Gefühl, dass das Gericht – in Anbetracht der Umstände – sich als befangen erklären sollte. Wir haben das Gefühl –«

»Hör mit dem blöden ›wir‹ auf, Herbert. Du bist weder ein Verleger noch ein Potentat. Antrag abgelehnt. Du weißt genauso gut wie ich, dass Richter Bonelli krank ist. Ich halte es für wenig sinnvoll, den Terminkalender durcheinander zu bringen, weil du das Gefühl hast, ich kann nicht die Finger vor meinem Gesicht zählen.« Er schaute auf die Uhr. »Also, wenn keine der beiden Parteien neue Fakten vorbringen kann – Fakten, keine Theorien –, gehe ich davon aus, dass ihr beide die Fakten einvernehmlich anerkennt. Einwände?«

»Okay, Richter.«

»Kein Einspruch«, erklärte der Staatsanwalt müde.

»Dann fahren Sie fort, Ma'am. Meiner Meinung nach könnten wir den Fall in zehn Minuten abschließen, sofern beide Parteien nicht abschweifen.«

»Sehr wohl, Euer Ehren. Als Erstes möchte ich Sie bitten, sich diese beiden jungen und unschuldigen Burschen anzusehen, dann werden Sie sicher zu der Meinung gelangen, dass sie kein Verbrechen verüben könnten.« Castor und Pollux bemühten sich der Beschreibung entsprechend dreinzuschauen, allerdings mit wenig Erfolg.

Richter Warburton betrachtete sie und kratzte sich am Kinn. »Das ist eine Vermutung, Ma'am. Ich sehe nicht, dass den beiden Flügel wachsen.«

»Gut, vergessen wir das. Sie sind zwei kleine Teufel und haben mir viel Kummer gemacht. Aber diesmal haben sie nichts falsch gemacht und verdienen ein Dankeschön von Ihrer Handelskammer – und von den Bewohnern des Mars Commonwealth.«

»Der erste Teil klingt glaubwürdig, der zweite liegt außerhalb der Jurisdiktion dieses Gerichts.«

»Sie werden gleich sehen, worauf ich hinaus will. Der Knackpunkt dieses Falls ist doch, ob ein Fahrrad ein Produktionsgegenstand ist oder Luxus, richtig?«

»Korrekt. Und der Unterschied hängt vom Endnutzen des importierten Gegenstands ab. Unser Gebührentarif ist in dieser Hinsicht flexibel. Soll ich die entsprechenden Fälle zitieren?«

»O nein, die Mühe können Sie sich sparen.«

»Außer Frage steht doch, dass die Fahrräder für die Endnutzung Besichtigungstouren verkauft wurden, was die Angeklagten wussten, ja sogar vorschlugen und zu einem Bestandteil des Verkaufsgespräch machten, und dass sie den Käufer nicht über den Zollstatus der betreffenden Artikel informierten. Korrekt?«

»Bis zur neunten Dezimalstelle richtig, Richter.«

»Bis jetzt habe ich von Ihrer Theorie noch nichts verstanden. Mit Sicherheit bestreiten Sie doch nicht, dass Besichtigungstouren Luxus sind, oder?«

»Selbstverständlich sind sie Luxus.«

»Madam, ich habe den Eindruck, dass Sie Ihren Enkeln nicht viel helfen. Sollten Sie Ihr Mandat niederlegen, teile ich ihnen einen Pflichtverteidiger zu.«

»Fragen Sie die Jungs, Richter.«

»Das habe ich vor.« Er blickte die Zwillinge fragend an. »Sind Sie mit Ihrer Verteidigung zufrieden?«

Castor fing Pollux' Blick auf und antwortete. »Wir stehen ebenso im Dunkeln wie Sie, Euer Ehren – aber wir glauben an unsere Großmutter.«

»Ich bewundere Ihren Mut. Fahren Sie fort, Ma'am.«

»Wir waren uns einig, das Besichtigungstouren Luxus sind. Aber ›Luxus‹ ist ein relativer Terminus. Luxus *für wen*? Spanferkelbraten ist für Sie und mich Luxus –«

»Allerdings. Aber auf diesem Planeten habe ich noch keinen gegessen.«

»– aber für das Ferkel bedeutet es den frühen Tod. Würde das Gericht juristisch Notiz von einer Aktivität nehmen, welche ›Unsichtbarer Export von Mars‹ heißt?«

»Das Touristengeschäft? Selbstverständlich, wenn es für Ihre Theorie notwendig ist.«

»Einspruch!«

»Warte mit deinem Einspruch noch, Herbert. Vielleicht kann sie die Verbindung nicht herstellen. Fahren Sie fort, Ma'am.«

»Lassen Sie uns herauszufinden, wer das Ferkel isst. Wenn ich richtig informiert bin, sollen Ihre Zollgebühren verhindern, dass die Bürger des Commonwealth wertvolle Fremdwährung an unnötiges Zeug verschwenden. Sie haben eine Finanzlücke –«

»Ja, leider. Wir wollen diese auch nicht vergrößern.«

»Genau darum geht es. Wer zahlt die Rechnung? Machen *Sie* Besichtigungstouren? Oder *er*?« Sie zeigte auf den Staatsanwalt. »Nein! Für Sie beide ist das ein alter Hut. Aber ich schon, ich bin ein Tourist. Ich habe vorige Woche eines dieser Fahrräder gemietet und Ihnen damit geholfen, die Finanzlücke zu verkleinern. Euer Ehren, wir behaupten, dass das Vermieten von Fahrrädern an Touristen für den Touristen ein Luxus ist, aber eine produktive Aktivität zum ungeteilten Wohl eines jeden Bürgers des Commonwealth. Und deshalb sind die Räder »Produktionsartikel« innerhalb der Bedeutung und der Absicht Ihrer Zollgesetze.«

»Fertig?«

Sie nickte.

»Herbert?«

»Euer Ehren, das ist lächerlich. Die Staatsanwaltschaft hat ihren Fall klar dargelegt, was die Verteidigung nicht zu bestreiten wagt. Ich habe noch nie eine verstiegenere Mischung aus Plädoyer und Verdrehung der Fakten gehört. Aber ich bin sicher, dass die Fakten für das Gericht klar sind. Die Endnutzung ist Besichtigung, was auch nach Meinung der Verteidigung ein Luxus ist. Also Luxus ist Luxus –«

»Nicht für das Ferkel, Sohn.«

»Das Ferkel? Welches Ferkel? In diesem Fall gibt es keine Schweine. Auf dem ganzen Mars gibt es kein Schwein. Wenn wir –«

»Herbert, hast du noch etwas hinzuzufügen?«

»Ich –« Der junge Staatsanwalt sank in sich zusammen. »Tut mir Leid, Dad, ich habe mich da hineingesteigert. Tut mir Leid. Wir haben die Beweisanträge abgeschlossen.«

Der Richter wandte sich an Hazel. »Er ist ein guter Junge, aber impulsiv – wie Ihre. Aber ich mache schon noch einen guten Rechtsanwalt aus ihm.« Er räusperte sich. »So, das Gericht macht eine Pause von zehn Minuten. Nicht weggehen.« Er verließ den Saal.

Die Zwillinge flüsterten und rutschten hin und her. Hazel warf ihrem Sohn und ihrer Schwiegertochter einen verschwörerischen Blick zu. Richter Warburton kehrte nach weniger als zehn Minuten zurück und schaute die Angeklagten ernst an. »Das Gericht verkündet das Urteil. Die fraglichen Fahrräder sind »Produktionsartikel« im Sinn des Zolltarifs. Die Angeklagten sind freizusprechen und können gehen. Die Protokollstelle wird Ihnen die Auslieferungsbestätigung für die Zollbehörde geben.«

Es folgte sparsamer Applaus – von Hazel ausgehend. »Keine Demonstrationen!«, erklärte der Richter scharf. Wieder schaute er die Zwillinge an. »Ihr habt ein Riesenglück, wisst ihr das?«

»Jawohl, Sir!«

»Dann verschwindet und bemüht euch, nichts anzustellen.«

Das Abendessen war eine glückliche Familienzusammenführung, trotz der leichten Wolke, die noch über den Zwillingen hing. Es war auch sehr gut, dass Dr. Stone stillschweigend das Kochen wieder übernommen hatte. Captain Vandenbergh war mit demselben Shuttle gekommen und an diesem Abend ihr Gast. Indem sie den Fernsehempfänger auf Meades Bett stellten und die Tür zu dem kleinen Zimmer der Zwillinge offen ließen, konnten sie Captain Vandenberghs Stuhl auf die Schwelle stellen. Zottelchen saß auf Lowells Schoß. Bis jetzt hatte die Flachkatze ihren eigenen Stuhl gehabt.

Roger Stone wollte den Stuhl zurückschieben, um mehr Platz für die Knie zu haben, aber er saß bereits mit dem Rücken an der Wand. »Edith, wir müssen eine größere Wohnung haben.«

»Ja, Liebling. Hazel und ich haben heute Nachmittag mit dem Vermieter gesprochen.«

»Was hat er gesagt?«

Hazel übernahm. »Ich werde ihm die Eingeweide rausschneiden. Ich habe ihn daran erinnert, dass er versprochen hat, uns eine größere Wohnung zu geben, wenn ihr beide herkommt. Er hat mich wie ein Heiliger angeschaut und gemeint, er habe uns doch zwei Extrabetten gegeben. Lowell, hör auf, diesen Mopp mit deinem Löffel zu füttern.«

»Ja, Großmama Hazel. Darf ich deinen benutzen?«

»Nein. Aber er hat gesagt, dass wir die Wohnung der Burkhardts haben könnten, wenn die Zeit zum Venusflug kommt. Die hat ein Loch mehr.«

»Das ist besser, aber noch lange kein Ballsaal«, meinte Roger Stone. »Und die günstige Zeit zum Flug zur Venus ist erst in drei Wochen. Edith, wir hätten unsere schöne Kabine auf der *War God* behalten sollen. Wie sieht's aus, Van? Möchten Sie Hausgäste? Bis zum Start zur Venus.«

»Aber gern. Klar.«

»Daddy! Du gehst doch nicht schon wieder weg, oder?«

»Ich mache Spaß, Stupsnase.«

»Ich nicht«, sagte der Kapitän des Luxusdampfers. »Bis zum Venusabflug – oder bis zur Venus und wieder zurück zu Luna, wenn ihr wollt. Ich habe heute Nachmittag offiziell die Bestätigung der Reederei erhalten, dass ihr bis zu eurem Lebensende kostenlos auf der *War God* bleiben könnt. Wie sieht's aus? Fliegt doch mit mir zur Venus.«

»Wir waren auf Venus«, erklärte Meade. »Ziemlich trübe dort.«

»Ganz gleich, ob ihr das Angebot annehmt«, sagte Hazel. »Es ist ein Riesenzugeständnis von den Vier Planeten. Normalerweise geben diese Lackaffen nicht mal einen Eimer All ab.«

»Sie hatten Angst vor der Auszeichnung, die ein Gericht der Admiralität verleihen könnte«, sagte Vandenbergh. »Da wir gerade von Gericht sprechen – ich habe gehört, dass du eine brillante Verteidigung hingelegt hast, Hazel. Bist du außer deinen vielen anderen hoch geschätzten Fertigkeiten auch eine Rechtsanwältin?«

»Nein«, antwortete ihr Sohn. »Aber sie hat ein flottes Mundwerk.«

»Wer ist keine Anwältin?«

»Du.«

»Selbstverständlich bin ich eine.«

»Wann und wo? Bitte, Details.«

»Vor vielen Jahren, damals in Idaho – ehe du geboren warst. Ich bin nur nicht dazu gekommen, es zu erwähnen.«

Ihr Sohn blickte Hazel tief in die Augen. »Hazel, die Archive in Idaho sind günstigerweise weit weg.«

»Spiel dich nicht so auf, Sohn. Übrigens ist das Amtsgericht samt Urkunden abgebrannt.«

»Sowas habe ich mir schon gedacht.«

»Wie auch immer, Hazel hat die Jungs frei bekommen«, sagte Vandenbergh beschwichtigend. »Als ich von dem Fall gehört habe, dachte ich, sie müssten zumindest die Zollgebühren zahlen. Ihr Jungs müsst einen ziemlich hübschen Gewinn gemacht haben.«

»Ja, wir sind nicht schlecht gefahren«, gab Castor zu.

»Aber nicht spektakulär gut«, schwächte Pollux ab.

»Zieht genaue Bilanz«, sagte Hazel. »Denn ich hole mir von euch genau zwei Drittel eures Nettogewinns als Honorar, weil ich euren Hals aus der Schlinge geholt habe.«

Die Zwillinge starrten sie fassungslos an. »Hazel, das würdest du doch nicht tun?«, meinte Castor unsicher.

»Ach nein?«

»Treib den Scherz nicht zu weit, Mutter«, sagte Dr. Stone.

»Ich scherze nicht. Ich möchte, dass das eine

Lektion für sie ist. Jungs, jeder, der sich an einen Spieltisch setzt, ohne die Hausregeln zu kennen, ist ein Idiot. Das müsst ihr endlich mal lernen.«

Vandenbergh mischte sich ein. »Heutzutage ist das doch unwichtig, wo die Regierung –« Er brach plötzlich ab. »Was ist das um alles auf der Welt!«

»Was ist los, Van?«, fragte Roger.

Vandenberghs Züge glätteten sich, und er grinste verlegen. »Nichts. Nur eure Flachkatze ist an meinem Bein hochgeklettert. Einen Moment lang habe ich gedacht, ich sei in deine Fernsehserie geraten.«

Roger Stone schüttelte den Kopf. »Nicht meine. Hazels. Und es wäre keine Flachkatze gewesen, sondern menschliche Gedärme.«

Captain Vandenbergh nahm Zottelchen hoch, streichelte das Tier und gab es Lowell zurück. »Das ist ein Marsianer«, erklärte Lowell.

»Ach ja?«

Hazel ergriff das Wort. »Die Situation hat vielfältige Verzweigungen, die nicht auf Anhieb von außen erkennbar sind. Dieser unreife Zygote hält es für das höchste Desideratum, einen Ureinwohner der dreibeinigen Spezies kennen zu lernen. Aufgrund einer gut überlegten Unwahrheit stellt Beweisstück A einen Ersatz dar. Kapiert, Junge?«

Vandenbergh nickte. »Ich glaube schon. Ist ja auch in Ordnung. Das ist ja wirklich ein niedliches kleines Haustier, obwohl ich in meinem Raumschiff keins haben wollte. Sie –«

»Großmutter will sagen, dass ich einen Marsianer mit Beinen sehen will«, erklärte Lowell. »Das will ich immer noch. Kennst du einen?«

»Mann, ich habe es versucht, bin aber gescheitert. Sie waren zu groß für mich«, sagte Hazel.

Captain Vandenbergh betrachtete Lowell nachdenklich. »Er meint das ernst, richtig?«

»Ich fürchte, ja.«

»Ma'am, ich habe einige Verbindungen hier«, sagte er zu Dr. Stone. »Trotz der Verträge könnte ich da was arrangieren. Selbstverständlich besteht immer eine gewisse Gefahr – aber meiner Meinung nach keine große.«

»Captain, ich habe Gefahr noch nie als einen Faktor für eine Beurteilung betrachtet«, antwortete Dr. Stone.

»Hm. Nein, würden Sie nicht, Ma'am. Soll ich es mal versuchen?«

»Das wäre überaus freundlich von Ihnen.«

»Das ist nur eine bescheidene Minderung meiner Schuld. Ich sage Ihnen Bescheid.« Danach wandte er sich an die Zwillinge. »Unter welche Profitsteuer fällt denn euer Geschäft?«

»Profitsteuer?«

»Habt ihr die noch nicht ausgerechnet?«

»Wir haben nicht gewusst, dass es sie gibt.«

»Wie ich sehe, seid ihr noch nicht lange im Import-Export-Geschäft, jedenfalls nicht auf Mars. Wenn ihr Bürger des Commonwealth seid, geht selbstverständlich alles in die Einkommensteuer. Aber wenn ihr keine Bürger dieses Planeten seid, zahlt ihr für jede Transaktion einzeln. Sucht euch lieber einen Steuerexperten. Die Formel ist ziemlich kompliziert.«

»Wir zahlen nicht!«, erklärte Pollux.

»Wart ihr beide nicht gerade im Gefängnis?«, fragte ihr Vater ruhig.

Pollux schwieg. In den nächsten Minuten tauschten die beiden Blicke aus, flüsterten und zuckten mit den

Schultern. Dann stand Castor auf. »Dad, Mutter – dürfen wir uns entschuldigen?«

»Natürlich, wenn ihr euch rausquetschen könnt.«

»Keinen Nachtisch, Jungs?«

»Wir haben keinen großen Hunger.«

Die Zwillinge gingen in die Stadt und kamen eine Stunde später zurück, nicht mit einem Steuerexperten, aber mit einem Büchlein, einem Steuerratgeber von der Handelskammer. Die Erwachsenen saßen immer noch im Wohnzimmer und plauderten. Den Tisch hatten sie zusammengeklappt und an die Decke gehängt. Die Zwillinge zwängten sich durch und verschwanden in ihrem Zimmer. Man hörte sie drinnen flüstern.

Dann kamen sie heraus. »Hazel?«

»Was ist, Cas?«

»Du hast gesagt, dein Honorar ist zwei Drittel unseres Nettogewinns?«

»Was? Habe ich euch ein Bein ausgerissen?«

»Nein, wir wollen zahlen.« Er ließ ein halbes Dutzend kleiner Münzen in ihre Hand fallen. »Da.«

Sie schaute verblüfft drein. »*Das* sind zwei Drittel eures Profits?«

»Nach Steuern.«

»Es war kein totaler Verlust«, erklärte Pollux. »Immerhin konnten wir die Räder ein paar hundert Millionen Meilen benutzen.«

XIV. FLACHKATZENPRODUKTION

Vandenbergh hielt sein Versprechen. Er flog mit Lowell mit einer Stratorakete zu der Eingeborenenstadt Richardson. Sie blieben drei Tage. Als Lowell zurückkam, hatte er einen Marsianer nicht nur gesehen, sondern sogar mit ihm geredet. Aber man hatte ihn gewarnt, darüber nicht zu sprechen, und seine Familie konnte keinen vernünftigen Bericht aus ihm herausbekommen.

Das im Grunde einfache Problem mit der Wohnung war schwieriger zu lösen als das Problem, einen Marsianer zu sehen. Roger Stone hatte kein Glück. Er fand keine größere und bequemere Wohnung, selbst nachdem er sich mit den Fantasiepreisen abgefunden hatte. Die Stadt war von Touristen überschwemmt, und das würde bis zum Venus-Start so bleiben. Dann reisten auch alle ab, die den Dreiecksflug gebucht hatten – das waren die meisten. Inzwischen drängten sich die Menschenmassen in den Restaurants. Die Touristen fotografierten alles, auch sich gegenseitig, und fuhren mit den Fahrrädern den Fußgängern über die Zehen. In die ohnehin überfüllte Stadt drängten sich noch Sandratten aus der Wüste und suchten nach irgendeiner Möglichkeit, zum Asteroidengürtel zum Halleluja-Knoten zu gelangen.

Eines Abends beim Essen sagte Dr. Stone: »Roger, morgen ist die Miete fällig. Soll ich für einen ganzen Monat zahlen? Mr. d'Avril sagt, die Burkhardts wollen noch länger bleiben.«

»Zahle nur für sechs Tage«, riet Hazel. »Nach dem Venus-Start klappt es bestimmt besser – hoffe ich.«

Roger Stone blickte mit finsterer Miene auf. »Warum zahlen wir überhaupt Miete?«

»Was meinst du, Liebling?«

»Edith, ich denke schon länger darüber nach. Als wir hergekommen sind, hatten wir den Plan, hier eine Wartezeit lang zu leben.« Er meinte damit die fünfzehn Monate, die man auf Mars warten musste, um den billigsten Rückflug zu haben. »Danach wollten wir wieder nach Hause. Das wäre auch in Ordnung gewesen, wenn diese überteuerte Touristenfalle hier anständige Wohnungen hätte. Bis jetzt bin ich nicht dazu gekommen, an meinem Buch zu schreiben. Wenn Buster nicht auf meinen Schoß klettert, rutscht mir sein Haustier hinten den Hals runter.«

»Und was schlägst du vor, Liebling?«

»Morgen nach Phobos zu fliegen, den alten Pott zu nehmen und mit den anderen zur Venus zu zischen.«

»Riesenapplaus!«, rief Meade. »Los geht's!«

»Meade, ich dachte, du magst Venus nicht?«, sagte Dr. Stone.

»Stimmt, aber hier gefällt es mir auch nicht, und ich bin ständig müde. Ich möchte zurück in die Schwerelosigkeit.«

»Du solltest nicht müde sein. Vielleicht sollte ich dich mal gründlich untersuchen.«

»Mutter, ich bin völlig gesund. Ich will mich nicht pieksen lassen.«

Lowell grinste. »Ich weiß, warum sie zur Venus will. Mr. Magill.«

»Sei nicht so vorlaut, Naseweis!«, sagte Meade würdevoll. »Falls es jemanden interessiert: Ich bin an dem

Zweiten Offizier Magill nicht interessiert – ich würde nie mit der *Caravan* fliegen. Außerdem habe ich herausgefunden, dass er in Colorado eine Frau hat.«

»Das ist legal«, sagte Hazel. »Aber wenn er nicht auf Erde ist, steht er zur Verfügung.«

»Möglich, aber das mag ich nicht.«

»Ich auch nicht«, sagte Roger Stone. »Meade, du warst doch nicht wirklich an diesem Wolf im Schafspelz interessiert, oder?«

»Natürlich nicht, Daddy. Aber irgendwann werde ich wohl mal heiraten.«

»Das ist das Problem mit Mädchen«, bemerkte Castor. »Man gibt ihnen eine gute Ausbildung und *peng*! sie heiraten. Alles futsch!«

Hazel bedachte ihn mit einem wütenden Blick. »Ach ja? Und wo wärst du, wenn ich nicht geheiratet hätte?«

»So war's nicht«, warf Roger Stone ein. »Es ist sinnlos, über andere Möglichkeiten zu sprechen. Wahrscheinlich gibt es gar keine andere Möglichkeiten.«

Pollux: »Vorherbestimmung.«

Castor: »Höchst unsichere Theorie.«

Roger grinste. »Ich bin kein Determinist, aber ihr könnt mich nicht auf die Palme bringen. Ich glaube an den freien Willen.«

Pollux. »Noch so eine zweifelhafte Theorie.«

»Entscheidet euch«, sagte ihr Vater. »Ihr könnt nicht beides haben.«

»Warum nicht?«, fragte Hazel. »Der freie Wille ist der Goldfaden, der sich durch die Matrix fester Ereignisse zieht.«

»Mathematisch nicht«, widersprach Pollux.

Castor nickte. »Nur Poesie.«

»Und keine gute.«

»Haltet die Klappe!«, befahl ihr Vater. »Jungs, es ist mehr als deutlich, dass ihr euch alle Mühe gebt, das Thema zu wechseln. Warum?«

Die Zwillinge schauten sich an. »Naja, Dad«, ergriff Castor das Wort. »Wir finden, dass dieser Venus-Vorschlag noch nicht genügend durchdacht ist.«

»Sprich weiter. Ich nehme an, ihr habt einen Alternativvorschlag?«

»Ja, aber wir wollten erst nach dem Venus-Start darüber reden.«

»Ich rieche Unrat. Ihr wolltet warten, bis die Planetenaspekte ungünstig sind – zu spät für einen Flug nach Venus.«

»Wir wollten nicht durch eine Nebensache irgendwelchen Wirbel verursachen.«

»Welche Nebensache? Raus mit der Sprache!«

»Dad, wir sind durchaus kompromissbereit«, fing Castor besorgt an. »Wie wäre das: du, Mutter, Buster und Meade fliegt mit der *War God* zur Venus. Captain Van nimmt euch liebend gerne mit – das weißt du. Und –«

»Langsam. Und was macht ihr? Und Hazel? Mutter, steckst du mit den beiden unter einer Decke?«

»Nicht, dass ich wüsste. Aber die Sache fängt an, mich zu interessieren.«

»Castor, was schwebt euch vor? Los, rede!«

»Naja, es ist so. Du und der Rest der Familie könntet eine wunderschöne Heimreise haben – in einem Luxusdampfer. Hazel, Pol und ich – na ja, ich nehme an, ihr wisst, dass Mars in ungefähr sechs Wochen der ideale Ausgangspunkt für den Halleluja-Knoten ist.«

»Für eine kometenartige Flugbahn«, fügte Pollux hinzu.

»Also mal wieder die Asteroiden«, sagte sein Vater

langsam. »Das haben wir doch schon vor einem Jahr geklärt.«

»Aber jetzt sind wir ein Jahr älter.«

»Und erfahrener.«

»Ihr seid immer noch nicht alt genug für eine unbegrenzte Lizenz. Ich nehme an, deshalb rechnet ihr mit eurer Großmutter.«

»Hazel, hast du wirklich von diesem verrückten Plan nichts gewusst?«

»Nein. Aber ich halte ihn nicht für verrückt. Ich stecke tief in meiner Serie, und Mars hängt mir zum Hals raus. Die Ruinen habe ich gesehen. Sie sind ziemlich reparaturbedürftig. Ich habe einen Kanal gesehen. Da war Wasser drin. Ich habe gehört, dass der Rest des Planeten genauso ist, bis zu Kapitel achtundachtzig. Venus habe ich schon gesehen, die Asteroiden noch nicht.«

»Genau!«, sagte Castor. »Wir mögen Mars nicht. Hier ist doch alles reine Abzocke.«

»Ja, gerissene Händler«, stimmte ihm Pollux zu.

»Du meinst, gerissener als du«, sagte Hazel.

»Schon gut, Mutter, das kommt überhaupt nicht in Frage. Ich habe mein Schiff von Luna hergebracht und will es auch zurückbringen.« Roger Stone stand auf. »Du kannst Mr. d'Avril kündigen, Liebling.«

»Dad!«

»Ja, Castor?«

»Das war doch nur ein Kompromissangebot. Eigentlich haben wir gehofft, dass *wir alle* zum Halleluja-Knoten fliegen.«

»Was? Das ist doch lächerlich! Ich bin kein Meteor-Schürfer!«

»Du könntest es lernen, Dad. Oder einfach aus Spaß am Flug mitmachen. Und du könntest Profit machen.«

»Und wie?«

Castor befeuchtete die Lippen. »Die Sandratten zahlen Fantasiepreise nur für einen Schlafplatz. Wir könnten ungefähr zwanzig mitnehmen. Und wir könnten sie unterwegs auf Ceres absetzen, damit sie sich dort ihre Ausrüstung besorgen.«

»Cas! Bist du dir bewusst, dass nur sieben von zehn dieser Kaltschläfer einen Flug lebend überstehen.«

»Naja ... aber das wissen sie doch. Das ist das Risiko, auf das sie sich einlassen.«

Roger Stone schüttelte den Kopf. »Da wir nicht dorthin fliegen, werden wir nie herausfinden, ob du so kaltblütig bist, wie du klingst, Sohn. Hast du schon mal eine Bestattung im All gesehen?«

»Nein, Sir.«

»Ich schon. Ich will von dieser Kaltschläferfracht nichts mehr hören.«

Castor schaute Pollux an, dieser übernahm. »Dad, wenn du etwas dagegen hast, dass wir alle dorthin fliegen, hast du etwas einzuwenden, wenn Castor und ich hinfliegen?«

»Was? Was wollt ihr da machen?«

»Wir wollen als Asteroiden-Schürfer arbeiten. Wir haben keine Angst vor dem Kaltschlafen. Wenn wir kein Schiff finden, würden wir auch so fliegen.«

»Bravo!«, rief Hazel. »Ich komme mit, Jungs.«

»Bitte, Mutter!« Er wandte sich an seine Frau. »Edith, manchmal frage ich mich, ob wir die richtigen Kinder aus dem Krankenhaus nach Hause mitgenommen haben.«

»Vielleicht sind es nicht eure Kinder«, meinte Hazel. »Aber es sind auf alle Fälle meine Enkel. Halleluja, ich komme! Wer kommt mit?«

»Du weißt, Liebling, dass ich für Venus auch nicht

viel übrig habe. Und dort hättest du Muße für dein Buch«, sagte Dr. Stone.

Sechs Wochen später flog die *Rolling Stone* von Phobos hinaus zu den Asteroiden. Dieser Fahrt war nicht so einfach wie eine von Luna nach Mars. Nachdem die Stones den »Kometen-Orbit«, die schnelle Verbindung zum Halleluja-Knoten, gewählt hatten, mussten sie beim Start ein teures Schwenkmanöver von zwölfeinhalb Meilen pro Sekunde in Kauf nehmen. Ein schneller Orbit unterscheidet sich von dem, was Treibstoff angeht, günstigstenfalls dadurch, dass die Flugbahn die Kreisbahn mit spitzem Winkel verlässt, nicht auf einer langsamen Tangente ... was *sehr* viel mehr Reaktionsmasse kostet. Am Ende des Kometen-Orbits wollten sie eine Tangente zum Orbit des Halleluja-Knotens fliegen. Nach dem Berührungspunkt war der Aufwand für beide Bahnen ungefähr gleich. Aber der Abflug von Phobos und die Umrundung von Mars waren ziemlich ungut verlaufen.

Die Entscheidung für den Kometen-Orbit war nicht leichtfertig gefällt worden. Erstens hätten sie über ein Erdjahr warten müssen, bis Mars in der richtigen Position zum Halleluja-Knoten stand, um den Billigflug durchzuführen. Zweitens würde sich dann die Reisedauer mehr als verdoppeln – fünfhundertachtzig Tage Billigflug gegen zweihunderteinundsechzig Tage Kometenbahn (nur drei Tage länger als der Flug von Luna zum Mars).

Reservetanks für einfachen H wurden der *Rolling Stone* um die Taille gebunden, wodurch sie fett und schlampig aussah. Aber damit war ihr Masseverhältnis stets verbessert. Hafenlotse Jason Thomas überwachte die Umarbeiten. Die Zwillinge halfen ihm. Castor nahm seinen ganzen Mut zusammen und fragte Thomas, wie er bei ihrer Ankunft die *Rolling Stone* gelandet hatte. »Haben Sie die Ballistik errechnet, ehe Sie an Bord kamen, Sir?«

Thomas legte den Schweißbrenner nieder. »Ballistik? Quatsch, nein. Ich bin schon so lange dabei, dass ich hier jeden Fleck im All an den Sommersprossen erkenne.«

Mehr bekam Cas nicht aus ihm heraus. Die Zwillinge unterhielten sich darüber und kamen zu dem Schluss, dass zum Lotsenberuf mehr als nur mathematisches Wissen gehörte.

Auch im Schiff wurden Umbauten durchgeführt. Das Wetter außerhalb des Mars-Orbits war »klar, aber kalt«. Sie brauchten keine reflektierende Folie gegen die Sonnenstrahlen. Stattdessen lackierten sie eine Schiffsseite kohlrabenschwarz und steigerten die Luftheizungskapazität durch zwei zusätzliche Spulen. Im Kontrollraum wurde ein zeitversetztes stereoskopisches Radargerät mit variabler Grundlinie eingebaut, mit dem sie die tatsächliche Gestalt des Halleluja-Knoten erkennen konnten, wenn sie dort waren.

Das alles war überaus teuer, und der Galaktische Überlord musste Überstunden machen, um dafür zu zahlen. Hazel half bei den Umbauarbeiten nicht, sondern blieb in ihrem Zimmer und produzierte mit Lowells kritischer Hilfe weitere Episoden des tapferen Captains John Sterling. Sie unterbrach diese anstrengende Tätigkeit nur, wenn sie beleidigende Briefe und knallharte Erpressungen, wie einen Sitzstreik, an ihre Verleger in New York schickte. Sie verlangte einen unverschämt hohen Vorschuss, und zwar sofort. Sie bekam ihn, indem sie Episoden in Höhe dieser Summe losschickte. Da die *Rolling Stone* auf dieser

Reise nicht in die Nähe von Passagierschiffen kommen würde, musste sie bereits für diese Zeit vorschreiben. Sobald sie den Funkbereich von Mars verließen, hatten sie mit Erde keinen Kontakt mehr, bis Ceres wieder in Reichweite der bescheidenen Ausrüstung der *Rolling Stone* war. Sie steuerten Ceres nicht an, kamen jedoch in die Nähe. Der Halleluja-Knoten bewegte sich beinahe auf demselben Orbit um diesen winzigen Planeten.

Der Schub in den Kometen-Orbit ließ wenig Reserve für die Ladung. Die Zwillinge wollten diesen geringen Platz für sich beanspruchen und ließen sich von der Missbilligung ihres Vaters wegen der Passagier-im-Kalten-schlafen-Idee nicht abschrecken. Als Nächstes wollten sie eine komplette Ausrüstung zum Schürfen mit auf dem Meteor nehmen: Raketenroller, Spezialanzüge, Notunterkunft, geeichte radioaktive Pflöcke zum Abstecken des Claims, eine Schnellzentrifuge zum Testen, Schwarzlampen, Geigerzähler, Radar, ein tragbares Funkenspektroskop und alles andere, was man braucht, um fröhlich zu schürfen.

»Auf eure Kosten?«, fragte ihr Vater nur.

»Selbstverständlich. Wir zahlen auch für den Schub.«

»Nur zu. Lasst euch von mir nicht entmutigen. Jeder Einwand von mir würde eure vorgefassten Meinungen doch nur bestärken.«

Castor war über die fehlende Opposition verblüfft. »Was ist los, Dad? Hast du wegen der Gefahr Angst?«

»Gefahr? Du lieber Himmel, nein! Ihr habt das Recht, euch so umzubringen, wie es euch beliebt. Aber ich glaube nicht, dass das passiert. Ihr seid jung und gescheit, auch wenn ihr das manchmal nicht zeigt, und ihr seid beide körperlich in Spitzenverfassung, und ich bin auch sicher, dass ihr euch mit eurer Ausrüstung auskennt.«

»Aber was ist es dann?«

»Nichts. Ich bin schon vor langer Zeit zu der festen Überzeugung gelangt, dass ein Mensch produktivere Arbeit leisten und mehr Geld machen kann – wenn das sein Lebensziel ist –, wenn er mit den Händen in der Hosentasche dasitzt als durch körperliche Anstrengung. Wisst ihr rein zufällig, wie viel ein Meteorschürfer im Durchschnitt pro Jahr verdient?«

»Nein, aber –«

»Weniger als sechshundert im Jahr.«

»Aber manche werden reich!«

»Klar. Manche verdienen aber auch weniger als sechshundert im Jahr. Das ist der Durchschnitt, da sind die reichen Funde mitgerechnet. Nur so am Rande bemerkt. Denkt dran, die meisten Schürfer sind erfahren und fähig. Und was bringt ihr beide mit, das euch zu der Hoffnung berechtigt, das jährliche Durchschnittseinkommen beträchtlich zu steigern? Nur zu, sprecht frei von der Leber weg!«

»Ach, Dad. Was würdest du denn verschiffen?«

»Ich? Nichts. Ich habe kein Talent zum Geschäftsmann. Ich fliege, weil es mir Freude macht – und, um die Gebeine Luzifers anzuschauen. Ich fange an, mich für Planetologie zu interessieren. Vielleicht schreibe ich ein Buch darüber.«

»Was ist mit deinem anderen Buch?«

»Ich hoffe, du hast das nicht sarkastisch gemeint, Cas. Ich rechne damit, dass ich es abschließe, ehe wir dort ankommen.« Er beendete die Unterhaltung, indem er ging.

Die Zwillinge wollten ebenfalls gehen. Hazel grinste

sie an. »Worüber grinst du so, Hazel?«, fragte Castor wütend.

»Über euch.«

»Und? Warum sollten wir es nicht mal mit Meteorschürfen probieren?«

»Kein Einwand. Nur zu! Ihr könnt euch den Luxus leisten. Aber, Jungs, wollt ihr wirklich wissen, womit man auf diesem Schiff Geld macht?«

»Klar!«

»Wie lautet euer Angebot?«

»Prozentueller Anteil? Oder einmalige Zahlung? Aber wir zahlen nicht, wenn wir deinen Rat nicht befolgen.«

»Ach, verdammt! Ich gebe ihn euch umsonst. Wenn ihr den Rat, den ich euch umsonst gebe, nicht befolgt, kann ich sagen: ›Das habe ich euch doch gleich gesagt.‹«

»Und das würdest du.«

»Selbstverständlich. Es gibt kein größeres Vergnügen, als einem Klugscheißer zu sagen: ›Das habe ich dir gleich gesagt, aber du wolltest ja nicht hören.‹ Okay, jetzt kommt's. In Frageform, wie bei einem Orakel: Wer ist im Verlauf der Geschichte bei den anderen großen Minenfunden reich geworden?«

»Na, die Jungs, die eine Goldader gefunden haben.«

»Dass ich nicht lache! Es gibt kaum Schürfer, die den Reichtum, den sie gefunden hatten, behalten haben. Die wenigen, die reich gestorben sind, sind so selten wie eine Supernova. Nehmen wir mal den Goldrausch von 1861 – nein, 1861 war etwas anderes, was, habe ich vergessen. 1849 war es, die ›Neunundvierziger‹. Habt ihr das nicht in Geschichte gehört?«

»Ein bisschen.«

»Es gab einen Mann, der hieß Sutter. Man fand auf seinem Boden Gold. Hat es ihn reich gemacht? Nein, es hat ihn *ruiniert*. Aber wer wurde reich?«

»Sag's uns, Hazel. Aber mach kein Drama draus.«

»Warum nicht? Vielleicht verwende ich es in der Show – natürlich nachdem ich die Seriennummer ausradiert habe. Gut, ich sage es euch: Alle, die den Schürfern etwas verkauften, was diese brauchten. Hauptsächlich Lebensmittel. Mann, die sind reich geworden! Eisenwarenhändler. Männer mit Stampfmühlen. Alle außer den armen Schürfern. Sogar Wäschereien in Honolulu.«

»Honolulu? Aber das ist doch da draußen im Pazifik, irgendwo bei China.«

»Das letzte Mal, als ich nachgesehen habe, lag es noch auf Hawaii. Früher hat man Schmutzwäsche von Kalifornien bis nach Honolulu verschifft, um sie dort zu waschen. Beide Strecken mit Segelschiffen. Das ist so, als würdet ihr eure dreckigen Hemden zum Waschen von Mars nach Luna schicken. Jungs, wenn ihr Geld machen wollt, macht auf Halleluja-Knoten eine Wäscherei auf. Es muss nicht unbedingt eine Wäscherei sein – irgendwas –, Hauptsache, ihr verkauft etwas, das die Schürfer brauchen. Wenn euer Vater insgeheim kein Puritaner wäre, würde ich einen gut geführten, absolut ehrlichen Spielsalon eröffnen. Das ist, als hätte man einen reichen Onkel.«

Die Zwillinge überdachten den Rat ihrer Großmutter und planten, ein Lebensmittelgeschäft zu eröffnen und daneben noch ein paar andere Gebrauchsartikel zu führen. Sie beschlossen, nur Luxus-Lebensmittel in ihr Sortiment aufzunehmen, Delikatessen, die die Schürfer nicht hatten und für die sie astronomische Preise verlangen konnten. Sie nahmen auch Antibiotika, Vitamine und chirurgisches Material an Bord, einige leichtgewichtige Projektoren für Unterhaltungsfilme, und besonders von denen eine erkleckliche Menge. Pollux fand eine Menge hübscher Kalenderbilder mit leicht bekleideten Frauen, die auf Japanpapier gedruckt waren und auf Mars Spinde zieren sollten. Sie wogen nicht viel, und Castor meinte, dass sie mit diesen Bildern auf keinen Fall Verlust machen würden, da sie sie ja selbst anschauen konnten.

Dr. Stone fand die Bilder, schaute sie durch und verlangte, dass etliche zurückgeschickt wurden. Der Rest passierte ihre Zensur. Sie durften sie mitnehmen.

Die letzte Episode raste der Erde entgegen. Die letzte Schweißung war abgenommen worden. Das letzte Pfund Lebensmittel und Ausrüstung war an Bord. Die *Rolling Stone* hob elegant von Phobos ab und fiel in Richtung Mars. Eine kurzes Schwerkraftmanöver um Mars herum – mit fünf G–, dann flog sie schnell hinaus in die einsamen Gefilde des Alls, wo es nur die Wracks des Ruinierten Planeten gab.

Freudig und locker gewöhnten sie sich wieder an die Schwerelosigkeit. Auf Mars hatte Roger Stone für die Jungs Bücher über höhere Mathematik erstanden. Sie mussten nicht zum Lernen angetrieben werden, denn inzwischen waren sie wirklich interessiert–, und diesmal lenkten sie auch keine Fahrräder vom Büffeln ab. Zottelchen bewegte sich in der Schwerelosigkeit, als sei es im All geboren. Wenn jemand es nicht hielt und streichelte (was meist der Fall war), glitt es über ein Schott oder schwebte fröhlich durch die Kabinen.

Castor behauptete, die Flachkatze könne durch die Luft schwimmen. Pollux widersprach heftig. Diese Schwimmbewegungen beruhten seiner Meinung nach lediglich auf Luftströmen aus dem Ventilationssystem. Sie investierten beträchtlich viel Zeit, Nachdenken und Energie, um wissenschaftliche Tests zu erarbeiten, die ihre jeweiligen Standpunkte beweisen sollten. Doch ihre Versuche waren nicht von Erfolg gekrönt.

Der Flachkatze war es egal. Ihr war warm, man fütterte sie gut. Sie war glücklich. Sie hatte zahllose Freunde, die alle bereit waren, Zeit zu opfern, um ihr Aufmerksamkeit und Liebe zu schenken. Nur ein Zwischenfall beeinträchtigte die Reise.

Roger Stone lag angeschnallt im Pilotensitz und entwarf – jedenfalls behauptete er das – ein Kapitel für sein Buch. Wenn ja, dann half Schnarchen dabei ungemein. Zottelchen segelte mit den drei offenen Augen fröhlich umher. Ob absichtlich oder mittels eines günstigen Luftstroms landete die Flachkatze direkt auf Captain Stones Gesicht.

Roger schrie auf, griff ins Gesicht und schleuderte die Flachkatze fort. Zottelchen war beleidigt, aber nicht verletzt, machte sich ganz flach und landete an der gegenüberliegenden Wand.

Roger Stone stieß etliche nicht allzu feine Worte aus. Dann brüllte er: »Wer hat dieses lebende Toupee auf mein Gesicht geworfen?«

Keine Antwort. Er war allein. Dann erschien Dr. Stone und fragte: »Was ist denn, Liebling?«

»Ach, nichts. Liebling, würdest du diesen armseligen Abkömmling eines sterbenden Planeten zu Buster bringen? Ich bemühe mich nachzudenken.«

»Selbstverständlich, Liebling.« Sie brachte Zottelchen zu Lowell, der die Flachkatze aber sogleich vergaß, weil er mitten in einer spannenden Schachpartie mit Hazel steckte. Die Flachkatze war jedoch nicht nachtragend. Sie war einzig und allein von Liebe erfüllt. Sie bewegte sich zu Roger zurück, der soeben wieder eingeschlafen war.

Wieder ließ sie sich, glücklich schnurrend, auf seinem Gesicht nieder.

Captain Stone erwies sich als reifer Mann. Da er diesmal wusste, was es war, nahm er das Tier sanft in die Hände und brachte es selbst zurück zu Lowell. »Pass drauf auf. Lass sie nicht wieder entwischen.« Dann schloss er die Tür hinter sich.

Abends war er sorgfältig darauf bedacht, auch die Tür der Eignerkabine zu schließen, die er mit seiner Frau teilte. Da die *Rolling Stone* ein Privatschiff war, hatte sie vor den Ventilationsschächten kein Gitter, und diese mussten ständig geöffnet sein. Und das fand die Flachkatze natürlich heraus. Roger Stone hatte einen Albtraum, in dem er zu ersticken drohte. Doch dann weckte ihn seine Frau und entfernte Zottelchen von seinem Gesicht. Er stieß wieder etliche unschöne Worte aus.

»Alles gut, Liebling«, sagte sie beschwichtigend. »Schlaf weiter.« Sie nahm Zottelchen in die Arme, und die Flachkatze war auch damit zufrieden.

Am nächsten Tag wurde die Routine unterbrochen, weil alle, die dazu fähig waren, vor die Ventilationsöffnungen Gitter bauten.

Nach siebenunddreißig Tagen hatte Zottelchen acht entzückende Kinderchen, die genau wie sie aussahen, aber nur so groß wie eine Murmel waren, wenn sie sich zusammenrollten. Alle, Captain Stone eingeschlossen, fanden sie niedlich. Alle streichelten sie und hörten sich das leise Schnurren an, das so hoch war, dass das menschliche Ohr es kaum hörte. Alle fütterten sie begeistert. Die Kätzchen schienen ständig Hunger zu haben.

Nach vierundsechzig Tagen bekamen die Kätzchen Junge, jedes acht an der Zahl. Nach weiteren vierundsechzig Tagen – am hundertsechsundvierzigsten Tag nach dem Abflug von Phobos – hatten die Kätzchen der Kätzchen Junge. Das ergab fünfhundertdreizehn.

»Das muss aufhören«, erklärte Captain Stone.

»Ja, Liebling.«

»Ich meine es ernst. Wenn das so weitergeht, haben wir nichts mehr zu essen, wenn wir dort ankommen – eingeschlossen die Delikatessen, die die Zwillinge verkaufen wollen. Und außerdem sind wir unter den Massen schnurrender Pelzmatten erstickt. Wie viel ergibt acht Mal fünfhundertzwölf? Und dann acht Mal dieses Ergebnis?«

»Zu viele, da bin ich sicher.«

»Liebling, das ist seit dem Tod Mercutios die größte Untertreibung, die ich je gehört habe. Ich glaube, ich habe nicht mal richtig gerechnet. Es ist eine Exponentialrechnung, keine geometrische – falls wir vorher nicht alle verhungert sind.«

»Roger.«

»Ich glaube, wir sollten – was?«

»Meiner Meinung nach gibt es eine einfache Lösung. Es sind Kreaturen von Mars. Sie halten Winterschlaf.«

»Ja?«

»Wir schaffen sie in den Laderaum. Zum Glück haben wir dort Platz.«

»Ich bin ganz deiner Meinung, nur nicht, was das Glück angeht.«

»Und wir halten es dort kalt.«

»Ich möchte die kleinen Biester nicht umbringen. Ich schaffe es nicht, sie zu hassen. Sie sind einfach zu niedlich.«

»Wir halten die Temperatur auf minus siebzig Grad, ungefähr so kalt wie eine durchschnittliche Winternacht auf Mars. Oder vielleicht ein bisschen wärmer.«

»Ja, das machen wir. Hol eine Schaufel. Hol ein Netz. Hol ein Fass.« Er begann, Flachkatzen aus der Luft zu fangen.

»Ihr dürft Zottelchen nicht einfrieren!«, rief Lowell. Er war hinter ihnen in die Eignerkabine geschwebt und drückte eine erwachsene Flachkatze an die Brust. Es war nicht sicher, ob es tatsächlich Zottelchen war. Niemand konnte die ausgewachsenen Flachkatzen unterscheiden. Nach dem ersten Wurf hatten sie aufgehört, ihnen zu Namen zu geben. Aber Lowell war ziemlich sicher und eigentlich war es auch egal, ob er die richtige oder die falsche Flachkatze im Arm hielt. Die Zwillinge hatten geplant, ihm eine falsche unterzuschieben, wenn er schlief. Aber man hatte ihr Gespräch belauscht und das Projekt verboten. Lowell war zufrieden, und seine Mutter wollte nicht, dass man ihm den Glauben raubte.

»Liebes, wir tun deinem Kätzchen nicht weh.«

»Das dürft ihr auch nicht! Denn sonst werde ich euch ins All jagen!«

»Ja, Liebling. Er hat Hazel bei ihrer Serie geholfen!«

Dr. Stone blickte ihrem Sohn ins Gesicht. »Lowell, Mutter hat dich doch nie belogen, richtig?«

»Nein, ich glaube nicht.«

»Wir werden Zottelchen nicht wehtun. Wir werden keiner Flachkatze wehtun. Aber wir haben nicht für alle Platz. Du kannst Zottelchen behalten, aber die anderen müssen ein langes Nickerchen machen. Es wird ihnen absolut nichts passieren. Das verspreche ich.«

»Beim Code der Galaxis?«

»Beim Code der Galaxis.«

Lowell verschwand mit seinem Haustier. »Edith, wir müssen dem ein Ende bereiten«, sagte Roger.

»Mach dir keine Sorgen, Liebling. Es schadet ihm nicht.« Sie runzelte die Stirn. »Aber ich fürchte, ich muss ihn anderweitig enttäuschen.«

»Wo?«

»Roger, ich hatte nicht viel Zeit, die Fauna auf Mars zu studieren – und schon gar nicht Flachkatzen. Ich weiß nur, dass sie harmlos sind.«

»Harmlos!« Er verscheuchte einige Exemplare. »Weib, ich ertrinke in den Biestern.«

»Die Fauna auf Mars hat aber ganz bestimmte Muster, Überlebensadaptionen. Abgesehen von den Wassersuchern, die ursprünglich wohl nicht vom Mars stammen, sind ihre Methoden sowohl passiv als auch beständig. Nimm die Flachkatze –«

»Nimm du sie!« Roger nahm eine von der Brust und gab sie seiner Frau.

»Sie ist schutzlos. Sie kann sich kaum selbst Nahrung suchen und ist in ihrer Heimat ein gutartiger Parasit, wenn ich es recht verstehe, der sich an ein beweglicheres Tier heftet –«

»Wenn sie sich nur nicht so an mich heften würden! Und du siehst aus, als würdest du einen Pelzmantel tragen. Komm, lass uns die Biester ins Gefrierfach stecken!«

»Geduld, Liebling. Wahrscheinlich hat die Flachkatze auf ihren Wirt eine ebenso beruhigende Wirkung wie auf uns. Daher duldet der Wirt sie und lässt sie die Krümel fressen. Aber die anderen Charakteristika teilt das Tier mit fast allen Marsianern. Es kann viel Zeit mit einem Winterschlaf überstehen, oder – falls nötig – in einem Zustand verlangsamter Vitalität und Aktivität bleiben –, zum Beispiel, wenn es kein Futter hat. Und dann – fast als würde man einen Hebel umlegen – dehnt es sich aus und vermehrt sich rapide, wenn es viel zu fressen bekommt.«

»Das kannst du laut sagen!«

»Schneide ihm die Nahrungsaufnahme ab, dann wartet es einfach auf bessere Zeiten. Das ist natürlich alles reine Theorie, da ich alles nur aufgrund anderer Lebensformen auf Mars ableite. Aber ich muss Lowell enttäuschen. Zottelchen wird auf Sparkost gesetzt.«

Ihr Mann verzog das Gesicht. »Das wird nicht leicht. Er füttert Zottelchen ständig. Wir müssen ihn im Auge behalten, sonst haben wir noch mehr kleine Besucher aus dem Himmel. Liebling, ans Werk. Jetzt gleich.«

»Ja, Liebling. Ich musste nur meine Gedanken ordnen.«

Roger rief alle zusammen. »Operation Einfangen« begann. Sie jagten die kleinen Tiere nach hinten. Schnurrend schmiegten sie sich aneinander. Pollux stand an der Luke Wache, während die anderen das Schiff durchsuchten. Sein Vater streckte den Kopf herein. Sein Sohn stand in einer Wolke Flachkatzen. »Wie viele hast du inzwischen?«

»Ich kann sie unmöglich zählen. Sie schwirren ständig umher. Mach die Luke zu!«

»Wie kann ich bei geschlossener Luke die Tierchen hineinscheuchen?«

»Wie kann ich sie hierhalten, wenn du die Luke dauernd aufmachst?«

Schließlich zogen alle die Raumanzüge an – Lowell bestand darauf, Zottelchen mit in seinen zu nehmen. Offenbar traute er selbst dem ›Code der Galaxis‹ nicht zu sehr. Captain Stone reduzierte die Wärme im ganzen Schiff auf kühle dreißig Grad minus. Die Flachkatzen waren durch die Raumanzüge frustriert. Sie gaben auf und rollten sich in Bälle zusammen, wie mit Fell bezogene Grapefruits. Jetzt waren sie leichter zu erwischen und zu zählen und im Laderaum zu verstauen.

Trotzdem fanden die Stones in den nächsten Tagen immer noch Flüchtlinge.

XV. »INTER JOVEM ET MARTEM PLANETAM INTERPOSUI«

Der große Astronom Kepler schrieb: »Zwischen Jupiter und Mars habe ich einen Planeten gestellt.« Seine Nachfolger stellten eine Regel auf, bekannt als »Bodesche Reihe«, welches die Planetenabstände von der Sonne festlegte, basierend auf genau 2,8 Astroeinheiten.

In der ersten Nacht des neuen neunzehnten Jahrhunderts entdeckte der Mönch Giuseppe Piazzi einen neuen Himmelskörper. Es war der Asteroid Ceres – genau dort, wo ein Planet sein sollte. Für einen Asteroiden war er groß, tatsächlich war er der größte, mit einem Durchmesser von 485 Meilen. In den folgenden zwei Jahrhunderten wurden Hunderte und Tausende weitere Asteroiden entdeckt, bis zur Größe eines Felsbrockens. »Asteroid« erwies sich als armseliger Name. Es waren keine kleinen Sterne, auch keine richtigen Planetoiden. Schon früh wurde vorgeschlagen, dass sie Überreste eines früher mal großen Planeten seien. In der Mitte des zwanzigsten Jahrhunderts, schienen mathematische Berechnungen ihrer Bahnen das zu beweisen.

Aber erst mit den ersten Weltraumflügen, als Menschen zum ersten Mal im All zwischen die Orbits von Mars und Jupiter sehen konnten, erfuhren wir, dass die Asteroide tatsächlich Fragmente eines größeren Planeten waren – des zerstörten Luzifer, des längst toten Bruders von Erde.

Als die *Rolling Stone* höher und höher über die

Sonne stieg, wurde sie langsamer, flog eine Kurve und näherte sich dem Punkt, von dem an sie zurück zur Sonne fallen würde. Dort war sie auf der Bahn von Ceres und von dieser Dame nicht weit entfernt. Die *Rolling Stone* war seit fünfzig Millionen Meilen in der Gegend der Asteroiden. Die Ruinen Luzifers waren in einem breiten Gürtel im All verstreut. Der Halleluja-Knoten war ungefähr in der Mitte dieses Gürtels.

Die lose Gruppe aus Felsen, Sand, Zufallsmolekülen und Mikroplanetoiden, als Halleluja-Knoten bekannt, kreiste mit einer Geschwindigkeit von elf Meilen pro Sekunde um die Sonne. Der Vektor der *Rolling Stone* betrug acht Meilen pro Sekunde in dieselbe Richtung. Captain Stone beschleunigte während der letzten zwei Wochen sein Schiff mit einer Reihe von Schüben. Mit einem Radarstrahl schlich er sich in den Schwarm ein und erreichte die Ansammlung dahinschwebender Masse mit einer niedrigen Geschwindigkeit. Der endgültige Schub brachte sie genau in den Schwarm und war nicht mehr als ein liebevoller Stups. Die *Rolling Stone* räusperte sich nur, dann war sie eins mit den anderen rollenden Steinen im All.

Captain Stone warf einen letzten Blick ins Doppelokular des Stereo-Radargeräts. Er machte einen komplette Schwenk. Die Massen des Halleluja-Knotens hoben sich fürs bloße Auge nicht vom Hintergrund der Sterne ab, doch jetzt hingen sie stark vergrößert im falschen »Raum« des Stereotanks, während man die echten Sterne überhaupt nicht sah. Keiner zeigte eine messbare Bewegung.

Ein Punkt strahlte heller als der Rest. Sein Licht fluktuierte ziemlich nahe, nur wenige Grade vom Außenorbit entfernt. Es war der Radarstrahl, auf den das Gerät eingestellt war. Auch er schien in Stereo statisch zu sein. »Nimm einen Doppler aufs Rathaus«, sagte er zu Castor.

»So, jetzt habe ich es, Captain.« Gleich darauf fügte er hinzu: »Ah, relativ, ungefähr zehn Meilen pro Stunde – neun Komma sieben und ein bisschen. Und knapp weniger als siebenhundert Meilen entfernt.«

»Vektor?«

»Wir nähern uns an. Wir dürften vielleicht zehn oder fünfzehn Meilen südlich vorbeigleiten.«

Roger Stone entspannte sich und grinste. »Na, nicht übel was? Euer alter Herr kann immer noch rechnen.«

»Ziemlich gut, Dad, – wenn man bedenkt –«

»Wenn man was bedenkt?«

»Dass du Pols Zahlen benutzt hast.«

»Wenn ich mir klar geworden bin, wen von uns beiden du beleidigen willst, werde ich es dir sagen.« Dann griff er zum Mikrofon. »An alle. Für die Manöver sichern. Maschinenraum, meldet, wenn alles gesichert ist. Edith, wann können wir zu Abend essen?«

»Alles verpackt, Sohn«, meldete Hazel.

»In einer halben Stunde, Liebling«, sagte seine Frau.

»Na großartig! Ein Mann schuftet an einem heißen Steuerpult und muss eine halbe Stunde aufs Abendessen warten! Was für ein Hotel ist das hier?«

»Ja, Liebling. Übrigens senke ich noch mal deine täglichen Kalorienzufuhr.«

»Meuterei! Was hätte John Sterling getan?«

»Daddy wird fett! Daddy wird fett!«, krähte Lowell.

»Und erwürg das Kind! Wer will mit mir rausgehen, wenn ich die Jato-Einheiten anbringe?«

»Ich, Daddy!«

»Meade, du willst dich doch nur drücken, weil du beim Essenkochen helfen sollst.«

»Ich kann sie entbehren, Liebling.«

»Ja, vielleicht schmeckt's dann sogar besser.«

»Das ist nicht nett, Daddy.«

»Für's Nettsein werde ich nicht bezahlt.« Captain Stone ging pfeifend nach hinten. Die Zwillinge und Meade gingen mit ihm nach draußen. Die jungen Leute installierten schnell die Jato-Einheiten. Allerdings überprüfte der Captain sämtliche Leitungen. Sie legten einen Gürtel um die Taille des Schiffs, und ebenso um Bug und achtern. Alles war so verdrahtet, dass es vom Lotsenradar zu steuern war, auf Minimumreichweite eingestellt. Es war zwar höchst unwahrscheinlich, aber falls irgendein Objekt mit relativer Geschwindigkeit, die groß genug für einen Kollisionskurs war, auf sie zusteuerte, konnte das Schiff blitzschnell herumgerissen werden.

Auf dem bisherigen Flug durch den Asteroidengürtel, waren sie einfach das Risiko eingegangen. Obwohl man glauben sollte, dass der Gürtel von Himmelsschrott überschwemmt war, zeigte die Statistik, dass dort so enorm viel Platz war, dass die Chance, getroffen zu werden, minimaler war. Innerhalb des Knotens war die Situation anders. Dort war die Konzentration der Masse mehrere hundert Mal größer als in den üblichen Teilen des Gürtels. Aber die meisten Schürfer trafen selbst hier keine besonderen Schutzmaßnahmen, sondern verließen sich darauf, dass dieses nie endende russische Roulette immer zu ihren Gunsten ausgehen würde, daher hielten sie einen Meteorschutz für unnötig. Etliche Schürfer verloren deshalb das Leben, aber nicht viele. Die Unfallrate auf dem Halleluja-Knoten war ungefähr die gleiche wie in Mexico City.

Sie gingen hinein. Das Abendessen war fertig. »Ein Anruf für dich, Captain«, sagte Hazel.

»Schon?«

»Rathaus. Ich habe ihnen gesagt, dass du draußen bist und zurückrufst. Neun Komma sechs Zentimeter.«

»Komm iss, Liebling, solange das Essen warm ist.«

»Fangt schon an. Ich bin gleich wieder da.«

Tatsächlich kam er schnell wieder. Dr. Stone blickte ihn fragend an. »Der Bürgermeister«, teilte er ihr und den anderen mit. »Willkommen in Rock City und der übliche Schmus. Er hat mich darauf hingewiesen, dass das Bürgerkomitee im Umkreis von tausend Meilen um das Rathaus eine Geschwindigkeitsbegrenzung von hundert Meilen pro Stunde für Schiffe, fünfhundert Meilen für Roller festgesetzt hat.«

»Ich hoffe, du hast ihm gesagt, was er mit dieser Begrenzung tun kann!«, sagte Hazel empört.

»Habe ich nicht. Ich habe mich zuckersüß entschuldigt, dass ich sie unwissentlich beim Anflug überschritten habe, und versprochen, ihm morgen oder übermorgen einen Besuch abzustatten.«

»Ich dachte, Mars hätte Ellbogenplatz«, meinte Hazel mürrisch. »Aber was finde ich? Erpresserische Preise, Schwächlinge und Steuereintreiber. Wir fliegen hinaus ins All, und was finden wir? Verkehrspolizisten! Und mein einziger Sohn hat nicht genug Mumm, um ihnen den Marsch zu blasen! Ich glaube, ich fliege zum Saturn!«

»Ich habe gehört, dass die Titan-Basis schrecklich kalt ist«, sagte ihr Sohn gleichmütig. »Warum nicht Jupiter? Pol, bitte, schick mir mal das Salz rüber.«

»Jupiter? Die Position ist nicht günstig. Außerdem

habe ich gehört, dass Ganymed mehr Verbote hat als ein Mädchenpensionat.«

»Mutter, du bist der einzige jugendliche Straftäter, der alt genug für die geriatrische Klinik ist. Du weißt doch genau, dass eine künstliche Kolonie Verbote und Regeln braucht.«

»Eine Entschuldigung für Bonsai-Napoleons! Dieses ganze System trägt Korsetts!«

»Was ist ein Korsett?«, fragte Lowell.

»Äh ... eine Art Vorläufer eines Raumanzugs.«

Lowell schaute immer noch verwirrt drein. »Schon gut, Schätzlein«, sagte seine Mutter. »Wenn wir wieder zu Hause sind, zeige ich dir eins im Museum.«

Captain Stone schlug vor, dass sich alle gleich nach dem Essen zur Ruhe begaben. Während der Anflugmanöver hatte keiner viel geschlafen. »Ich sehe schon Punkte vor den Augen, solange habe ich in den Tank gestarrt«, beschwerte er sich und rieb die Augen. »Ich glaube, ich schlafe vierundzwanzig Stunden lang.«

Hazel wollte antworten, doch da ertönte der Alarm. Sofort war Captain Stone wieder hellwach. »Objekt auf Kollisionskurs! Jeder festhalten!« Er hielt sich an einem Pfosten fest und packte Lowell mit der anderen.

Aber es folgte kein Schub aus den Jato-Düsen. »Grün«, erklärte Hazel ruhig. »Was immer es ist, es bewegt sich nicht schnell genug, um uns zu gefährden. Die Chancen stehen gut, dass es uns verfehlt.«

Captain Stone holte tief Luft. »Ich hoffe, du hast Recht. Aber ich habe aufgrund jahrelanger Erfahrung kein Vertrauen in Statistiken. Seit wir im Gürtel sind, bin ich ziemlich nervös.«

Meade trug das schmutzige Geschirr hinaus. Sie kam schnell wieder und machte große Augen. »Daddy, da ist jemand an der *Tür*.«

»*Was?* Meade, du phantasierst!«

»Nein, bestimmt nicht. Ich habe ihn *gehört*! Da, hört es selbst.«

»Ruhe!« In der Stille hörten sie das Zischen eines Luftinjektors. Die Schleuse arbeitete. Roger Stone wollte losstürzen, aber seine Mutter rief ihn zurück. »Sohn, warte einen Sekunde!«

»Was?«

»Bleib von der Schleuse weg!« Sie hatte ihre Waffe gezückt und hielt sie schussbereit.

»Was? Sei nicht albern. Und steck das Ding weg. Es ist ohnehin nicht geladen.«

»Er weiß das aber nicht.«

»Mutter Hazel, weshalb bist du so nervös?«, fragte Dr. Stone.

»Kapierst du nicht? Wir haben hier ein Schiff mit Lebensmitteln und Sauerstoff. Und einer gewissen Menge einfaches H. Hier ist nicht Luna City. Da draußen sind Männer, die nur allzu leicht in Versuchung geraten könnten.«

Dr. Stone antwortete nicht, sondern schaute ihren Mann an.

»Los, geh nach vorn, Liebling. Und nimm Lowell mit. Meade, du gehst auch mit und verschließt die Eingangsluke. Lass die Schiffstelefone eingeschaltet. Wenn du irgendetwas Beunruhigendes hörst, rufst du das Rathaus an und sagst ihnen, dass man uns entführt hat. Los!« Schnell holte er aus der Eignerkabine seine eigene Waffe.

Inzwischen hatte das Zischen in der Luftschleuse aufgehört. Die vier warteten stumm vor der inneren Tür. »Sollen wir uns auf ihn stürzen, Dad?«, fragte Castor flüsternd.

»Nein. Bleibt mir aus der Schusslinie.«

Langsam öffnete sich die Tür. Eine Gestalt in einem Raumanzug schob sich langsam und geduckt herein. Unter dem Helm konnte man seine Züge nicht erkennen. Als er die auf ihn gerichteten Waffen sah, hob er die Hände. »Was ist los?«, sagte er. »Ich habe doch nichts verbrochen.«

Captain Stone sah, dass der Mann keine Waffe im Gürtel hatte. Er steckte seine weg. »Tut mir Leid. Warten Sie, ich helfe Ihnen mit dem Helm.«

Unter dem Helm tauchte ein Mann in mittleren Jahren mit sandbraunem Haar und milden Augen auf. »Was ist los?«, wiederholte er.

»Nichts. Überhaupt nichts. Wir wussten nicht, wer zu uns an Bord kommt, und waren ein bisschen nervös. Übrigens heiße ich Stone, ich bin der Kapitän.«

»Freut mich, Sie kennen zu lernen, Captain Stone. Ich bin Shorty Devine.«

»Freut mich auch, Mr. Devine. Willkommen an Bord.«

»Nur Shorty.« Er schaute sich um. »Entschuldigen Sie, dass ich so reingerumpelt bin und Ihnen Angst eingejagt habe, aber ich habe gehört, Sie hätten einen Arzt an Bord. Einen echten Arzt, meine ich, nicht einen dieser Wissenschaftler.«

»Haben wir.«

»Das ist wunderbar. Die Stadt hat keinen richtigen Arzt mehr, seit der alte Doc Schultz gestorben ist. Und ich brauche einen, und zwar schnellstens.«

»Pol, hol deine Mutter!«

»Ich habe schon alles gehört, Liebling«, sagte seine Frau durch die Lautsprecheranlage. »Ich komme.« Gleich darauf trat sie ein.

»Ich bin die Ärztin, Mr. Devine. Liebling, ich nehme

diese Kajüte, glaube ich. Würdet ihr alle hinausgehen, bitte.«

»Das ist nicht nötig«, widersprach der Besucher hastig.

»Ich pflege Patienten ohne Publikum zu untersuchen«, erklärte Dr. Stone fest.

»Aber ich habe es Ihnen noch nicht erklärt, Ma'am, Doktor. Es geht nicht um mich, sondern um meinen Partner.«

»Oh?«

»Er hat sich ein Bein gebrochen. Er hat nicht aufgepasst, und das Bein ist zwischen zwei großen Kernbrocken zerquetscht. Ich konnte ihm auch nicht viel helfen. Er ist wirklich furchtbar krank. Könnten Sie gleich mitkommen, Doktor?«

»Selbstverständlich.«

»Moment, Edith!«

»Castor, hol meinen Chirurgenkoffer – den schwarzen. Hilfst du mir, den Anzug anzulegen, Liebling?«

»Aber Edith, du –«

»Schon gut, Captain. Ich habe meinen Roller direkt vor der Schleuse. Wir sind nur fünfundachtzig bis neunzig Meilen entfernt. Wir sind nicht lange weg.«

Captain Stone seufzte. »Ich komme mit. Können auf Ihrem Roller drei Personen fahren?«

»Klar! Ich habe Reynolds-Sättel. Da können Sie jedes beliebige Gleichgewicht einstellen.«

»Hazel, du übernimmst das Kommando.«

»Aye, aye, Sir.«

Nach Schiffszeit waren sie die ganze Nacht weg, nicht nur ein Weilchen. Hazel saß am Kontrollpult und verfolgte ihre Spur. Sie wartete, bis sie wieder zurückkamen. Devine bedankte sich überschwänglich und frühstückte mit ihnen. Kurz bevor er gehen wollte, kam Lowell mit Zottelchen auf dem Arm ins Wohnzimmer. Devine blieb der Bissen im Mund stecken. »Eine Flachkatze! Oder habe ich Halluzinationen?«

»Klar ist es eine Flachkatze. Sie heißt Zottelchen. Sie ist Marsianer.«

»Das kannst du laut sagen! Sag mal, darf ich sie mal streicheln?«

Lowell musterte ihn misstrauisch, willigte dann jedoch ein. Der Schürfer schien sich mit Flachkatzen auszukennen, so wie er sie auf den Arm nahm. Er streichelte sie und lächelte. »Also ist die niedlich. Beinahe wünsche ich mir, ich hätte Mars nie verlassen – nein, hier ist es besser.« Er gab die Flachkatze zögernd zurück, bedankte sich noch mal bei allen und verschwand.

Dr. Stone massierte die Finger. »Das ist das erste Mal, dass ich mich in Schwerelosigkeit chirurgisch betätigt habe, seit den alten Tagen in der Klinik. Ich muss meine Technik auffrischen.«

»Liebling, du warst großartig. Und Jock Donaher hat Riesenglück gehabt, dass du in der Nähe warst.«

»War's schlimm, Mammi?«, fragte Meade.

»Ziemlich«, antwortete der Vater. »Die Details würden dir nicht gefallen. Aber deine Mutter wusste, was zu tun war, und hat es getan. Und ich war gar kein so unfähiger Assistent, wenn ich mich selbst loben darf.«

»Darfst du nicht«, erklärte Hazel.

»Roger«, sagte Dr. Stone. »Könnte man das Ding, in dem die wohnen, in ein Schiff umwandeln?«

»Das bezweifle ich, nicht so, wie sie es jetzt eingerichtet haben. Ich würde es kein Schiff, sondern ein Floß nennen.«

»Was machen sie, wenn sie es verlassen wollen?«

»Wahrscheinlich wollen sie es nicht verlassen. Sie werden wohl in Rufweite von Rock City sterben – wie Jock es schon beinahe geschafft hat. Ich nehme an, sie verkaufen ihre hochwertigen Pfunde auf Ceres, und zwar per Roller. Ja, Ceres. Aber vielleicht verkaufen sie alles auch hier.«

»Aber ist ganze Stadt ist nur provisorisch und muss irgendwann weiterziehen.«

»Ach ja. Ich habe gedacht, mit ein paar Jato-Einheiten könnten man das Monstrum langsam, aber sicher verschieben. Allerdings würde es dekomprimieren, ehe ich es versuche.«

XVI. ROCK CITY

Der Asteroidengürtel ist ein abgeflachter Torusring oder eine Doughnut im All, welcher dreizehntausend-fünfhundert Millionen Billionen Kubikmeilen umfasst. Diese sehr konservative Zahl erreicht man, indem man die schwarzen Schafe aus der Familie verjagt, die dann zum Mars oder noch weiter wandern – selbst bis in die Nähe der Sonne –, und indem man diejenigen ignoriert, die zu weit abgeirrt sind und Sklaven des mächtigen Jupiters wurden, wie die trojanischen Asteroide, welche ihm als Ehrengarde sechzig Grad voraus und hinterher fliegen. Auch die, welche zu weit nach Norden oder Süden schwingen, sind ausgeschlossen. Man nimmt willkürlich eine Grenze von sechzig Grad Abweichung von der Ekliptik an.

13.500.000.000.000.000.000.000.000 Kubikmeilen Weltraum.

Die gesamte Menschheit konnte man in eine Ecke einer einzigen Kubikmeile packen. Der durchschnittliche menschliche Körper hat einen ungefähren Rauminhalt von 0,06 Kubikmetern.

Selbst für Hazels unerschrockenen Helden, »Captain John Sterling«, wäre es äußerst schwierig, so ein Riesengelände zu patrouillieren. Er müsste mindestens Zwillinge sein.

Schreiben Sie die Zahl als $1,35 \times 10^{25}$ Kubikmeilen. Das macht es leichter, wenngleich nicht leichter zu begreifen. Als die *Rolling Stone* zwischen den umherschwirrenden Steinen von Rock City ankam, hatte der Gürtel eine Besiedlungsdichte von einer menschlichen Seele auf jeweils zwei Millionen Trillionen Kubikmeilen – 2×10^{21}. Von diesen lebten ungefähr die Hälfte, sechstausend plus ein paar Zerquetschte, auf den größeren Planetoiden Ceres, Pallas, Vesta und Juno. Eine der wenigen angenehmen Überraschungen bei der Erforschung unseres Systems war die Entdeckung, dass die größten Asteroiden unglaublich dicht waren und daher auch eine recht respektable Oberflächenschwerkraft besaßen. Die Dichte von Ceres, mit einem Durchmesser von nur 485 Meilen, beträgt durchschnittlich fünfmal so viel wie die der Erde, und die Oberflächengravität ist ungefähr die gleiche wie auf Mars. Angeblich haben diese großen Planetoiden das Kernmaterial vom zerstörten Luzifer, allerdings von etlichen Meilen leichterem Schutt überlagert.

Die anderen dreitausend Bewohner stellen die »schwebende Population« des Gürtels, was fast wörtlich zu nehmen ist. Diese Menschen leben und arbeiten in der Schwerelosigkeit. Fast alle sind in einem halben Dutzend loser Gemeinden versammelt, die an den Knoten oder Clustern des Gürtels arbeiten. Die Knoten sind siebenhundert Mal so dicht wie der Hauptkörper des Gürtels – falls »dicht« der richtige Ausdruck ist. Ein Transport nach Ganymed könnte durch den Halleluja-Knoten und Rock City hindurchpflügen, ohne das man es, abgesehen vom Radarschirm, bemerken würde. Das Risiko, dass ein großes Linienschiff mit irgendetwas zusammenstieß, war extrem gering.

Die Schürfer suchten in den Knoten nach Uranium, Transuranen und Kernmaterial. Das qualitätsvollste Material verkauften sie auf dem nächstgelegenen großen Asteroiden und zogen bei Gelegenheit weiter zu einem anderen Knoten. Vor dem Fund auf Halleluja hatte die Gruppe, die sich Rock City nannte, am Kaiser-Wilhelm-Knoten hinter Ceres gearbeitet. Aufgrund der Freudenbotschaft brachen sie schnell auf und flogen wie eine Karawane lumpiger Gestalten an Ceres vorbei durch den Himmel — auf Rollern, chemischen Raketenschlitten, Jato-Einheiten, angetrieben durch Glauben. Es war die einzige Gemeinde, die am richtigen Ort für eine Migration war. Grogans Jungs befanden sich auf derselben Kreisbahn, aber auf dem Heartbreak-Knoten hinter der Sonne, eine halbe Milliarde Meilen entfernt. New Joburg lag näher, aber die Leute dort schürften den Knoten, der als Reynolds Nummer Zwei bekannt war, welcher auf der Bahn von Themis dahinzog, zu weit draußen.

Keine dieser Städte im Himmel konnten sich aus eigener Kraft versorgen – und würden es auch nie können. Aber der Löwenhunger der Industrien auf Erde nach Kraftmetall und den noch wertvolleren Planetenkernmaterialien, die man für Düsenhälse und Strahlungsschirme verwenden konnte – dieses unstillbare Verlangen nach allem, was man auf den Asteroiden ausbeuten konnte – sorgte dafür, dass die Schürfer alles, was sie hatten, gegen das eintauschen konnten, was sie brauchten. Aber in vielerlei Hinsicht waren sie beinahe Selbstversorger. Uranium, das bereits auf Ceres raffiniert wurde, gab ihnen Wärme, Licht und Energie. Das ganze Gemüse und große Mengen des Proteins stammten aus ihren eigenen hydroponischen Tanks und Hefefässern. Einfaches H und Sauerstoff kam von Ceres oder Pallas.

Überall da, wo man Energie und Masse manipulieren kann, ist es für den Menschen möglich zu leben.

Beinahe drei tagelang glitt die *Rolling Stone* langsam durch Rock City. Für das bloße Auge sah Rock City, durchs Bullauge oder vom Rumpf aus betrachtet, wie jedes andere Stück des Weltraums aus: leer, im Hintergrund Sterne. Wenn eine Person mit scharfen Augen die Sternbilder gut kannte, müsste ihr auffallen, dass hier viel zu viele Planeten die klassischen Konfigurationen verzerrten, Planeten, die ihre Wanderungen nicht auf den Zodiak beschränkten. Noch schärferes Hinschauen hätte entdeckt, dass es auf der Steuerseite dieser »Planeten« eine Bewegung gab, welche sie nach draußen trieb, fort von der Richtung, in welche die *Rolling Stone* steuerte.

»*Rolling Stone*, Luna, Captain Stone.«

»Wir haben Ihren Anflug beobachtet, Captain Stone«, ertönte die Stimme des Bürgermeisters.

»Gut. Mr. Fries, ich bemühe mich, eine Leine zu Ihnen zu legen. Mit Glück bin ich etwa einer halben Stunde bei Ihnen.«

»Benutzen Sie eine Wurfkanone? Ich schicke jemanden raus, um die Leine aufzufangen.«

»Keine Kanone, leider. Ich habe vergessen, eine an Bord zu nehmen.«

Fries zögerte. »Verzeihung, Captain, aber haben Sie genügend Übung für derartige Arbeiten in der Schwerelosigkeit?«

»Ehrlich gesagt, nein.«

»Dann schicke ich Ihnen einen Mann rüber, um Sie an die Leine zu nehmen. Nein, nein, ich bestehe darauf!«

Hazel, der Captain und die Zwillinge stiegen in die Raumanzüge, gingen nach draußen und warteten. Sie sahen ein kleines Schiff direkt gegenüber. Gleich darauf sah das Schiff größer als die *Rolling Stone* aus. Rathaus war ein veraltetes Langstreckenraumschiff in Kugelgestalt, ungefähr dreißig Jahre alt. Zu Recht vermutete Roger Stone, dass es nach dem regulären Dienst seine letzte Fahrt als Frachter hierher gemacht hatte.

Neben Rathaus war ein kleiner Zylinder. Entweder war es kleiner als das Kugelschiff oder weiter entfernt. Aus der Nähe betrachtet, erwies es sich als eine unregelmäßige Masse. Zwar schien die Sonne hell darauf, aber es gab genügend dunkle Schatten, dass man zu keinem eindeutigen Ergebnis kam. Ringsum waren weitere Schiffe oder Gebilde, die sich von den Sternen unterschieden. Pollux schätzte, dass es innerhalb von zwei Dutzend Meilen ebenso viele waren. Dann verließ ein Roller ein Schiff in ungefähr einer Meile Entfernung und steuerte Rathaus an.

Eine Gestalt mit einer Leine setzte sich von dort in Bewegung, überquerte den Abstand zur *Rolling Stone* und war eine halbe Minute später neben dem Bug. Sie begrüßten ihn.

»Hallo, Captain. Ich bin Don Whitsitt, Mr. Fries' Buchhalter.«

»Freut mich, Don.« Roger stellte die anderen vor. Die Zwillinge halfen, die leichte Vorleine hereinzuholen und aufzurollen. Ihr folgte eine Stahltrosse, welche Don Whitsitt am Schiff befestigte.

»Auf bald im Laden«, sagte er und flog zurück. Die aufgerollte Vorleine nahm er mit. Allerdings benutzte er die Stahltrosse nicht, welche er installiert hatte.

»Das könnte ich auch, glaube ich«, meinte Pollux.

»Dein Glauben in allen Ehren, aber hake dich bei der Trosse ein«, sagte sein Vater.

Mit einem großen Sprung hing man, durch einen Karabiner gesichert, an der Führungstrosse, vorausgesetzt der Karabiner verhakte sich nicht. Dies passierte Castor. Er stoppte abrupt und musste alles entwirren. Um wieder Bewegung zu gewinnen, musste er sich weiterhangeln.

Whitsitt war hineingegangen, hatte aber die Schleuse für sie eingestellt und offen gelassen. Sie betraten das Rathaus, wo der Ehrenwerte Jonathan Fries, Bürgermeister von Rock City, sie erwartete. Er war ein kleiner, kahlköpfiger Mann mit Bäuchlein und einem Schreibstift hinter dem linken Ohr. Fröhlich blickte er sie an und schüttelte Roger Stone begeistert die Hand. »Willkommen! Willkommen! Es ist uns eine Ehre, Sie hier zu haben, Mr. Bürgermeister. Ich sollte für Sie einen Schlüssel der Stadt oder etwas Ähnliches haben. Tanzmädchen und Blasorchester.«

Roger schüttelte den Kopf. »Ich bin ein Ex-Bürgermeister und jetzt Privatreisender. Vergessen Sie das Blasorchester.«

»Und was ist mit den Tanzmäusen?«

»Ich bin ein verheirateter Mann. Aber vielen Dank.«

»Wenn wir Tänzerinnen hätten, würde ich sie für mich reservieren. Und ich bin ebenfalls verheiratet.«

»Das bist du allerdings!« Eine rundliche, nicht besonders schöne, aber überaus freundliche Frau war hinter ihm eingeschwebt.

»Ja, Martha.« Damit war die Vorstellung abgeschlossen. Jetzt nahm Mrs. Fries Hazel ins Schlepptau. Die Zwillinge folgten den beiden Männern in den Vorderteil des Kugelschiffs. Dort befanden sich ein Warenlager und ein Laden. In die Schotten hatte man Regale gebaut, auf deren Brettern alle möglichen Lebensmittel und Ausrüstungsgegenstände mit Netzen festgelascht waren. Don Whitsitt hielt sich mit den Schenkeln auf einem Sattel in der Mitte des Raums. Auf dem Schoß hatte er ein Schreibpult. In seiner Reichweite hing das Hauptbuch und in einem neben ihm schwebendem Regal befanden sich mehrere hundert Kontenbüchlein. Vor ihm schwebte ein Schürfer, etliche andere durchsuchten die Warenregale.

Als Pollux das Angebot der Waren sah, die ein Meteorschürfer nur brauchen konnte, war er froh, dass sie sich auf Luxusgüter konzentriert hatten – aber dann erinnerte er sich mit Bedauern, dass sie nur noch sehr wenig zu verkaufen hatten. Ehe die Flachkatzen im Gefrierraum gelagert wurden, hatte sie so viel gefressen, dass die Familie auf die Delikatessen zurückgreifen musste, vom Kaviar bis zu Chicago-Würstchen. »Ich hatte keine Ahnung, dass die Konkurrenz so groß ist«, flüsterte er Castor zu.

»Ich auch nicht.«

Ein Schürfer näherte sich Mr. Fries. »Was kostet diese Zentrifuge?«

»Später, Sandy. Ich bin beschäftigt.«

Captain Stone protestierte. »Aber bitte, lassen Sie sich durch mich nicht von Ihren Kunden abhalten.«

»Ach, Sandy hat nichts anderes zu tun. Er kann warten. Stimmt's, Sandy? Gib Captain Stone die Hand – seine Frau hat den alten Jocko zusammengeflickt.«

»Ach ja? Also, ich freue mich ehrlich, Sie kennen zu lernen, Captain. Das waren die besten Nachrichten, die wir seit langem hatten.« Sandy wandte sich an Fries. »Sie sollten ihn gleich ins Komitee berufen.«

»Werde ich. Ich berufe für heute Abend eine Telefonkonferenz ein.«

»Moment mal!«, sagte Roger Stone. »Ich bin nur ein Besucher und gehöre nicht in ihr Bürgerkomitee.«

Fries schüttelte den Kopf. »Sie wissen nicht, was es für unsere Leute bedeutet, wieder einen Arzt hier zu haben. Das Komitee macht wirklich nicht viel Arbeit. Es soll zeigen, dass wir froh sind, dass Sie zu uns gekommen sind. Und wir wollen Mrs. Stone – ich meine Doktor Stone – auch als Mitglied, wenn sie will. Aber sie wird dazu keine Zeit haben.«

Captain Stone fühlte sich in die Enge getrieben. »Langsam, langsam! Wir werden von hier beim nächsten günstigen Abflugtermin zur Erde wieder wegfliegen – und meine Frau arbeitet nicht als praktische Ärztin. Wir sind auf einer Vergnügungsreise.«

Fries machte ein besorgtes Gesicht. »Sie meinen, sie wird sich nicht um die Kranken kümmern? Aber sie hat doch Jock Donaher operiert.«

Stone wollte gerade sagen, dass seine Frau unter keinen Umstände eine reguläre Praxis eröffnen würde, doch da wurde ihm klar, dass er in dieser Angelegenheit nicht allzu viel zu sagen hatte. »Sie kümmert sich um die Kranken, schließlich ist sie Ärztin.«

»Gut.«

»Aber, verflixt, Mann! Deswegen sind wir nicht hergekommen. Sie macht Ferien.«

Fries nickte. »Mal sehen, wie wir es ihr möglichst leicht machen können. Natürlich erwarten wir von einer Dame nicht, dass sie wie Doc Schultz zu den Felsbrocken springt. Kapiert, Sandy? Es geht nicht, dass jede steinbesessene Ratte nach dem Doktor schreit, wenn er sich den Finger geklemmt hat. Sorge dafür, dass bekannt wird, dass ein Kranker – oder seine Kumpel –, sofern er einen Raumanzug tragen kann, dafür sorgen muss, dass er ins Rathaus kommt. Sag Don, er soll mir eine entsprechende Erklärung aufsetzen.«

Der Schürfer nickte. »In Ordnung.«

Sandy entfernte sich.

»Kommen Sie, gehen wir ins Restaurant und sehen mal, ob Martha frischen Kaffee hat«, meinte Fries. »Ich möchte Sie in mehreren Punkten um Rat fragen.«

»Offen gestanden, ich kann zu Ihren Gemeindefragen hier nichts sagen. Alles ist so anders.«

»Gut, ich will ehrlich sein. Eigentlich will ich nur mit einem anderen Profi über Politik quatschen – dazu habe ich nicht oft Gelegenheit. Aber zuvor – wollen Sie etwas einkaufen? Was brauchen Sie? Werkzeug? Sauerstoff? Katalysator? Haben Sie vor, ein bisschen zu schürfen? Und haben Sie dazu die richtige Ausrüstung?«

»Heute brauchen wir nur eins – einen Roller. Kaufen oder noch lieber mieten. Wir möchten uns ein wenig in der Gegend umsehen.«

Fries schüttelte den Kopf. »Lieber Freund, ich wünsche, Sie hätten mich das nicht gefragt. Genau das habe ich nämlich nicht. Diese Massen von Sandratten vom Mars – sogar von Luna – fallen in der Stadt ein, die Hälfte ohne Ausrüstung! Sie mieten Roller und Iglu-Patentzelte und hauen ab, ganz heiß darauf, ein Vermögen zu verdienen. Aber ich sage Ihnen, was ich für Sie tun kann: In zwei Monaten bekomme ich eine Ladung Raketenfahrzeuge und Panzer von Ceres. Don und ich können für Sie ein Vehikel zusammenschweißen und den Motor reinknallen, wenn die Firefly hier ist.«

Roger Stone runzelte die Stirn. »Das ist eine lange Wartezeit. Abflug zur Erde ist schon in fünf Monaten.«

»Naja, mal sehen, was wir organisieren können. Selbstverständlich kommt für unsere neue Doktorin nur das Beste in Frage – und für ihre Familie. Sagen Sie –«

Ein Schürfer tippte ihm auf die Schulter. »Sagen Sie, Krämer, ich –«

Fries' Gesicht verfinsterte sich. »Sie können mich mit Mr. Bürgermeister ansprechen.«

»Was?«

»Und schwirr ab! Kannst du nicht sehen, dass ich beschäftigt bin?« Der Mann wich zurück. Fries schäumte vor Wut. »Meine Freunde und Feinde nennen mich ›Ein-Preis‹, von hier bis zu den Trojanern. Wenn er das nicht weiß, kann er mich mit meinem Titel ansprechen oder woanders einkaufen. Wo war ich? Ach ja! Versuchen Sie's mal beim alten Charlie.«

»Wo?«

»Ist Ihnen nicht der große Tank längsseits am Rathaus aufgefallen? Das ist Charlies Loch. Er ist ein verrückter alter Hund, total schürfbesessen und absichtlich Einsiedler. Früher hing er am Rand der Gemeinde herum, aber immer völlig unbeteiligt. Jetzt, wo so viele Fremde hergekommen sind, auf jedes vertraute Gesicht kommen zehn fremde, hat Chalie Angst bekommen und gefragt, ob er nicht am Stadtzentrum festmachen dürfe. Ich schätze, er hatte Angst, jemand würde ihm die Kehle aufschlitzen und seine Schätze stehlen. Manche Neuen sind ziemliche Rabauken.«

»Er klingt wie einer aus den alten Zeiten auf Luna. Was ist mit ihm?«

»Ach, im Moment schwirrt mir der Kopf. Charlie hat so eine Art Vierte-Hand-Laden. Das meine ich ernst. Er handelt mit Zeug, das ich nicht anrühren würde. Jedesmal, wenn ein Schürfer stirbt oder zur Sonne weiterzieht, enden seine Sachen in Charlies Loch, auch wenn es nutzloses Zeug ist. Also, ich behaupte nicht, dass er einen Roller hat – aber vielleicht können Sie seinen mieten. Oder er hat Teile, die man provisorisch zusammenbauen kann. Können Sie mit Werkzeug umgehen?«

»Einigermaßen. Aber ich habe für derartige Arbeiten meine Mannschaft.« Er blickte sich nach den Zwillingen um. Sie wühlten immer noch herum. »Cas! Pol! Kommt her!«

Mr. Fries erklärte, was ihm vorschwebte. Castor nickte. »Wenn es mal funktioniert hat, bringen wir es wieder in Gang.«

»Das ist die richtige Einstellung. Und jetzt wollen wir mal den Kaffee probieren.«

Castor blieb zurück. »Dad? Kann ich nicht mit Pol zu Charlie gehen und mal sehen, was er hat. Das würde Zeit sparen.«

»Naja –«

»Es ist nur ein kleiner Sprung«, meinte Fries.

»Okay, aber nicht springen! Benutzt eure Leinen und haltet euch am Tau fest.«

Die Zwillinge verschwanden. Kaum waren sie in der Luftschleuse, machte Pollux seiner Empörung Luft.

»Vergiss es«, unterbrach ihn Cas. »Dad will nur, dass wir vorsichtig sind.«

»Ja, aber er muss uns nicht immer so gängeln, wenn andere Leute zuhören.«

Charlies Loch war wohl einst ein Schlepptank gewesen, der Sauerstoff in die Kolonien gebracht hatte. Sie schlüpften in die Schleuse und schalteten ein. Als der Druck hochgefahren war, probierten sie die innere Tür. Nichts rührte sich. Pollux schlug mit einem Schraubschlüssel dagegen, den er am Gürtel hängen hatte. Castor suchte nach einem Schalter. Die Schleuse wurde nur von drei armseligen Leuchtröhren erhellt.

»Hör mit dem Krach auf«, sagte Castor. »Wenn er lebt, hat er dich inzwischen gehört.« Pollux versuchte nochmal die Tür, doch vergeblich – immer noch verschlossen.

»Wer ist da?«, ertönte eine dumpfe Stimme.

Castor schaute sich um, konnte aber niemanden entdecken. »Castor und Pollux Stone«, antwortete er. »von der *Rolling Stone,* Heimathafen Luna.«

Jemand kicherte. »Mich führt ihr nicht hinters Licht. Und ohne Haftbefehl könnt ihr mich nicht festnehmen. Und überhaupt lasse ich euch nicht rein.«

Castor war kurz davor zu explodieren. Pollux legte ihm beschwichtigend die Hand auf den Arm. »Wir sind keine Bullen. He, wir sind nicht alt genug dafür.«

»Nehmt die Helme ab.«

»Lieber nicht«, meinte Castor. »Er könnte den Druck ablassen, wenn wir ungeschützt sind.«

Pollux nahm den Helm trotzdem ab. Castor folgte nach kurzem Zögern seinem Beispiel. »Lassen Sie uns rein«, sagte Pollux und lächelte.

»Warum sollte ich?«

»Wir sind Kunden. Wir wollen etwas kaufen.«

»Und was bietet ihr zum Tausch?«

»Wir zahlen bar.«

»Bar!«, wiederholte die Stimme. »Banken! Regierungen! Was habt ihr als Tausch? Schokolade?«

»Cas, haben wir noch Schokolade?«, fragte Pollux flüsternd.

»Vielleicht sechs oder sieben Pfund. Mehr nicht.«

»Klar haben wir Schokolade.«

»Zeigt sie mir!«

»Was soll der Quatsch!«, sagte Castor. »Komm, Pol, wir gehen zurück und reden noch mal mit Mr. Fries. Er ist ein Geschäftsmann.«

»Nein, nein!«, stöhnte die Stimme. »Er betrügt euch.«

»Dann machen Sie auf!«

Nach wenigen Sekunden Stille meinte die Stimme einschmeichelnd: »Ihr seht wie nette Jungs aus. Ihr würdet Charlie doch nicht wehtun, oder? Nicht dem alten Charlie?«

»Selbstverständlich nicht. Wir wollen mit Ihnen Geschäfte machen.«

Endlich öffnete sich die Tür. Aus der Dunkelheit schob sich ein Gesicht heraus. Es war ziemlich alt und von der Sonne verbrannt. »Kommt rein, aber ganz langsam. Und versucht keine Tricks – ich kenne alle.«

Die Zwillinge fragten sich, ob es vernünftig war, als sie sich ins Innere zogen. Als sich ihre Augen an den schwachen Lichtkreis um die Glühröhre in der Mitte des Raums gewöhnt hatten, schauten sie sich um, während ihr Gastgeber sie misstrauisch musterte. Der große Tank wirkte innen viel kleiner, weil er so voll gestopft war. Wie im Geschäft von Fries war jeder Zentimeter, jede Strebe, jede Ecke ausgenutzt. Im Rathaus war alles ordentlich, hier herrschte Chaos. Die Luft war voll von uralten und namenlosen Gerüchen.

Charlie war ein kleines, dünnes, affenähnliches Männlein, der abgesehen von Kopf, Händen und nackten Füßen in einem schwarzen Kleidungsstück steckte. Nach Pollux Meinung war es heizbare Unterwäsche für einen Raumanzug gewesen, wie man sie weit draußen im All oder in Höhlen brauchte.

Der alte Charlie starrte sie an. Dann grinste er und kratzte sich mit dem großen Zeh den Kopf. »Nette Jungs«, sagte er. »Ich wusste, ihr würdet Charlie nichts zu Leide tun. Ich habe nur einen Scherz gemacht.«

»Wir würden niemand etwas antun. Wir wollten Sie nur kennen lernen und ein bisschen ins Geschäft kommen.«

»Wir möchten ein–«, fing Pollux an, aber Castor stieß ihn in die Seite.

»Hübsch haben Sie es hier«, übernahm er.

»Bequem. Praktisch. Genau das Richtige für einen Mann ohne Schnickschnack. Gut für einen Mann, der die Stille liebt und gern nachdenkt. Gut, um ein Buch zu lesen. Lest ihr gerne?«

»Klar.«

»Wollt ihr meine Bücher sehen?« Ohne auf Antwort zu warten, schoss er wie eine Fledermaus im Dunkeln fort und kam gleich darauf mit Büchern in den Händen und einem halben Dutzend, das er zwischen den Füßen hielt, zurück. Mit den Ellbogen bremste er.

Die Bücher war altmodisch gebunden. Die Zwillinge sahen Handbücher für Schiffe, die es längst nicht mehr gab. Castors Augen wurden groß, als er einige Titel las. Er fragte sich, was das Astrogations-Institut dafür bezahlen würde. Darunter war ein zerlesenes Exemplar von Mark Twains »Leben auf dem Mississippi«.

»Macht's euch gemütlich, Jungs, und blättert darin. Ich wette, ihr habt nicht damit gerechnet, hier draußen inmitten dieser Primitivlinge einen belesenen Mann zu finden. Ihr könnt diese Bücher doch lesen, oder?«

»Natürlich.«

»Naja, heutzutage lehrt man so viele komische Sachen. Ziemlich viel Latein drin. Habt ihr Hunger? Wollt ihr etwas essen?« Er schaute sie besorgt an.

Beide versicherten ihm, dass sie erst vor kurzem gut

und ausreichend gegessen hätten. Er wirkte erleichtert. »Der alte Charlie lässt keinen hungern, auch wenn er nicht genug für sich hat«, versicherte er. Castor bemerkte die versiegelten Notrationen. Nach konservativer Schätzung mussten an die tausend in einem Netz hängen. Aber der alte Mann fuhr fort: »Hab Zeiten erlebt, hier auf diesem Knoten – nein, es war auf der Emmy Lou –, da hat ein Mann nicht gewagt, Frühstück zu machen, ohne vorher die Tür zu verriegeln und das Licht auszulöschen. Das war um die Zeit, als dieser Lafe Dumont den High-Grade-Henderson gefressen hat. Natürlich war er tot, aber es hat eine Krise in unserer Gemeinschaft ausgelöst. Sie haben eine Bürgerwehr aufgestellt, heute heißt das Bürgerkomitee.«

»Warum hat er ihn gegessen?«

»Na, weil er *tot* war. Das habe ich doch gesagt. Trotzdem finde ich es nicht richtig, wenn ein Mann seinen Partner verspeist. Was meint ihr?«

Die Jungs pflichteten ihm bei, dass das ein Verstoß gegen die Etikette gewesen sei.

»Ich finde, er sollte sich auf Mitglieder seiner Familie beschränken, außer die beiden haben einen Vertrag unterschrieben. Habt ihr in letzter Zeit irgendwelche Geister gesehen?«

Der Übergang war so abrupt, dass die Zwillinge kurzzeitig verwirrt waren. »Geister?«

»Ihr werdet sie noch sehen. Ich habe oft mit High-Grade-Henderson geredet. Er hat Lafe keine Schuld gegeben, hätte dasselbe an seiner Stelle getan. Hier wimmelt's nur so von Geistern. Alle Schürfer, die draußen gestorben sind. Sie können nicht zurück auf Erde. Und sie sind in einem permanenten Orbit, kapiert? Und es ist doch nur logisch, dass man nichts beschleunigen kann, was keine Masse hat.« Er beugte sich verschwörerisch vor. »Manchmal sieht man sie, aber meistens flüstern sie nur in die Kopfhörer. Und wenn, dann hört ganz genau zu, den das ist die einzige Möglichkeit, wirklich große Funde zu machen. Ich erzähle euch das, weil ihr mir gefallt. Hört genau zu! Wenn es zu leise ist, müsst ihr das Kinnventil schließen und die Luft anhalten. Dann wird's verständlicher.«

Die Zwillinge bedankten sich. »Und jetzt erzählt mir was über euch, Jungs.« Überrascht stellten sie fest, dass er tatsächlich interessiert war, denn er bohrte bei Einzelheiten nach und unterbrach nur selten mit einer eigenen Anekdote. Am Schluss beschrieb Castor das Fiasko mit den Flachkatzen. »Und deshalb haben wir nicht mehr viel Verkaufsware. Aber wir haben noch Schokolade und andere Dinge.«

Charlie wiegte sich hin und her. »Flachkatzen, ja? Seit ewigen Zeiten habe ich keine Flachkatze mehr in den Händen gehabt. Niedliche Tiere. Schön, sie bei sich zu haben. Wahre Philosophen, wenn wir sie nur verstehen könnten.« Plötzlich heftete er ein Auge auf Castor. »Was habt ihr vor mit den ganzen Flachkatzen?«

»Nichts, nehme ich an.«

»Das habe ich mir gedacht. Würdet ihr vielleicht einem armen alten Mann, der weder Weib noch Kind hat, eine dieser harmlosen Flachkatzen schenken? Einem alten Mann, der euch immer etwas zu essen geben und eure Anzüge aufladen wird?«

Castor schaute Pollux an. Sie waren sich einig, dass bei jedem künftigen Feilschen eine Flachkatze sozusagen als Besiegelung eines Verkaufs dienen sollte. »Und was wollt ihr nun? Ihr habt was von einem Roller gesagt. Ihr wisst, dass der alte Charlie keine Roller hat –

abgesehen von meinem eigenen, den ich brauche, um zu überleben.«

Castor brachte vor, ob man nicht aus alten Teilen einen Roller zusammenbauen könnte. Charlie kratzte sich die fast drei Zentimeter langen Bartstoppeln. »Hm, einen Raketenmotor müsste ich haben – es macht euch doch nichts aus, wenn ein oder zwei Ventile fehlen? Oder habe ich das dem Schweden Gonzalez eingetauscht? Nein, das war etwas anderes. Ich glaube – eine Sekunde, ich sehe mal nach.« Er blieb beinahe sechshundert Sekunden verschwunden, untergetaucht im Schrott. Dann zerrte er etwas hinter sich her. »Da schaut her! Praktisch neu! Nichts, was kluge Jungs nicht reparieren könnten.«

Pollux schaute Castor an. »Was ist es deiner Meinung nach wert?«

Castor bewegte stumm die Lippen. »Er sollte uns etwas zahlen, wenn wir es mitnehmen.« Nach weiteren zwanzig Minuten bekamen sie das Schrottteil für drei Pfund Schokolade und eine Flachkatze.

XVII. FLACHKATZEN GELDGESCHÄFTE

Fast zwei Wochen brauchten sie, um den alten Oxy-Alkohol-Motor zum Laufen zu bringen. Eine weitere Woche für den Bau des Rollergestells. Sie verwendeten Röhren aus Fries' Gebrauchtwarenabteilung. Es sah nicht hübsch aus, aber nachdem sie die Stereoausrüstung von der *Rolling Stone* montiert hatten, konnten sie damit im Knoten umhersausen. Captain Stone schüttelte den Kopf und unterzog das Vehikel unzähligen Tests, ehe er es für sicher, wenngleich hässlich erklärte.

Inzwischen hatte das Komitee einen Taxidienst für die Doktorin eingerichtet. Jeder Schürfer, der innerhalb von fünfzig Meilen vom Rathaus arbeitete, war verpflichtet, mit seinem Roller in Bereitschaft zu stehen. Für jede Fahrt erhielt er einen festen Lohn in hochgradigem Metall. Die Stones sahen von Edith Stone während dieser Zeit nur wenig. Es schien, als hätten alle Bewohner von Rock City ihre Krankheiten für sie aufgehoben.

Zum Glück waren sie nicht wieder auf Hazels bescheidene Kochkünste angewiesen. Fries hatte die *Rolling Stone* mit Rathaus verbunden. Durch eine Passagierröhre konnte man durch die Luftschleuse und einen unbenutzten Zugang ins größere Schiff gelangen. Wenn Dr. Stone Krankenbesuche machte, aßen sie im Restaurant. Mrs. Fries war eine hervorragende Köchin und züchtete in ihrem hydroponischen Garten viele verschiedene Gemüsesorten.

Während die Zwillinge an dem Vehikel arbeiteten, hatten sie Zeit, über das Thema Flachkatzen nachzudenken. Ihnen war die Idee gekommen, dass Rock City womöglich ein noch nicht entdeckter Markt für Flachkatzen sein könnte. Die Frage war nun: Wie konnte man Honig aus dieser Situation saugen?

Pol schlug vor, die Tiere vom Roller aus zu verkaufen. Er wies darauf hin, dass der Widerstand eines Menschen gegen einen Kauf praktisch Null war, wenn er eine Flachkatze in der Hand hielt. Sein Bruder schüttelte den Kopf. »Nicht gut, Junior.«

»Warum nicht?«

»Erstens wird der Captain uns nicht ständig den Roller geben. Du weißt, dass er ihn als Schiffszubehör betrachtet, gebaut von der Besatzung, nämlich von uns. Zweitens würden wir unseren Profit durch den Treibstoff in die Luft jagen. Drittens ist er zu langsam. Ehe wir ein Drittel der Tiere befördert hätten, würde irgendein Idiot unserem ersten Verkauf so viel verfüttert haben, dass die Flachkatze Junge bekommt – und dann ist der Markt mit Flachkatzen überschwemmt. Wir müssen sie – wenn irgendwie möglich – alle gleichzeitig verkaufen.«

»Wir könnten im Laden ein Schild aufstellen – Ein-Preis erlaubt uns das bestimmt – und sie gleich von Bord der *Rolling Stone* aus losschlagen.«

»Gut, aber nicht gut genug. Die meisten Schürfer kaufen nur alle drei oder vier Monate ein. Nein, Sir, wir müssen eine bessere Mausefalle bauen, damit die Welt sich an unsere Schwelle drängt.«

»Ich habe noch nie kapiert, warum jemand eine Maus mit einer Falle fangen will. Einen Verschlag dekomprieren, dann bringst du alle auf einmal um.«

»Nur eine Redensart, schätze ich. Junior, was können wir tun, damit ganz Rock City sich nach Katzen sehnt?«

Sie fanden einen Weg. Der Gürtel war trotz – oder gerade wegen – seiner Ausdehnung ein Dorf. Durch den Sprechfunk in den Raumanzügen tauschte man Klatsch und Tratsch aus. Draußen in der glänzenden Schwärze war es beruhigend zu wissen, dass jemand keine fünfhundert Meilen weit entfernt hörte, wenn etwas nicht stimmte. Und dieser Mensch würde zu Hilfe eilen, wenn die Verbindung abbrach oder keine Antwort kam.

Von Knoten zu Knoten klatschten und tratschten sie über die stärkeren Schiffsradios. Das Gerücht eines Todesfalls, eines großen Fundes oder eines Unfalls hüpfte durch den gesamten Gürtel, wurde von Schürfer zu Schürfer weitergegeben, nur knapp langsamer als mit Lichtgeschwindigkeit. Der Orbit des Heartbreak-Knotens war sechsundsechzig Minuten entfernt. Manchmal trafen wichtige Nachrichten dort in weniger als zwei Stunden ein, eingeschlossen zahllose Handvermittlungen.

Rock City hatte einen eigenen Sender. Zweimal täglich holte sich Ein-Preis Neuigkeiten von Erde, welche er dann mit eigenen gesalzenen Kommentaren weiterschickte. Die Zwillinge beschlossen, auf derselben Wellenlänge ihre eigene Show zu starten. Musik und Klatsch und Werbung. Ja, auf alle Fälle Werbung. Sie hatten Hunderte von Rollen dabei, die sie verwenden konnten, ferner die tragbaren Projektoren, die sie auf Mars gekauft hatten.

Ihre Show war nie besonders gut, aber es gab auch keine Konkurrenz, und sie war kostenlos. Unmittelbar nach Fries' Sendung meldete sich Castor: »Nicht weggehen, Nachbarn! Hier sind wir wieder mit zwei Stunden Spaß und Musik – und ein paar Tipps für Sonderangebote. Doch zuerst unser Thema – das warrrrme und freundliche Schnurren einer Flachkatze vom Mars.« Pollux hielt dann Zottelchen ans Mikrofon und streichelte sie. Das gutartige Tierchen begann immer sogleich laut zu schnurren. »Wäre es nicht nett, so was beim Heimkommen zu hören? Und jetzt ein bisschen Musik. Harry Weinsteins Sonnenstrahl Nummer Sechs mit ›Starke Schwerkraft‹. Darf ich euch daran erinnern, dass dieses Band sowie alle anderen Musikstücke dieses Programms mit verblüffendem Rabatt in der Flachkatzen-Gasse, gleich neben dem Rathaus, gekauft werden kann. Außerdem Ajax-Drei-Weg-Projektoren, das Gigant-Jr.-Modell für Klang, Bild und in Stereo. Sonnenstrahl Sechs – los, Harry!«

Manchmal brachten sie auch Interviews.

Castor: »Ein paar Worte mit einem unser führenden Bürger, Fels-im-Kopf Rudolf. Mr. Rudolf, ganz Rock City wartet darauf, Sie zu hören. Sagen Sie, gefällt es Ihnen hier draußen?«

Pollux: »Nöööö.«

Castor: »Aber Sie verdienen hier doch sehr viel Geld, Mr. Rudolf.«

Pollux: »So viel auch nicht.«

Castor. »Aber Sie schürfen doch so hochgradige Funde, dass Sie hervorragend essen können.«

»Nöööö.«

»Nein? Sagen Sie mir, weshalb sind Sie dann überhaupt hergekommen?«

Pollux: »Kleiner, warst du jemals verheiratet?«

Klangeffekte: dumpfer Ton aus einem Blasinstrument, Stöhnen und das unverwechselbare Zischen einer Luftschleuse. Castor: »Tut mir leid, Leute. Mein Assistent hat Mr. Rudolf soeben ins All geschickt. Wer die Flachkatze, die wir für Mr. Rudolf reserviert hatten, kaufen will, bekommt als Bonus noch absolut kostenlos ein wunderschönes Pin-up-Bild in herrlichen Farben, gedruckt auf nicht brennbarem Papier. Ich möchte nicht verraten, was diese Bilder auf Ceres kosten. Es tut mir in der Seele weh, zu sagen, für wie wenig wir sie jetzt verkaufen, solange der Vorrat reicht. Für den ersten Käufer, der an unsere Tür klopft und eine Flachkatze kaufen will, werden wir – Schließ die Tür! Schließ die Tür! Moment! Na schön, ihr drei bekommt Pin-up-Bilder. Wir wollen keinen Streit. Tut mir Leid, aber Sie müssen warten, bis wir diese Sendung beendet haben. Tut mir leid, Nachbarn – eine kurze Unterbrechung, aber wir haben die Situation ohne Blutvergießen bereinigt. Trotzdem befinde ich mich in einem Dilemma. Ich habe euch ein Versprechen gegeben, wusste aber nicht, was geschehen würde. Die Wahrheit ist, dass zu viele Kunden schon hier waren und gegen die Tür von Flachkatzen-Gasse gehämmert haben. Doch ich will nicht nur mein Versprechen erfüllen, sondern lege noch einen drauf: Nicht nur der erste Kunde, sondern auch der zweite und der dritte – nein, die nächsten *zwanzig* Kunden, die Flachkatzen kaufen, werden eines dieser phantastischen Bilder absolut umsonst bekommen. Bringen Sie kein Geld – wir akzeptieren auch hochwertiges Material zu Standardtarifen.«

Manchmal variierten sie den Ablauf und ließen Meade singen. Sie sang nicht konzertreif, aber sie hatte eine warme, eindringliche Altstimme. Nachdem ein Mann, der keine Flachkatze besaß, sie gehört hatte, fühlte er sich tatsächlich furchtbar einsam. Meade zog mehr Kunden an als die glatten, professionellen Aufnahmen. Die Zwillinge mussten sie mit einem Prozentsatz beteiligen.

Aber hauptsächlich beruhte der Erfolg auf den Flachkatzen. Die Schürfer vom Mars kauften – fast bis auf den letzten Mann – Flachkatzen, sobald sie hörten, dass sie angeboten wurden. Und jeder wurde ein unbezahlter Verkäufer für das Geschäft der Zwillinge. Von Luna oder direkt von Erde kamen hartgesottene Schürfer, die noch nie eine Flachkatze gesehen hatten. Sie streichelten sie und hörten das hypnotische Schnurren – und waren verloren! Die kleinen Biester lösten nicht nur schmerzliche unterdrückte Einsamkeit aus, sondern sie waren auch ein Heilmittel dagegen.

Castor hielt Zottelchen ans Mikrofon und säuselte hinein: »Hier ist unser kleiner Liebling – Molly Malone. Sing für die Jungs, Süßelchen.« Während er Zottelchen streichelte, drehte Pollux die Lautstärke auf. »Nein, wir können Molly nicht gehen lassen – sie ist ein Familienmitglied. Aber da ist noch Leuchtauge. Wir würden Leuchtauge auch gern behalten, aber wir dürfen nicht selbstsüchtig sein. Sag hallo zu den Leuten, Leuchtauge.« Wieder streichelte er Zottelchen. »Mr. P., reichen Sie mir bitte Samtauge.«

Der Vorrat an Flachkatzen im Gefrierraum schmolz ständig. Der Vorrat an hochgradigem Metall wuchs täglich.

Roger Stone lehnte den Vorschlag der Zwillinge, einige Flachkatzen zur Zucht zu behalten, energisch ab. Eine Überschwemmung mit Flachkatzen reichte ihm. Nur Zottelchen durfte bleiben – allerdings auf Sparkost. Eine reichte vollkommen.

Sie waren bei den letzten Flachkatzen angelangt und überlegten, das Geschäft aufzugeben, als ein müde aussehender, grauhaariger Mann nach ihrer Sendung auftauchte. Es waren noch etliche andere

Kunden da, deshalb hielt er sich im Hintergrund. Er hielt ein kleines Mädchen an der Hand, ein bisschen älter als Lowell. Castor hatte ihn noch nie zuvor gesehen, vermutete aber, dass es Mr. Erska sein könnte. Junggesellen waren weit zahlreicher auf dem Knoten als Familien mit Kindern. Die Erskas bemühten sich um einen kärglichen Lebensunterhalt im Orbit und im Norden. Man sah sie selten im Rathaus. Mr. Erska sprach Basic nur mit großen Schwierigkeiten. Mrs. Erska gar nicht. Die Familie verwendete eine dieser seltenen Sprachen – vielleicht Isländisch.

Nachdem die anderen Kunden gegangen waren, setzte Castor sein berufsmäßiges Lächeln auf und stellte sich vor. Ja, es war Mr. Erska. »Und was kann ich für Sie tun, Sir? Eine Flachkatze?«

»Ich fürchte, nein.«

»Wir wär's mit einem Projektor? Mit einem Dutzend Bändern gratis. Genau das Richtige für einen Familienabend.«

Mr. Erska schien nervös zu sein. »Äh, ja, sehr nett. Sicher. Nein.« Er blickte seine kleine Tochter an. »Wir gehen lieber, Kleines.«

»Aber rennen Sie nicht weg! Mein kleiner Bruder ist irgendwo in der Nähe. Er würde ihre Tochter gern kennen lernen. Vielleicht ist er hinten im Lager. Ich suche ihn mal.«

»Wir gehen lieber.«

»Was soll die Eile? Weit kann er nicht sein.«

Mr. Erska schluckte verlegen. »Mein kleines Mädchen hat das Programm gehört und wollte unbedingt eine Flachkatze sehen. Jetzt hat sie eine gesehen, und wir können gehen.«

»Oh.« Castor kniete vor dem kleinen Mädchen nieder, um ihr direkt ins Gesicht zu blicken. »Möchtest du eine halten, Süße?« Sie antwortete nicht, nickte aber. »Mr. P., bringen Sie die Herzogin.«

»Sofort, Mr. Ca.« Pollux holte die Herzogin – selbstverständlich die erste Flachkatze, die ihm in die Hände fiel. Er drückte sie gegen den Bauch, um sie schnell aufzuwärmen.

Castor nahm sie und massierte sie, bis sie die Augen aufmachte. »Hier, Herzchen. Keine Angst.«

Immer noch stumm nahm das Kind die Flachkatze. Sofort begann das kleine Fellbündel zu schnurren. »Wollen Sie sie nicht für die Kleine kaufen?«, fragte Castor den Vater.

Der Mann wurde rot. »Nein, nein.«

»Warum nicht? Sie machen keinen Ärger. Und die Kleine würde sie lieben. Und Sie auch.«

»Nein!« Mr. Erska wollte der Tochter die Flachkatze wegnehmen, wobei er etwas in einer fremden Sprache sagte.

Sie hielt das Tier fest und antwortete, was eindeutig negativ klang. Castor betrachtete die beiden nachdenklich. »Sie würden sie gern kaufen, richtig?«

Der Mann schlug die Augen nieder. »Ich *kann* sie nicht kaufen.«

»Aber Sie würden gern.« Castor warf Pollux einen Blick zu. »Wissen Sie, Mr. Erska, dass Sie der *fünfhundertste* Kunde sind?«

»Was?«

»Haben Sie unser großartiges Sonderangebot nicht gehört? Die fünfhundertste Flachkatze ist *absolut gratis*!«

Das kleine Mädchen schaute verständnislos drein, presste aber die Flachkatze fest an sich. Ihr Vater blickte die Zwillinge zweifelnd an. »Sie machen Scherze?«

Castor lachte. »Fragen Sie Mr. P.«

Pollux nickte feierlich. »Es ist die nackte Wahrheit, Mr. Erska. Eine Feier für eine erfolgreiche Saison. Eine Flachkatze absolut gratis mit den besten Empfehlungen des Managements. Und dazu gibt es entweder ein Pin-up oder zwei Tafeln Schokolade – Ihre Wahl.«

Mr. Erska schien erst halb überzeugt zu sein, aber er ging mit der kleinen Tochter, welche die »Herzogin« und die Schokolade ans Herz drückte. Nachdem sie die Tür hinter sich geschlossen hatten, meinte Castor: »Du hättest die Schokolade nicht noch drauflegen müssen. Das war die letzte, ich wollte sie eigentlich nicht verkaufen.«

»Wir haben sie ja auch nicht verkauft, sondern verschenkt.«

Castor grinste. »Okay, ich hoffe, sie bekommt keine Bauchschmerzen. Wie hat sie geheißen?«

»Habe ich nicht verstanden.«

»Ist ja egal. Vielleicht weiß es Mrs. Fries.« Er drehte sich um und sah Hazel bei der Luke. »Was grinst du denn so?«

»Ach, nichts. Ich genieße nur den Anblick zweier eiskalter Geschäftsleute bei der Arbeit.«

»Geld ist nicht alles.«

»Außerdem ist es gute Reklame«, fügte Pollux hinzu.

»Reklame? Wo euer Warenlager praktisch leer ist?« Sie lachte leise. »Es hat kein Sonderangebot gegeben – und ich wette sechs auf eins, dass das nicht euer fünfhundertster Kunde war.«

Castor blickte verlegen drein. »Ach, die Kleine wollte doch eine. Was hättest du gemacht?«

Hazel kam zu ihnen und legte die Arme um sie.

»Meine Jungs! Langsam glaube ich, dass ihr tatsächlich erwachsen werdet. In dreißig, vierzig, fünfzig Jahren seid ihr vielleicht so weit, dass ihr euch zur menschlichen Rasse zählen dürft.«

»Ach was, lass uns in Ruhe!«

XVIII. DER WURM IM SCHLAMM

Die Kosten-Nutzen-Rechnung für den Handel mit Flachkatzen stellte sich als kompliziert heraus. Alle Tiere waren Nachkommen von Zottelchen, welche Lowell gehörte. Der Zuwachs aber war indirekt durch die Lebensmittel verursacht worden, die jeder verfüttert hatte – was dann dazu führte, dass die Familie gezwungen war, die meisten Delikatessen zu essen, welche die Zwillinge als Handelsware erworben hatten. Aber die fantasievolle Initiative, welche zu einem guten Profit geführt hatte, stammte von den Zwillingen. Andererseits hatten sie großzügig das Kapital (Schiff und elektronische Ausrüstung) benutzt, was der gesamten Familie gehörte. Aber wie konnte man den wahrscheinlichen Wert der verzehrten Delikatessen ermitteln? Es ging nicht nur um die Originalkosten plus Flugtreibstoff.

Roger Stone fällte ein salomonisches Urteil. Vom Bruttoprofit würden sie Meades Prozente für den Gesang abziehen. Die Zwillinge bekamen die Handelsware erstattet, welche verzehrt worden war. Das Ergebnis sollte auf drei aufgeteilt werden, auf die Zwillinge und Lowell – und abgerechnet würde, nachdem sie die hochgradige Ware gegen feingradiges Metall auf Ceres eingetauscht und dann dieses auf Luna verkauft hatten. Inzwischen einigte man sich darauf, das Geld der Zwillinge weiter arbeiten zu lassen. Fries hatte versprochen, einen Wechsel auf die Luna City Nationalbank zu akzeptieren.

Doch zum ersten Mal fanden die Zwillinge keine Möglichkeit, Geld zu investieren. Sie spielten mit der Idee, die Zeit mit ein bisschen Schürfen zu verbringen, aber mehrere Fahrten mit dem Roller zu den Schürfern überzeugten sie, dass das ein Spiel für Experten war und eines, in dem selbst die Experten für gewöhnlich kaum ihr Leben zu fristen vermochten. Es war eine Illusion, dass die nächste Masse die »glorreiche Ader« würde – welche für all die Jahre des Schuftens zahlen würde. Aber diese Illusion hielt die alten Schürfer bei der Stange. Die Zwillinge wussten inzwischen zu viel über Statistik, und sie glaubten eher an ihre Fähigkeiten als an ihr Glück. Eine glorreiche Ader zu finden war reines Glücksspiel.

Sie machten eine ziemlich lange Fahrt in den dicksten Teil des Knotens, fünfzehnhundert Meilen hin und zurück, einen ganzen Tag und die folgende Nacht. Sie jagten den Roller auf atemberaubende hundertfünfzig Meilen pro Stunde hoch, dann ließen sie ihn dahintreiben. Sollten sie eine vielversprechende Masse sehen, wollten sie anhalten und diese untersuchen. Von Fries hatten sie sich einen Leuchtpfosten zum Claim-Abstecken geborgt, mit dem Versprechen, ihn zu bezahlen, wenn sie ihn behielten.

Sie brauchten ihn nicht. Immer wieder entdeckten sie auf dem Stereoradar einen größeren Punkt, aber sobald sie näher als dreißig Meilen herankamen, leuchtete dort schon der Pfosten eines anderen. Ganz am Ende fanden sie eine beträchtliche Menge Gesteinsbrocken, die in losem Verband dahinflogen. Sie machten mit den längsten Leinen an einem fest (ihr Vater hatte ihnen nachdrücklich verboten, frei zu springen) und untersuchten ihn näher. Da sie weder Erfahrung noch eine Zentrifuge hatten, konnten sie die spezifische Schwerkraft nur dadurch annähernd ermitteln, dass sie einen Brocken fest an sich pressten. Durch den Widerstand gegen das Herumstoßen konnten sie ungefähr die Trägheit feststellen. Ein Geigerzähler (auch geborgt) hatte keine Radioaktivität angezeigt. Sie suchten nach dem wertvolleren Kernmaterial.

Nach zwei Stunden dieser körperlichen Übungen waren sie müde, aber nicht reicher. »Opa«, erklärte Pollux, »das ist ein Haufen übrig gelassener Steine.«

»Nicht mal das. Meiner Meinung ist das meiste Bimsstein.«

»Ab nach Hause?«

»Ja.«

Sie drehten den Roller mit dem Schwungrad um und peilten das Signal vom Rathaus an. Sie jagten ihn auf vierhundert Meilen pro Stunde hoch, ehe sie ihn schweben ließen. Das war laut der Anzeige in ihren Tanks der Spitzenwert. Lieber hätten sie die Geschwindigkeitsbeschränkung überschritten, weil sie spät dran waren – und schnell nach Hause wollten. Auch der beste, maßgeschneiderte Raumanzug ist auf lange Zeit nicht bequem. Sie wussten, dass die Eltern sich nicht allzu viel Sorgen machten, sie hatten sich über die Klatschfrequenz vor kurzem bei ihnen gemeldet.

Ihr Vater war nicht besorgt. Aber die Zwillinge verbrachten die nächste Woche im Innern des Schiffs, weil sie zu spät gekommen waren.

Längere Zeit ereignete sich nichts Außergewöhnliches, außer dass Roger Stone die Atemmaske verlor, während er duschte und beinahe ertrunken wäre (behauptete er zumindest), ehe er das Ventil zum Abschalten des Wassers fand. Es gibt sehr wenige

Arbeiten, die sich bei Schwerkraft leichter verrichten lassen als in Schwerelosigkeit, aber Duschen oder Baden gehört nicht dazu.

Dr. Stone führte weiter ihre Praxis, obwohl jetzt ein wenig reduziert. Manchmal fuhr sie mit einem Schürfer, der zu diesem Dienst abkommandiert war, manchmal auch mit den Zwillingen. Eines Morgens kam sie nach den Stunden in der Praxis im Rathaus zurück in die *Rolling Stone* und fragte: »Wo sind die Zwillinge?«

»Habe sie seit dem Frühstück nicht mehr gesehen«, antwortete Hazel. »Warum?«

»Ach, nichts Besonderes. Ich bitte Mr. Fries, einen Roller für mich bereitzustellen.«

»Musst du einen Krankenbesuch machen? Ich fahre dich, wenn die beiden Tunichtgute nicht unseren Roller genommen haben.«

»Brauchst du nicht, Mutter Hazel.«

»Es würde mir Spaß machen. Ich habe Lowell seit Wochen eine Fahrt versprochen. Oder dauert es lange?«

»Nein. Es sind nur ungefähr achthundert Meilen.«

Als Arzt war sie nicht von der örtlichen Geschwindigkeitsbegrenzung betroffen, wenn sie als Engel der Barmherzigkeit unterwegs war.

»Zwei Stunden und noch Saft in Reserve.« Sie fuhren mit dem aufgeregten Buster los. Hazel bestimmte ein Viertel des Treibstoffs als Sicherheitsreserve, berechnete die Menge bei Maximumbeschleunigung und die geplanten Masseverhältnisse im Kopf. Abgesehen von dem Privileg der Ärztin, das Gesetz zu ignorieren, war in dem Sektor, in dem sie sich befinden würden, hohe Geschwindigkeit nicht gefährlich, da er in dem »dünnen« Teil des Knotens lag.

Ihr Ziel war ein uraltes Raketenraumschiff mit Flügeln, dessen Flügel allerdings abgenommen und zu einer Art Zelt geschweißt waren, um mehr Platz zum Leben zu haben. Hazel fand, dass es ein bisschen nach Slum aussah, aber das traf auf viele Schiffe in Rock City zu. Drinnen war sie freudig überrascht, als man ihr einen Becher Tee anbot und sie Lowell aus dem Raumanzug schälen konnte. Der Patient, Mr. Eakers, steckte in einem Streckverband. Seine Frau konnte ihren Roller nicht fahren, deshalb hatte Dr. Stone ausnahmsweise einem Hausbesuch zugestimmt.

Dr. Stone empfing einen Anruf über Funk, während sie dort waren. Sie kam in den Wohnbereich und schaute besorgt drein. »Was ist los?«, fragte Hazel.

»Mrs. Silva. Eigentlich bin ich nicht überrascht, es ist ihr erstes Kind.«

»Hast du die Koordinaten und Leuchtfeuermarkierungen? Dann fahre ich dich schnell rüber.«

»Und Lowell?«

»Ach ja.« Für den Kleinen würde es bedeuten, sehr lange im Anzug zu stecken.

Mrs. Eakers schlug vor, das Kind bei ihr zu lassen. Ehe Lowell gegen den Vorschlag protestieren konnte, sagte Dr. Stone: »Danke, aber das ist nicht nötig. Mr. Silva ist schon unterwegs hierher. Mutter Hazel, ich werde wohl besser mit ihm fahren, und du bringst Lowell nach Hause. Macht's dir was aus?«

»Selbstverständlich nicht. Lowell, wir sind in einer Dreiviertelstunde zu Hause. Dann kannst du deinen Nachmittagsschlaf halten oder den Hintern versohlt bekommen, je nachdem.«

Sie gab Dr. Stone eine der beiden Reserveflaschen mit Sauerstoff, ehe sie ablegte. Dr. Stone weigerte sich, beide zu nehmen. Hazel berechnete noch mal die

Massezahlen. Minus Edith, dem Anzug und der Reserveflasche hatte sie reichlich Treibstoff. Sie wollte gleich los, ehe das Gör anfing zu quengeln.

Mittels Schwungrad und Stereo ging sie beim Rathaus längsseits, drehte sich um die Achse, um die Sonne aus den Augen zu bekommen, presste die Gyros und gab ihnen Saures.

Als nächstes merkte sie, dass sie wie ein Neuling in Schwerelosigkeit hilflos taumelte. Aufgrund langjähriger Erfahrung erinnerte sie sich daran, das Gas wegzunehmen. Zuvor war sie ziellos umhergeschleudert worden und hatte den Hebel nicht gleich finden können.

Als sie wieder in normaler Schwerelosigkeit waren, lachte sie. »Superfahrt, was, Lowell?«

»Mach das nochmal, Großmama!«

»Lieber nicht.« Schnell überprüfte sie alles. Mit diesem kleinen Vehikel konnte nicht viel kaputt gehen, da es nur einen Raketenmotor, offene Sättel mit Haltegurten und ein Minimum an Instrumenten und Kontrollen hatte. Es waren die Gyros! Natürlich. Der Motor wurde überhitzt. Für das letzte Stück adjustierte sie die Gyros vorsichtig mit der Hand. Sie drückte den Helm gegen das Gehäuse, um zu hören, was sie tat.

Erst dann stellte sie fest, wo sie waren und wohin sie flogen. Mal sehen – die Sonne da drüben – da hinten Betelgeuze – also musste Rathaus in dieser Richtung sein. Sie drückte den Helm in die hemisphärische »Augenklappe« des Stereos. Ja, das war sie!

Die Eakers waren offensichtlich der einzige Punkt in der Nähe, an dem sie ihren Vektor bemessen konnte. Sie blickte sich um und war verblüfft, wie weit sie noch von den Eakers entfernt war. Sie mussten ziemlich weit abgetrieben sein, während sie an den Gyros rumfummelte. Sie maß den Vektor nach Menge und Richtung und stieß einen Pfiff aus. In dieser Richtung gab es verflixt wenig Lebensmittelgeschäfte – überhaupt verflixt wenig Nachbarn. Vielleicht war es klug, Mrs. Eakers anzurufen und ihr zu sagen, was passiert war, und sie zu bitten, Rathaus zu verständigen – nur für den Fall der Fälle.

Sie konnte Mrs. Eakers nicht erreichen. Diese Schlampe hatte bestimmt das Alarmsystem abgeschaltet, damit sie ruhig schlafen konnte. Faules Pack! Ihr Haus sah so aus und roch auch dementsprechend.

Hazel bemühte sich weiter, Mrs. Eakers – oder sonst jemanden – zu erreichen, während sie wieder den Kurs aufs Rathaus nahm. Diesmal war sie bei der Kursänderung vorsichtiger und verschwendete nur wenige Sekunden Treibstoff, als die Gyros wieder arbeiteten.

Danach schaltete sie die Gyros wieder aus und verdrängte sie aus den Gedanken. Sie nahm eine genaue Einschätzung der Situation vor. Die schäbige Hütte der Eakers war nur noch ein planetarisches Licht am Himmel, das schnell kleiner wurde, aber immer noch am richtigen Peilungspunkt hing. Der Vektor, den sie bekam, gefiel ihr überhaupt nicht. Wie immer schienen sie im Zentrum einer von Sternen besetzten Kugel stillzustehen – aber ihre Instrumente zeigten an, dass sie mit enormer Geschwindigkeit aus dem Knoten hinaus, ins leere All flogen.

»Was ist los, Großmama Hazel?«

»Nichts, Kleiner, gar nichts. Großmama muss mal anhalten und nach einem Straßenschild suchen, das ist alles.« Dabei hätte sie liebend gern ihre Chance auf ewige Seligkeit im Paradies für ein automatisches Notsignal und ein Leuchtfeuer eingetauscht. Sie schaltete den Empfänger des Kindes aus und rief mehrmals um Hilfe.

Keine Antwort. Sie schaltete Lowells Empfänger wieder ein. »Warum hast du das gemacht, Großmama Hazel?«

»Nichts, nur ein Test.«

»Mich kannst du nicht anlügen. Du hast Angst. Warum?«

»Ich habe keine Angst, Kleiner. Vielleicht ein bisschen besorgt. Und jetzt halt die Klappe. Großmama muss arbeiten.«

Sorgfältig brachte sie das Vehikel mit dem Schwungrad auf Kurs. Sorgfältig verhinderte sie, dass es zu weit schwingen konnte. Sie wollte sowohl den alten katastrophalen Vektor ändern als auch den neuen Vektor zum Rathaus einstellen. Sie ließ die Gyros absichtlich locker. Dann zog sie Lowells Gurte strammer und überprüfte seinen Sattel. »Halt still«, warnte sie. »Wenn du auch nur den kleinen Finger bewegst, skalpiere ich dich!«

Ebenso vorsichtig schnallte sie sich fest und berechnete Hebelarme, Massen und Winkelbewegungen im Kopf. Ohne Gyros musste das Vehikel ohne Hilfe das Gleichgewicht bewahren. »So, Hazel«, sagte sie zu sich. »Jetzt werden wir sehen, ob du eine echte Pilotin bist oder nur eine Sonntagsfahrerin.« Sie drückte den Helm in den Augenschutz und fing einen Punkt in der Ferne auf, worauf sie das Fadenkreuz einstellen konnten, dann gab sie Gas.

Der Lichtpunkt auf dem Radar flimmerte. Sie rang um Gleichgewicht, indem sie ihren Körper verlagerte. Als der Lichtpunkt plötzlich seitlich abglitt, nahm sie schnell das Gas weg. Wieder überprüfte sie ihren Vektor. Ihre Situation hatte sich etwas gebessert. Wieder sandte sie einen Hilferuf aus, ohne das Kind am Mithören zu hindern. Lowell sagte nichts, machte aber ein ernstes Gesicht.

Sie führte das gleiche Manöver wieder aus, als das Vehikel »über den Schwanz abschmierte«. Sie maß den Vektor, rief um Hilfe – alles mehrmals. Sie versuchte es ein Dutzend Mal. Beim letzten Versuch hörte der Schub auf, obwohl der Seilzug geöffnet war.

Nachdem der gesamte Treibstoff weg war, brauchte sie sich nicht mehr zu beeilen. Diesmal maß sie den Vektor noch sorgfältiger. Eakers Schiff war jetzt weit entfernt. Danach überprüfte sie die Resultate mit dem Punkt vom Rathaus – die ganze Zeit über Hilferufe aussendend.

Dann ging sie alle Zahlen nochmals durch. In gewisser Weise war sie erfolgreich gewesen. Sie steuerten jetzt fraglos aufs Rathaus zu und konnten es höchstens ein paar Meilen verfehlen – beinahe Sprungentfernung. Aber während der Vektor bezüglich der Richtung korrekt war, war er bezüglich der Quantität störend klein – sechshundertfünfzig Meilen mit ungefähr vierzig Meilen pro Stunde. In etwa sechzehn Stunden würden sie Rathaus am nächsten sein.

Sie fragte sich, ob Edith diese Reserveflasche Sauerstoff wirklich gebraucht hatte. Ihre Anzeige stand auf halb voll.

Wieder rief sie um Hilfe. Dann beschloss sie, das Problem nochmals durchzugehen. Vielleicht hatte sie im Kopf eine Dezimalstelle vergessen. Während sie das Rathaus anpeilte, verblasste der winzige Lichtpunkt im Stereotank und verlosch schließlich ganz. Aufgrund ihrer Ausdrücke erkundigte sich Lowell: »Was ist los, Großmama?«

»Nichts, womit ich nicht gerechnet habe. An manchen Tagen ist es nicht wert, morgens aufzuwachen, das kann ich dir sagen, mein Schatz.« Bald stellte sie fest, dass das Problem sehr einfach war, aber nicht zu reparieren. Das Stereoradar arbeitete nicht mehr, weil alle drei Energiezellen tot waren. Sie musste sich eingestehen, dass sie diese fast ständig benutzt hatte – und sie fraßen viel Energie.

»Großmama, ich will nach Hause!«

Sie verscheuchte die Sorgen, um dem Kind zu antworten. »Wir fliegen heim. Aber es dauert noch ein Weilchen.«

»Ich will, aber *jetzt* heim!«

»Tut mir Leid, aber das geht nicht.«

»Aber –«

»Halt die Klappe, oder ich gebe dir einen Grund zu heulen, wenn ich dich aus dem Sack hole. Das meine ich ernst.« Wieder rief sie um Hilfe.

Lowell änderte blitzschnell die Laune und war jetzt fröhlich. »Das ist besser«, lobte Hazel. »Möchtest du Schach spielen?«

»Nein.«

»Feigling. Du hast Angst, dass ich dich schlage. Ich wette mit dir um dreimal Hinternversohlen.«

Lowell bedachte dieses Angebot. »Ich bekomme die weißen Figuren?«

»Nimm sie ruhig. Ich schlage dich ohnehin.«

Überraschenderweise gelang es ihr. Es war ein langes, ausgedehntes Spiel. Lowell war nicht so geübt wie sie, sich das Brett und die Figuren vorzustellen. Sie musste mehrere Züge wiederholen, ehe er die Aufstellung begriffen hatte ... und zwischen zwei Zügen musste sie um Hilfe rufen. Mitten im Spiel musste sie die Sauerstoffflasche entfernen und durch die Reserveflasche ersetzen, obwohl Lowells kleiner Körper weniger Sauerstoff verbrauchte.

»Wie wär's mit noch einem Spiel? Willst du Revanche?«

»Nein! Ich will nach Hause!«

»Bald, Liebling.«

»Wie bald?«

»Naja ... ein Weilchen wird es noch dauern. Ich erzähle dir eine Geschichte.«

»Was für eine Geschichte?«

»Wie wär's mit der über den Wurm, der aus dem Schlamm kroch?«

»Ach, die kenne ich schon. Die langweilt mich.«

»Es gibt da Stellen, die ich dir nie erzählt habe. Und du kannst sie nicht satt haben, weil sie eigentlich kein Ende hat. Immer kommt noch was Neues.« Und so erzählte sie ihm nochmal, wie der Wurm aus dem Schlamm gekrochen war. Nicht weil er nicht genug zu essen hatte, nicht weil es da unten nicht nett, warm und gemütlich gewesen wäre – sondern weil der Wurm ruhelos war. Er kroch aufs trockene Land, und ihm wuchsen Beine. Ein Teil von ihm wurde ein Elefantenkind, ein anderer ein Affe, dem Hände wuchsen und der mit Sachen herumspielte. Er war immer noch unstillbar ruhelos, und so wuchsen ihm Flügel, und er griff nach den Sternen. Sie zog die Geschichte in die Länge und machte nur manchmal eine Pause, um nach Hilfe zu rufen.

Das Kind war entweder gelangweilt oder ignorierte sie, oder die Geschichte gefiel ihm, und er blieb deshalb still. Als sie endlich aufhörte, bat er: »Erzähl mir noch eine.«

»Nicht jetzt, Schätzlein.« Sein Sauerstoffanzeiger zeigte auf leer.

»Ach doch! Erzähle mir noch eine – eine noch bessere.«

»Jetzt nicht, mein Schatz. Das war die beste Geschichte, die ich kenne. Die allerbeste. Ich habe sie dir nochmal erzählt, weil ich will, dass du dich an sie erinnerst.« Sie sah, wie sein Anoxie-Signal rot aufleuchtete. Stumm löste sie die teilweise entleerte Sauerstoffflasche von ihrem Anzug und ersetzte seine leere durch ihre. Einen Moment lang erwog sie, die Flasche mit beiden Anzügen zu verbinden, ließ es jedoch achselzuckend. »Lowell –«

»Was Großmama?«

»Hör mit genau zu, Liebes. Du hast gehört, wie ich um Hilfe gerufen habe. Das musst du jetzt tun. Alle paar Minuten.«

»Warum?«

»Weil ich müde bin, Liebes. Ich muss unbedingt schlafen. Versprich mir, dass du es machst.«

»Ja ... schon gut.«

Sie bemühte sich, ganz still zu halten und von der Luft aus dem Anzug nur so wenig wie möglich einzuatmen. So schlimm ist es nicht, dachte sie. Gut, sie hatte die Ringe sehen wollen – aber ansonsten hatte sie nicht viel verpasst. Wahrscheinlich erlebte jeder sein Waterloo. Sie empfand kein Bedauern.

»Großmama! Großmama Hazel!«

Sie antwortete nicht. Lowell wartete eine Zeitlang, dann begann er zu weinen, endlos und ohne Hoffnung.

Dr. Stone fand bei ihrer Rückkehr auf die *Rolling Stone* nur ihren Mann vor. Sie begrüßte ihn und fragte:

»Wo ist Hazel, Liebling? Und Lowell?«

»Wie bitte? Sind sie nicht mit dir gekommen? Ich

habe gedacht, sie haben noch in den Laden ge-
schaut.«

»Nein, selbstverständlich nicht.«

»Warum ›selbstverständlich nicht‹?«

Sie erklärte es ihm. Völlig verblüfft schaute er sie an.
»Sie sind gleichzeitig mit dir abgeflogen?«

»Das hatten sie vor. Hazel meinte, sie würden in
fünfundvierzig Minuten zu Hause sein.«

»Es gibt eine kleine Chance, dass sie noch bei den
Eakers sind. Wir werden es herausfinden.« Er bewegte
sich zur Tür.

Als die Zwillinge heimkamen, herrschte daheim
und im Rathaus Riesenaufregung. Sie hatten mehrere Stunden mit dem alten Charlie verbracht und
sich angeregt und für sie aufschlussreich unterhalten.

Ihr Vater saß vor dem Funkgerät der *Rolling Stone*.
Er drehte sich um. »Wo habt ihr gesteckt?«

»Drüben bei Charlie. Was soll die Aufregung?«

Roger Stone erklärte es. Die Zwillinge schauten
sich an. »Dad, willst du damit sagen, dass Hazel Mutter mit *unserem* Roller hingebracht hat?«, fragte
Castor.

»So ist es.«

Wortlos tauschten die Zwillinge Blicke aus.

»Hätten sie das nicht sollen? Los, raus mit der
Sprache.«

»Naja, siehst du … es ist so …«

»*Redet*!«

»Ein Kugellager in einem Gyro war wacklig oder so«,
gestand Pollux. Er fühlte sich hundeelend. »Wir haben
daran gearbeitet.«

»Habt ihr? Drüben bei Charlie?«

»Wir haben bei ihm nachgesehen, ob er irgendwelche Ersatzteile hat – und dann wurden wir sozusagen aufgehalten.«

Ihr Vater schaute sie eine Zeitlang stumm und ausdruckslos an. »Ihr habt ein Ausrüstungsteil des Schiffs in unbrauchbarem Zustand gelassen, ohne das ins Logbuch einzutragen. Ihr habt es auch dem Captain nicht gemeldet«, sagte er schließlich. »Geht auf eure Kammer.«

»Aber Dad! Wir wollen helfen!«

»Bleibt auf eurer Kammer. Ihr steht unter Arrest!«

Die Zwillinge befolgten den Befehl. Während sie warteten, war ganz Rock City in Alarmzustand versetzt. Die Meldung ging hinaus: Der kleine Junge der Doktorin ist vermisst. Die Großmutter ist ebenfalls vermisst. Tankt eure Roller voll und haltet euch bereit zu helfen. Bleibt auf dieser Wellenlänge.

»Pol, hör auf, so herumzuzappeln!«

Pollux schaute den Bruder an. »Ich kann nicht anders!«

»Sie können nicht wirklich weg sein. Allein das Stereo ist doch auf jedem Radarschirm so groß wie ein Leuchtfeuer.«

Pollux dachte nach. »Ich weiß nicht. Erinnerst du dich, dass ich gesagt habe, wir könnten ein Leck im Energieakku haben?«

»Ich dachte, du hättest das repariert.«

»Ich hatte es vor, gleich nachdem wir die Macken bei den Gyros aus der Welt geschafft hatten.«

Castor dachte nach. »Das ist übel. Das könnte wirklich schlimm sein.« Pause. »Aber hör trotzdem auf herumzuzappeln. Schmeiß lieber dein Hirn an. Was ist passiert? Wir müssen es rekonstruieren.«

»Was passiert ist? Machst du Witze? Hör zu, dieses Scheißding gerät ins Trudeln, danach kann alles passieren. Keinerlei Kontrolle.«

»Benutze dein Hirn! Was würde *Hazel* in dieser Situation tun?«

Beide schwiegen eine Zeitlang. Dann sagte Pollux: »Cas, das dämliche Ding ist doch immer nach links getaumelt, richtig? Immer.«

»Was hilft uns das jetzt? Links kann jede Richtung sein.«

»Nein! Du hast gefragt, was Hazel tun würde. Sie würde auf ihrem Heimkurs sein – natürlich –, und sie hat sich immer an ihrer Schublinie orientiert, sodass sie die Sonne von hinten hatte, wenn möglich. Ihre Augen sind nicht so gut.«

Castor verzog das Gesicht und bemühte sich, alles bildlich klarzustellen. »Angenommen, Eakers liegt in dieser Richtung und Rathaus da drüben. Wenn die Sonne auf dieser Seite steht, dann würde sie – wenn sie taumelt – in *dieser* Richtung weiterfliegen.« Er untermalte alles mit den Händen.

»Na klar! Aber nur wenn du die richtigen Koordinaten eingibst. Aber was hätte sie sonst tun können? Was würdest *du* tun? Du würdest zurückfliegen – ich meine den Vektor nach Hause.«

»Was? Wie könnte sie? Ohne Gyros.«

»Denk mal nach. Würdest du aufgeben? Hazel ist *Pilotin*. Sie fliegt das Ding wie die Hexe ihren Besen.« Er zischte mit der Hand durch die Luft. »Sie würde demnach zurückkommen oder *da entlang* fliegen – aber alle suchen sie da *drüben*.«

Castor überlegte. »Ist möglich.«

»Es muss so sein. Sie suchen nach ihr in einem Kegel mit der Vertex auf Eakers – und sie sollten in einem Kegel mit der Vertex direkt *auf hier* suchen und seitlich davon.«

»Komm mit!«, sagte Castor.

»Dad hat gesagt, wir stehen unter Arrest.«

»*Komm*!«

Rathaus war abgesehen von Mrs. Fries, die mit roten Augen und angespannt am Radio Wache stand, leer. Sie schüttelte den Kopf. »Noch nichts.«

»Wo finden wir einen Roller?«

»Nirgends. Alle sind draußen und suchen.«

Castor zupfte Pollux am Ärmel. »Der alte Charlie.«

»Was? Entschuldigung, Mrs. Fries, können Sie uns sagen, ob der alte Charlie auch mitsucht?«

»Ich bezweifle, dass er überhaupt von der Suche weiß.«

Hastig schlüpften sie in die Anzüge, ohne auf den Luftverbrauch zu achten oder sich um Sicherheitsleinen zu kümmern. Der alte Charlie ließ sie herein. »Was soll der ganze Wirbel, Jungs?«

Castor erklärte es ihm. Charlie schüttelte den Kopf. »Das ist wirklich schlimm. Es tut mir furchtbar Leid.«

»Charlie, wir müssen deinen Roller haben.«

»Sofort!«, fügte Pollux hinzu.

Charlie schaute sie verdutzt an. »Macht ihr Witze? Ich bin der Einzige, der dieses Vehikel steuern kann.«

»Charlie, die Lage ist ernst. Wir *müssen* ihn haben.«

»Ihr könnt ihn nicht fliegen.«

»Wir sind beide Piloten.«

Charlie kratzte sich nachdenklich, während Castor überlegte, ihn niederzuschlagen und die Schlüssel an sich zu reißen – aber wahrscheinlich trug er die Schlüssel nicht bei sich. Und wie konnte man in dieser Müllhalde irgendwas finden? Schließlich sagte Charlie:

»Wenn ihr müsst, dann werde ich ihn für euch starten.«

»Okay, okay! Aber mach schnell! Zieh deinen Anzug an.«

»Nichts überstürzen. Eile mit Weile.«

Charlie verschwand, kam aber schnell mit einem Anzug wieder, der hauptsächlich aus vulkanisierten Flecken zu bestehen schien. »Verdammt«, fluchte er, während er mühsam den Anzug überstreifte. »Wenn eure Mutter zu Hause geblieben wäre und sich um ihren eigenen Kram gekümmert hätte, wäre das alles nicht passiert.«

»Halt die Klappe und beeil dich!«

»Ich beeile mich ja. Sie hat mich gezwungen zu baden. Ich brauche keine Ärzte. Alle Wanzen, die mich je gebissen haben, sind gestorben.«

Charlie holte den Roller aus dem freischwebenden Schrottplatz neben seinem Heim. Schon bald sahen die Zwillinge, warum er sich geweigert hatte, ihnen das Vehikel zu leihen. Es war absolut möglich, dass außer ihm niemand das Ding steuern konnte. Es war nicht nur uralt und mit allen möglichen Teilen repariert worden, sondern auch darauf eingerichtet, dass jemand mit vier Händen es fliegen konnte. Charlie war so lange in Schwerelosigkeit, dass er seine Füße beinahe so geschickt wie ein Affe als Hände einsetzen konnte. Bei seinem Raumanzug waren die Füße so abgeändert, dass er mit den Zehen greifen konnte, wie bei japanischen Strümpfen.

»Moment. Wohin fliegen wir?«

»Sie wissen doch, wo die Eakers leben?«

»Klar. Habe da draußen selbst mal gewohnt. Einsame Gegend.« Er deutete. »Direkt dort, einen halben Grad rechts von dem kleinen Stern zweiter Größe –

sagen wir mal achthundert bis achthundertzehn Meilen.«

»Cas, vielleicht sollten wir die Abtriftmeldungen im Geschäft holen?«

Charlie schien verärgert. »Ich kenne Rock City. Ich bin auch mit den Abtriften auf dem Laufenden. Das muss ich.«

»Dann nichts wie los.«

»Zu den Eakers?«

»Nein, Moment mal...« Cas peilte die Position der Sonne an und versuchte, sich in Hazels Anzug zu versetzen, wenn sie auf dem Rückweg war. »Ungefähr dorthin – meinst du nicht auch, Pol?«

»Ja, besser können wir es nicht abschätzen.«

Die Kiste war alt, aber Charlie hatte außergewöhnlich große Tanks. Damit konnte er für viele Manöver den Schub beibehalten. Die Düse lief einfach super. Aber es fehlte jede Art von Radar. »Charlie, wo stellst du fest, wo du mit diesem Ding gerade bist?«

»So.«

›So‹ war eine uralte Radiokompass-Schlinge. Die Zwillinge hatten noch nie eine gesehen und wussten nur theoretisch, wie sie funktionierte. Sie waren Radarpiloten und nicht daran gewöhnt, mittels des Hinterns ihrer Raumanzüge zu peilen. Als Charlie ihre Gesichter sah, fügte er hinzu: »Ach was, wenn ihr ein Auge für Winkel habt, braucht ihr die überkandidelten Apparate nicht. Innerhalb von zwanzig Meilen vom Rathaus brauche ich nicht mal meinen Anzug einzuschalten – ich springe einfach.«

Sie folgten der Route, welche die Zwillinge herausgesucht hatten. Kaum waren sie in Schwerelosigkeit, lehrte Charlie sie, mit der Kompassschleife umzugehen. »Stöpselt einfach euren Anzug ein anstelle eures regulären Empfängers. Wenn ihr ein Signal auffangt, dreht ihr die Schlinge, bis sie am wenigsten laut ist. Das ist die Richtung des Signals – ein Pfeil direkt durch die Mitte der Schlinge.«

»Aber in welche Richtung? Die Schlinge geht in beide Richtungen.«

»Das müsst ihr herausfinden. Wenn ihr euch vertut, müsst ihr zurück und es neu versuchen.«

Castor übernahm die erste Wache. Er empfing jede Menge Signale. Der Knoten war von Gesprächen überschwemmt – alles schlechte Nachrichten. Ferner stellte er fest, dass die Schlinge, nicht so ausgerichtet wie eine »Salatschüssel-Antenne«, normalerweise nicht nur ein Signal zu einem gewissen Zeitpunkt auffing. Während sie dahinsausten, drehte er die Schlinge unentwegt und blieb bei jedem Signal nur so lange, um sicher zu sein, dass es nicht von Hazel stammte.

Pollux tippte auf seinen Arm und brachte den Helm in Kontakt mit Castors. »Irgendwas?«

»Nur Blabla.«

»Versuch es weiter. Wir bleiben draußen, bis wir sie finden. Kapiert?«

»Ja. Wenn wir sie nicht finden, gehe ich nicht zurück.«

»Hör auf, ein billiger Held zu sein, und mach die Lauscher auf. Oder gib mir den Kompass.«

Achtern verlosch Rathaus. Widerstrebend übergab Castor die Wache an Pollux. Sein Zwilling war ungefähr zehn Minuten am Kompass, als er wild gestikulierte.

»Was ist los?«, fragte Castor.

»Klingt, als würde ein Kind weinen. Vielleicht Buster.«

»Wo?«

»Ich habe das Signal verloren. Ich habe versucht, das Minimum zu bekommen. Jetzt kann ich es nicht lauter stellen.«

Charlie hatte vorausgesehen, was sie brauchen könnten, und hatte das Schiff herumgesteuert, sobald er die Beschleunigung gedrosselt hatte. Jetzt feuerte er so viel zurück, wie er vorher beschleunigt hatte, und brachte sie zurück in den Raum in Richtung Rathaus und Knoten. Mit einem kleinen Zusatzsprung glitten sie zurück auf der Route, auf der sie gekommen waren. Pollux lauschte angestrengt und drehte langsam die Schlinge. Castor spähte hinaus und bemühte sich, etwas anderes zu sehen als die alten Sterne.

»Ich hab's wieder!« Pollux stieß den Bruder an.

Der alte Charlie stellte die relative Geschwindigkeit ab. Sie warteten. Pollux drehte behutsam am Kompass. Dann zeigte er, dass es eine von zwei Richtungen sein musste: hundertachtzig Grad auseinander.

»Welche Route?«, fragte Castor Charlie.

»Da hinüber.«

»Ich sehe überhaupt nichts.«

»Ich auch nicht, aber ich habe so eine Ahnung.«

Castor widersprach nicht. Beide Richtungen waren durchaus möglich. Charlie flog so schnell wie möglich in die von ihm gewählte Richtung, ungefähr auf Wega zu. Kaum war er wieder in Schwerelosigkeit, nickte Pollux entschieden. Er meldete, das Signal käme jetzt stärker und deutlicher – aber es war nichts zu sehen. Castor sehnte sich nach einem Radargerät. Inzwischen hörte auch er das Weinen in seinem Kopfhörer. Es könnte Buster sein – es *musste* Buster sein.

»Da ist es!«, schrie Charlie.

Castor konnte noch nichts sehen, obwohl der alte Charlie darauf deutete. Endlich sah er auch den Lichtpunkt inmitten von Sternen. Pollux stöpselte den Kompass aus, als klar war, dass es eine Masse und kein Stern war, was sie sahen. Der alte Charlie ging mit seinem Vehikel so locker wie mit einem Fahrrad um. Er jagte es hoch und schaltete abrupt ab. Jetzt waren sie mitten im Zentrum. Er bestand darauf, selbst zu springen.

Lowell war zu hysterisch, um etwas Verständliches herauszubringen. Sobald sie sich überzeugt hatten, dass er lebte und es ihm gut ging, wandten sie sich Hazel zu. Sie saß mit offenen Augen immer noch auf dem Sattel angeschnallt und lächelte leicht wie immer. Aber sie begrüßte sie nicht und antwortete auch nicht.

Charlie warf einen Blick auf sie und schüttelte den Kopf. »Keine Chance, Jungs. Sie hat nicht mal eine Sauerstoffpulle.«

Trotzdem hängten sie ihr sofort eine Flasche an – Castors. Niemand hatte daran gedacht, eine Reserveflasche mitzunehmen. Die Zwillinge schlossen sich über Kreuz beide an Pollux' Flasche an. Vorübergehend waren sie siamesische Zwillinge. Sie ließen den Familienroller im Orbit. Sollte ihn doch jemand anderer auflesen und heimbringen. Charlie verbrauchte fast seinen gesamten Treibstoff für den Rückweg, weil er so schnell er nur konnte darinraste. Trotzdem hatte er noch genügend Schub, um abrupt beim Rathaus zu halten.

Auf dem Heimweg schrien sie die Neuigkeiten hinaus. Irgendwo fing jemand ihr Signal auf und gab es weiter.

Sie brachten Hazel in den Laden der Fries', da dort mehr Platz war. Mrs. Fries schob die Zwillinge beiseite und fing sofort mit künstlicher Beatmung an. Dr. Stone löste sie zehn Minuten später ab. Sie benutzte die Methode für Schwerelosigkeit. Ohne sich anzuschnallen, presste sie von hinten Hazels Rippen mit beiden Armen rhythmisch zusammen.

Es hatte den Anschein, als wäre ganz Rock City zusammengeströmt. Fries jagte sie hinaus, und verriegelte – zum ersten Mal in der Geschichte seines Geschäfts – die Tür von innen. Nach einer Weile nahm Roger Stone den Platz seiner Frau ein. Diese ruhte sich kurz aus und übernahm wieder.

Meade weinte leise. Der alte Charlie rang unglücklich die Hände und wirkte hier irgendwie fehl am Platz. Dr. Stone arbeitete mit entschlossener Miene. Ihre Züge wirkten beinahe maskulin, rein professionell. Lowell hielt Meades Hand, er war völlig verwirrt, weinte aber nicht. Er verstand nichts. Er wusste nicht, was Tod bedeutete. Castors Mund war verzerrt. Er weinte wie ein Mann, seine Brust hob und senkte sich beim Schluchzen. Pollux war wie gelähmt.

Als Edith Stone ihren Mann ablöste, trat dieser zurück und schaute die anderen an. Sein Gesicht zeigte keine Verärgerung, aber auch keine Hoffnung.

»Dad, ist sie?«, flüsterte Pollux.

Roger Stone legte die Arme um Castor. »Ihr müsst berücksichtigen, dass sie sehr alt war, Jungs. In ihrem Alter stehen die Chancen auf Wiederbelebung sehr schlecht.«

Hazel öffnete die Augen. »*Wessen* Chancen stehen schlecht, Sohn?«

XIX. DER ENDLOSE PFAD

Hazel hatte einen alten Fakirtrick angewandt, den angeblich ein Unterhaltungskünstler namens Houdini in den Westen gebracht hatte. Dabei musste man so flach wie möglich atmen und sich in eine Art Koma versetzen. Wenn man hörte, wie sie es schilderte, konnte man glauben, es hätte nie wirklich eine Gefahr bestanden. Sterben? Quatsch! In diesem Zeitraum konnte man nicht in einem Sarg ersticken. Zugegeben, sie musste sich auf Lowell verlassen, dass er den Hilferuf ausschickte. Er verbrauchte weniger Sauerstoff. Aber geplanter Selbstmord, um den Jungen zu retten? Lächerlich! Das war völlig unnötig gewesen.

Erst am nächsten Tag rief Roger Stone die Jungs zu sich. »Ihr habt bei der Rettung gute Arbeit geleistet. Wir vergessen den Verstoß gegen den Arrest.«

»Es war nichts. Hazel hat alles gemacht. Schließlich haben wir die Idee aus einer ihrer Episoden genommen, die mit dem schrägen Orbit«, sagte Castor.

»Die habe ich wohl nicht gelesen.«

»Naja, es ging darum, einen Ort im All zu bestimmen, wenn man nicht alle Daten hat. Weißt du, Captain Sterling musste –«

»Schon gut. Aber darüber wollte ich nicht mit euch reden. Ihr habt gute Arbeit geleistet, zugegeben, ganz gleich, woher die Idee stammt. Hätte man nur konventionell gesucht, wäre eure Großmutter jetzt zweifellos tot. Ihr seid zwei intelligente junge Männer – wenn ihr wollt. Aber ihr habt nicht früh genug gewollt. Nicht bei den Gyros.«

»Aber Dad, wir haben doch nie gedacht, dass –«

»Es reicht.« Er griff zur Taille. Jetzt erst sahen die Zwillinge, dass er ein altmodisches Kleiderstück trug – einen Ledergürtel. Diesen nahm er ab. »Dieser Gürtel hat eurem Uropa gehört. Der vererbte ihn eurem Opa und dieser hinterließ ihn mir. Ich habe keine Ahnung, wie alt er ist, aber man könnte sagen, dass die Familie Stone darauf gegründet wurde.« Er legte den Gürtel zusammen und schlug damit probeweise auf die Hand. »Wir alle, bis zu den Wurzel der Familie, haben sehr empfindliche Erinnerungen an das gute Stück. Sehr empfindliche. Nur ihr beide nicht.« Wieder schlug er damit auf die offene Handfläche.

»Willst du uns damit schlagen, Dad?«, fragte Castor.

»Hast du irgendeinen Grund vorzubringen, weshalb ich das nicht tun sollte?«

Castor schaute Pollux an, seufzte und trat vor. »Ich zuerst, ich bin der ältere.«

Roger ging zu einer Schublade und legte den Gürtel hinein. »Ich hätte ihn vor zehn Jahren benutzen sollen.« Er schloss die Schublade. »Jetzt ist es zu spät.«

»Dann schlägst du uns nicht damit?«

»Wer hat gesagt, dass ich das tun wollte? Nein.«

Die Zwillinge blickten sich erleichtert an. »Dad, Captain«, fuhr Castor fort. »Es wäre uns lieber, wenn du es tätest.«

»Viel lieber«, fügte Pollux schnell hinzu.

»Ich weiß, dass ihr so denkt. Dann hättet ihr alles hinter euch. Aber stattdessen müsst ihr für den Rest eures Lebens damit leben. Das ist das Los der Erwachsenen.«

»Aber Dad –«

»Ab in eure Kammer.«

Als es für die *Rolling Stone* Zeit war, nach Ceres zu fliegen, versammelte sich ein Großteil der Gemeinde im Rathaus, um sich von ihrer Doktorin und ihrer Familie zu verabschieden. Der Rest war über Funk verbunden. Eine Vollversammlung der Stadt. Bürgermeister Fries hielt eine Rede und überreichte ihnen eine Schriftrolle, in der alle zu Ehrenbürgern von Rock City ernannt wurden – jetzt und für immer. Roger Stone wollte antworten, aber die Worte blieben ihm im Halse stecken. Der alte Charlie, frisch gebadet, weinte ganz unverhohlen. Meade sang noch einmal ins Mikrofon. Ihre weiche Altstimme wurde diesmal nicht von Werbung unterbrochen. Zehn Minuten später glitt die *Rolling Stone* davon.

Wie auf Mars steuerte Roger Stone sie um Ceres herum, nicht mit Hilfe einer Station, weil es hier keine gab, sondern nur auf dem Orbit. Hazel, der Captain und Meade fuhren mit dem Shuttle nach Ceres City hinunter. Meade, weil sie sich die Stadt anschauen wollte, Roger, um ihre hochwertigen und Kernfunde gegen veredeltes Metall einzutauschen, was er mit zurück nach Luna nehmen wollte. Hazel hatte vor, entweder etwas Geschäftliches zu erledigen oder sich einen schönen Tag zu machen. Dr. Stone zog es vor, nicht mitzukommen – wegen Lowell. Der Shuttle war eigentlich nur ein übergroßer Roller mit Landekufen.

Die Zwillinge durften nicht nach Ceres. Sie hatten noch Hausarrest.

Meade versicherte ihnen nach ihrer Rückkehr, dass sie nichts verpasst hätten. »Es ist genauso wie Luna City, nur mehr Leute und kein Spaß.«

»Sie sagt die Wahrheit, Jungs«, sagte ihr Vater. »Also nehmt es nicht zu hart. Beim nächsten Halt seht ihr ja Luna.«

»Ach, es hat uns nichts ausgemacht!«, sagte Castor betont locker.

»Überhaupt nicht«, pflichtete ihm Pollux bei. »Wir warten auf Luna.«

Roger Stone grinste. »Ihr täuscht niemanden. Aber in einigen Wochen gehen wir auf Heimatkurs. Irgendwie tut es mir Leid. Alles in allem waren es zwei schöne Jahre.«

»Hast du gesagt ›Heimatkurs‹, Dad?«, fragte Meade. »Ich habe das Gefühl, dass wir zu Hause sind. Wir fliegen zurück nach Luna, aber wir nehmen unser Heim mit.«

»Hm. Ja, ich nehme an, du hast Recht. Die gute alte *Rolling Stone* ist eine Art Heim. Sie hat uns durch eine Menge Schwierigkeiten gut durchgebracht.« Er tätschelte liebevoll ein Schott. »Richtig, Mutter?«

Hazel war ungewöhnlich still gewesen. Jetzt blickte sie ihren Sohn an und sagte: »Klar, stimmt.«

»Was hast du da unten gemacht, Mutter Hazel?«, fragte Dr. Stone.

»Ich? Ach, nicht viel. Habe mit ein paar Oldtimern Lügen ausgetauscht. Und einen Haufen Mist abgeschickt – die nächsten Episoden. Übrigens, Roger, du solltest lieber über die Fortsetzungen nachdenken.«

»Was? Wie meinst du das, Mutter?«

»Das waren meine letzten Episoden. Ich gebe dir die Show zurück.«

»Ja, schon gut – aber warum?«

»Naja, mir passt das im Moment nicht so in den Kram.« Sie schien verlegen zu sein. »Weißt du – würde es jemand etwas ausmachen, wenn ich mich jetzt verabschiede?«

»Was soll das heißen?«

»Die *Helena von Troja* fliegt zu den Trojanern, und die *Wellington* nimmt dort einfaches H an Bord und einen Passagier. Mich. Ich fliege zum Titan.«

Ehe jemand widersprechen konnte, fuhr sie fort. »Jetzt schaut mich nicht so an! Ich wollte schon immer die Ringe sehen – aus der Nähe, so nah, dass ich meine Nägel an ihnen feilen kann. Sie müssen den herrlichsten Anblick im System bieten. Als mir die Luft neulich ein bisschen knapp wurde, musste ich ernstlich an sie denken. Ich sagte mir: Hazel, du wirst nicht jünger. Ergreif die nächste Chance, die sich bietet. Eine habe ich schon verpasst, Roger, als du drei warst. Eine gute Chance, aber sie wollten kein Kind mitnehmen, und – ach, schon gut. Und jetzt mache ich es!«

Sie legte eine Pause ein. »Macht keine Gesichter wie auf einer Beerdigung!«, stieß sie hervor. »Ihr braucht mich hier nicht. Ich meine, Lowell ist jetzt größer und kein Problem mehr.«

»Ich brauche dich immer, Mutter Hazel«, erklärte ihre Schwiegertochter ruhig.

»Danke, stimmt aber nicht. Ich habe Meade alles über Astrogation beigebracht, was ich weiß. Sie könnte morgen bei ›Vier-Planeten‹ einen Job bekommen, wenn die nicht so altmodisch wegen der Einstellung von weiblichen Piloten wären. Die Zwillinge – die haben die gesamte Bosheit aufgesogen, die ich an sie weitergeben konnte. Sie werden gute Kämpfer sein, ganz gleich, worum es geht. Und du, Sohn, bei dir war meine Erziehungsaufgabe beendet, als du noch kurze Hosen getragen hast. Seitdem hast du mich erzogen.«

»Mutter!«

»Ja, Sohn?«

»Was ist der wahre Grund? Warum willst du weg?«

»Warum? Warum will jemand irgendwohin? Warum ist der Bär um den Berg gelaufen? Um zu sehen, was es zu sehen gab. Ich habe die Ringe noch nie gesehen. Das ist Grund genug. Es war doch schon immer so. Die Langweiler bleiben zu Hause – die Aufgeweckten wirbeln umher und versuchen, die Welt aufzumischen, wo es geht. Das ist nun mal ein menschliches Verhaltensmuster. Man braucht keinen Grund, so wie keine Flachkatze einen Grund braucht, um zu schnurren.«

»Wann kommst du zurück?«

»Vielleicht niemals. Ich liebe die Schwerelosigkeit. Da brauche ich keine Muskeln. Seht euch den alten Charlie an. Wisst ihr, wie alt er ist? Ich habe das überprüft. Er ist mindestens hundertsechzig. Das ist in meinem Alter ermutigend – ich fühle mich dabei wie ein junges Mädchen. Vielleicht sehe ich doch noch ein paar Sachen.«

»Aber natürlich wirst du das, Mutter Hazel«, sagte Dr. Stone.

Roger Stone schaute seine Frau an. »Edith?«

»Ja, Liebling.«

»Was ist deine Meinung?«

»Nun ... eigentlich gibt es keinen triftigen Grund, weshalb wir nach Luna zurückfliegen müssen – jedenfalls nicht jetzt.«

»Das habe ich auch gedacht. Was ist mir dir, Meade?«

»Ich?«, fragte Meade.

»Sie halten dich für heiratsfähig, Schätzchen«, warf Hazel trocken ein.

Dr. Stone schaute ihre Tochter an und nickte. Meade war überrascht. »Puuh! Ich hab's nicht eilig«, sagte sie. »Außerdem gibt es auf Titan eine Patrouillenstation. Da dürfte es viele junge Offiziere geben.«

»Es ist eine *Forschungs*station«, erklärte Hazel. »Wahrscheinlich gibt es dort nur pflichtbewusste Wissenschaftler, Schätzchen.«

»Vielleicht sind sie nicht mehr ganz so pflichtbewusst, wenn ich mit ihnen durch bin.«

Roger Stone schaute die Zwillinge an. »Jungs?«

Castor antwortete für beide. »Dürfen wir auch abstimmen? Klare Sache!«

Roger Stone zog sich an einem Pfosten vorwärts. »Dann ist es beschlossene Sache. Ihr alle – Hazel, Jungs, Meade – berechnet die Orbits. Ich fange mit den Masseberechnungen an.«

»Langsam, Sohn – lass mich da raus.«

»Was?«

»Sohn, hast du dich nach dem Preis für einfaches H erkundigt, den sie hier haben wollen? Wenn wir eine Kometenbahn zum Saturn planen statt einen Orbit zur Erde, heißt das für mich: zurück in die Salzminen. Ich funke New York, dass ich einen Vorschuss brauche. Dann wecke ich Lowell, und wir wälzen uns wieder in Blut und Gedärmen.«

»Naja ... okay. Ihr anderen – passt auf die Dezimalstellen auf.«

Alle Stationen waren besetzt und bereit. Meade war auf einer Couch, die hinter dem Piloten und Co-Piloten aufgestellt war. Sie zählte bereits für den Start. Roger Stone blickte zu seiner Mutter und flüsterte: »Worüber lächelst du?«

»Und *fünf*! Und *vier*!«, rief Meade.

»Ach, eigentlich ist es nichts. Nachdem wir auf Titan waren, könnten wir doch –«

Der Start schnitt ihr die Worte ab. Die *Rolling Stone* zitterte und schleuderte sich hinaus, hinaus in Richtung Saturn. Dem Raumschiff folgten Hunderte und Tausende und Hunderttausende ... und tausend mal Tausende ruhelos dahinrollender Steine ... zum Saturn ... zum Uranus ... zum Pluto ... Sie rollten hinaus zu den Sternen ... hinaus zum Ende des Universums.

Abwechslungsreich und farbenfroh:
für alle Leser von *Peter Hamilton*.

Samarkand ist eine lebensfeindliche Welt, die terra-
geformt werden soll. Erste Erfolge stellen sich ein,
doch dann geschieht ein katastrophaler Unfall, der
jedes menschliche Wesen auf Samarkand tötet.
Ian Cormac, seit dreißig Jahren dauerhaft mit einem
galaxisweiten Computersystem vernetzt, wird nach
Samarkand geschickt. Dort findet er zwei menschen-
ähnliche Kreaturen, ein Dienerwesen und den soge-
nannten DRACHEN, eine monströse außerirdische
Lebensform – die sich bald als künstliche Intelligenz
erweist. Doch wer hat den Drachen erbaut, und zu
welchem Zweck?

3-404-23242-9

*Für alle Freunde von Peter Hamilton:
meisterhafte SF, spannend und hintergründig!*

New Crobuzon ist ein Moloch von einer Stadt.
Menschen und Mutanten leben in ihr, Arbeiter und
Sklaven, Künstler und Huren, Magier und Wissen-
schaftler.
Tausende Jahre lang sorgte eine brutale Miliz für
Frieden.
Und dann kommt ein Fremder in die Stadt. Mit Gold in
den Taschen und einem unmöglichen Anliegen. Und
er löst eine Katastrophe aus: Ein ›Falter‹, ein alles
vernichtender Mutant, entkommt den Labors der
Wissenschaftler und beginnt die Stadt zu verwüs-
ten ...

ISBN 3–404–23245–3

DER ARMAGEDDON-ZYKLUS

Dies ist die Zukunft der SF,
der SF-Roman des nächsten
Jahrtausends schlechthin.

PETER F. HAMILTON

hat mit diesen
ungeheuer spannenden Romanen
um den drohenden Untergang
der menschlichen Zivilisation
die klassische Space Opera entstaubt.
Ein intergalaktisches Abenteuer,
genial konstruiert und
detailreich inszeniert.
Ein Könner ohne gleichen.